KB058872

양어머니가 거짓말을 믿으며 숨을 거두었을 때,
쿠로노 히사미츠는 쿠로노 크로포드가 되어야만 했다.

"남편과 아들이 지켜봐 주는
가운데 죽을 수 있다니,
이렇게 행복한 인생이어도
괜찮은 걸까."

쿠로노 전기7

이세계 전이한 내가 **최강**인 건
침대 위에서만인 것 같습니다

《리리》
녹색 각인을 몸에 두른
루 족 전사. 호기심 왕성.

《라라》
빨간 각인을 몸에 두른
루 족 전사. 호전적인 성격.

《수》
알레오스 산지에 사는
루 족 소녀. 주의(呪醫).

《레이라》
전투부터 사무 일까지 해낼 수 있는
쿠로노의 유능한 부하 겸 애인.

《스노우》
레이라를 엄마로 따르는 하프 엘프 소녀.

《페이》
쿠로노를 지키는 기사.
조금 어수룩한 면도 있지만,
검 실력은 뛰어나다.

《쿠로노》
타우르한테 부탁받아
야만족 토벌을 지원하러 달려간다.

페이는 결의를 굳히고
가슴을 쿠로노의 등에 밀어붙였다.

"자, 그럼 페이의 등 씻겨 주기 서비스를 받아 볼까."
"⋯⋯⋯⋯⋯네인 것입니다."

쿠로노 전기7
Record of Kurono's War

이세계 전이 한 내가 최강 인건

침대 위에서만 인 것 같습니다

isekaiteni sita boku ga saikyou nanoha bed no uedake no youdesu

일러스트 무츠미 마사토
사이토 아유무

커버 그림, 본문 일러스트 | **무츠미 마사토**

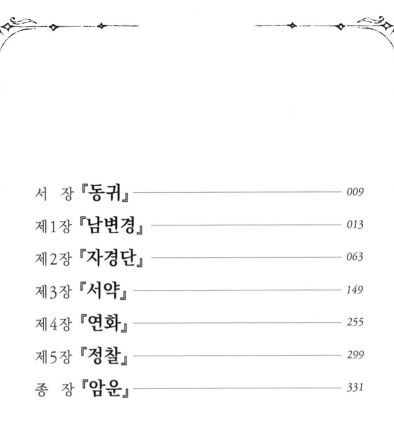

Record of Kurono's War

isekaiteni sita boku ga saikyou nanoha

bed no uedake no youdesu

제국력 431년 6월 상순 낮——— 노래가 들려왔다. 구슬픈 느낌
이 드는 애수를 띤 노래였다.

가사는 잘 알아들을 수 없었다. 자장가처럼 들리기도 하고, 곡
성처럼 들리기도 했다.

쿠로노는 원래 세계를 떠올리려다가 실패했다.

원래 세계의 거리 풍경도, 친구의 얼굴도, 가족의 얼굴조차 안
개가 낀 것처럼 애매했다.

당연한가. 이 세계에 오고 나서 4년 남짓이 지났다.

최근에는 꿈을 꾸는 정도고, 그리움조차 옅어지고 있다.

언젠가 꿈을 꿀 일도 없어질 것 같지만, 그다지 신경 쓰이지는
않았다.

물론 이전에는 달랐다. 원래 세계의 기억이 희미해지는 게 두
려웠다.

기억과 함께 원래 세계와의 연결고리가 사라져 가는 것 같아 무
서워서 견딜 수가 없었다.

집에 돌아가고 싶었다. 가족을 만나고 싶었다. 가족과 만나지
못한다고 생각한 것만으로도 눈물이 나왔다.

하지만 지금은 가족을 생각해도 눈물은 나오지 않는다.

아마 그건 자신이 쿠로노 히사미츠가 아니라, 쿠로노 크로포드이기 때문이리라.

계기는 양어머니—— 에르아 프론드의 죽음이었다.

그녀는 숨을 거두기 직전에 울고 있었다.

당신의 아이를 낳지 못해서 미안해요, 하고 양아버지에게 사과했었다.

불쌍하다고 생각했다. 그리고 잘못되었다고 생각했다.

그녀는 마음 따뜻한 사람이었다. 새빨간 타인인 쿠로노 히사미츠를 자기 자식처럼 대해 주었다.

그녀가 없었다면 고향을 그리워하는 마음과 마이라의 훈련에 견디다 못해 스스로 목숨을 끊었을 것이다.

생명의 은인이나 마찬가지다. 그런데 그녀가 후회에 시달리면서 죽다니, 그건 잘못되었다.

그래서 쿠로노 히사미츠는 거짓말을 했다. 자기가 그녀의 아들이라고 속인 것이다.

그녀는 거짓말을 믿으며 숨을 거두었다. 이렇게 행복해도 괜찮은 걸까, 라는 말을 남기고.

그때 쿠로노 히사미츠는 쿠로노 크로포드가 되었다. 그래야만 하는 상황이었다.

가족을 떠올리지 못하는 게 당연했다.

노래가 끊겨 쿠로노는 천천히 눈을 떴다. 그러자 눈앞에 가슴이 있었다.

중량감이 있는 가슴이었다. 여주인의 가슴이 틀림없다. 그러나 유감스럽게도 옷에 감싸여 있었다.

자유롭게 해줘야 한다는 생각이 들어 손을 뻗었다가 생각을 고쳤다. 초조해해서는 안 된다. 우선은 상황 파악이다.

눈앞에 가슴, 뒷머리에 부드러운 감촉이 느껴졌다. 그리고 진동이 전해져 왔다.

맞은편에 좌석이 보였다. 아무래도 마차 좌석에서 여주인한테 무릎베개를 받는 모양이었다.

쿠로노는 자신이 야만족 토벌을 지원하기 위해 남변경으로 가는 중이라는 사실을 떠올렸다.

에라키스 후작령을 출발하고 한 달, 부르크마이어 백작령과의 영지 경계도 이미 넘었다.

저녁에는 크로포드 저택에 도착하리라.

가우르가 있는 곳── 남변경에 네 곳 있는 주둔지 중 하나로 가는 건 내일이 된다.

"그런 이유로 만지도록 하겠습니다."

"잠깐, 그만해. 누가 보면 어쩌려고."

손을 오므렸다 폈다 하며 뻗었다. 그러자 여주인은 살짝 언성을 높이며 천장을 가리켰다.

그러고 보니 스노우를 보초로 마차 지붕에 태운 상태였다.

"그, 그럼 아버지 집에 도착하면──."

"나는 도착하면 에크론 남작령에 있는 본가에 얼굴을 내비칠 생각이야.”

여주인은 쿠로노의 말을 가로막고 말했으나——.

“아버지 집에 도착하는 건 저녁이니까, 출발은 내일이 되겠네.”

“큭, 이럴 때만 머리가 잘 돌아간다니까. 그래그래, 알았어. 하면 되잖아.”

“하는 김에 안주인이 위에 올라타서 한다는 약속을 지켜주면 기쁘겠습니다.”

“혼란스러운 틈을 타서 요구를 추가로 덧붙이는 거 아니야.”

“하지만, 안주인은 좀처럼 와 주지 않고 날 피하는 것 같아서…….”

“딱히 피하는 건 아니야. 그저, 조금…….”

여주인은 우물우물 중얼거렸다. 좋아, 조금만 더 밀어붙이면 된다.

“나는 안주인과 한 약속을 지켰는데 말이지~.”

“또, 그런 말을……. 알았어. 약속을 지키면 되잖아, 지키면.”

“후후후, 기대하고 있을게.”

“나 참, 나는 언제가 되어야…….”

여주인은 한숨을 내쉬었지만, 아주 싫지만도 않은 것처럼 보이는 건 기분 탓이 아니리라.

제 1 장 『남변경』

어잇차, 하고 클로드는 그루터기에 앉았다. 낭떠러지 위에 있는 그루터기다. 여기서라면 자신의 영지가 잘 보인다. 바람이 불어 시선을 떨궜다. 눈 아래에서는 보리가 물결치는 것처럼 흔들리고 있다. 작년에 뿌린 겨울 보리는 순조롭게 자라고 있다.

이 상태라면 올해도 풍작이리라. 그렇긴 해도 이건 어디까지나 예상, 아니, 희망이다. 수확할 때까지 무슨 일이 일어날지 알 수 없다. 대자연의 기분 여하에 따라 지금까지의 노력이 허사가 될 수도 있다. 그게 농업이다. 그걸 요 31년으로 지겹도록 실감했다.

그러니 할 수 있는 최대한의 수를 쓰고 있다. 영내 인프라 정비는 당연하고, 거액의 기부금을 내어 황토 신전으로부터 최신 농법을 배우고, 병충해에 강한 품종을 도입했다. 여차할 때를 위해 식량을 비축하고, 게다가 세수 일부를 투자로 돌리고 있다. 이걸로 부족하다면 똥을 누는 김에 여섯 신한테 기도해도 좋다.

다시 바람이 불어 클로드는 눈을 가늘게 떴다. 평온한 기분이다. 언제부터 이런 기분으로 자기 영지를 바라볼 수 있게 되었을까. 떠올릴 수 없다. 하지만, 적어도 처음으로 남변경을 찾아왔을 때는 아니다. 그때 부하들은 불안해 보이는 표정을 짓고 있었다. 마이라조차 실패했다고 말하는 것만 같은 표정을 짓고 있었다.

분명 자신도 똑같았을 터다.

당시 남변경은 미개척지였다. 광대한 원생림을 개간하는 데 들 노력(勞力)을 생각한 것만으로도 정신이 아득해졌다. 하물며 클로 드와 부하들은 용병이었다. 빼앗고 죽이는 기술에는 뛰어나도 뭔 가를 키우는 기술은 몸에 익히지 않았다.

그러니 불안해 보이는 표정을 짓는 것도 당연했다. 하지만 클 로드는 용납할 수 없었다. 우리는 라마르 5세를 승리로 이끌었 다. 승자인 것이다. 그런데 패배자 같은 얼굴을 하다니, 용납할 수 있을 리가 없다. 분노에 몸을 맡겨 도끼를 손에 쥐었다. 다짜 고짜 도끼를 휘둘러 나무를 베어 쓰러뜨리고는 그루터기에 다리 를 올렸다.

"겁먹지 마라. 나무 따위 몇만 그루라도 베어주마'였던가."

젊었지, 하고 클로드는 쓴웃음을 지었다. 지금은 좀 더 효율적 으로 나무를 벨 수 있게 됐지만, 당시는 아무것도 몰랐다. 시행착 오를 거쳐 나무를 베고, 조악한 오두막을 세웠다. 아스트레아 황 후의 호위 기사 에르아 프론드가 시집온 것은 그럴 때다. 아니, 시집왔다는 건 정확하지 않나. 에르아를 비롯해 다른 여자들도 명령을 받아 남변경으로 온 것이니까.

솔직히 에르아와는 만나고 싶지 않았다. 처량한 꼴을 보이고 싶지 않았다. 그래서 클로드는 그녀가 도망쳐 주기를 바랐다. 비 참한 모습을 계속 보여주는 것보다는 그쪽이 더 낫다고 생각한 것이다. 하지만 에르아는 도망치지 않았다. 나는 가난에 익숙하다며 솔선하여 움직였다. 그걸로 개척 속도가 극적으로 오른 건 아니지만, 약간 기분이 편해졌다.

끔찍한 생활이었지, 하고 클로드는 입가에 미소를 지었다. 조악한 오두막에서 생활하며 돼지 먹이 같은 밥을 먹으며 원생림을 개간하고, 밭을 만들고, 가축을 늘렸다. 귀족다운 생활을 할 수 있게 될 때까지 20년은 걸렸을까.

이제부터였는데 말이지, 하고 클로드는 하늘을 올려다봤다. 저택을 신축하고 제도에 별가도 샀다. 맛있는 밥을, 맛있는 술을, 깨끗한 옷을── 지금까지 고생한 만큼, 에르아한테 사치를 누리게 해주고 싶었다. 고작 8년으로는 너무 짧다.

에르아가 죽던 순간을 떠올리고, 주먹을 꽉 쥐었다. 그녀는 울고 있었다. 울면서 클로드의 아이를 낳지 못했던 것을 사과했다. 온몸의 피가 얼어붙은 듯한 기분이었다. 이건 아니잖아, 하고 생각했다. 클로드는 수많은 사람을 상처 입히고, 수많은 사람을 죽였다. 그 응보를 자신이 받아야 한다면 기꺼이 그리하리라. 악인이 응보를 받는 건 당연한 일이다.

하지만 에르아는 아니다. 그녀는 정말로 선량한 인간이었다. 그런 그녀가 어째서 후회에 시달리며 죽어야 하는가. 이게 인과응보라고 한다면 신은 너무나 무자비하며 악랄한 자들이다. 그대로 에르아가 죽었다면 자신은 온갖 것을 저주하며 살아가게 되었을 게 틀림없다.

하지만 그렇게는 되지 않았다. 길가에서 붙잡은 꼬맹이── 쿠로노가 거짓말을 한 것이다. 어머니, 아들을 잊다니 너무하지 않아요? 하고.

클로드는 그 거짓말에 살을 붙였다. 무슨 말을 하는 거야? 우리한테는 아들이 있잖아? 우리를 닮은 착한 애야. 군사 학교 입학도 정해졌어. 장래에는 좋은 영주가 될 거야, 하고 쉬지 않고 말했다.

에르아는 그 거짓말을 믿었다. 남편과 아들이 지켜봐 주는 가운데 죽을 수 있다니, 이렇게 행복한 인생이어도 괜찮은 걸까, 라고 말하며 숨을 거두었다. 며칠 동안 괴로워했던 것이 거짓말처럼, 평온하게 죽은 얼굴이었다. 구원받았다고 생각했다. 에르아뿐만이 아니다. 쿠로노는 클로드도 구원해 주었다.

그래서, 자신의 아이로 맞아들일 결의를 했다. 알코르나 다른 신귀족—— 리파이오스가, 카가치가, 질란트가, 브올가, 겐노우가, 레위가, 에크론가의 협력을 얻어 클로드와 에르아 사이에는 자식이 있던 것으로 만들었다. 비록 거짓말로 이어진 부모 자식이지만——.

"에르아, 우리는 잘해나가고 있어."

"——여어! 스승님!"

클로드가 나직이 중얼거린 그때, 등 뒤에서 목소리가 들려왔다. 들은 적 있는 목소리였다. 일어서서 뒤돌아보니 페이가 말을 타고 달려오던 참이었다. 그러고 보니 알레오스 산지의 야만족을 토벌하게 되었다는 편지를 받았다. 그녀의 뒤로 시선을 향했다.

마차가 줄지어 있었다. 첫 번째 마차는 상자형 마차, 두 번째 이후는 간단히 천막이 씌워진 마차였다. 습격을 경계하고 있는지 상자형 마차 위에는 소녀가 타고 있었다.

"스승님! 페이 불리파인! 지금 남변경에 도착한 것입니다!!"

"한층 더 바보 같아졌구만."

깊게 한숨을 내쉰 다음 순간, 말이 반전했다. 자기도 모르게 눈을 휘둥그레 떴다. 말이 보일 움직임이 아니었다. 어떤 식으로 조교하면 저런 움직임이 가능한 걸까. 하지만 놀라운 건 그것뿐만이 아니다. 페이가 날아온 것이다. 안겨들고자 하고 있기라도 한 걸까. 아니, 다르다. 그녀는 목검을 꽉 쥐고 있다. 즉——.

"기습 공격, 죄송한 것입니다!"

이런이런, 하고 클로드는 머리를 긁적이며 길을 양보해 줬다. 페이가 바로 옆을 지나쳤다. 뒤쪽이 낭떠러지니까 받아내 주리라고 생각했던 것이리라. 놀란 것 같은 표정을 띠고 있다. 유감이지만 갑자기 기습 공격을 하는 제자한테 그렇게까지 해줄 생각은 없다. 페이를 눈으로 좇았다. 그녀는 중력에 이끌려, 이윽고 모습을 감췄다. 낭떠러지에서 떨어진 것이다.

"어르신!"

다시 목소리가 울렸다. 이쪽도 들은 적 있는 목소리다. 목소리가 난 쪽을 보니 아들의 정부(情婦)—— 레이라가 말에서 내리던 참이었다. 여전히 좋은 엉덩이였다. 물론 입 밖으로는 내지 않았다. 이래 보여도 분별은 있는 편이다. 그녀는 이쪽으로 다가와 한쪽 무릎을 꿇었다.

"어르신, 오랜만에 뵙습니다."

"그래, 오랜만이군. 바보 아들과는 잘 지내고 있냐?"

"네, 넵. 총애를 받고 있습니다."

농담 삼아 건넨 말인데, 레이라는 귀를 푹 늘어뜨리며 대답했다. 이 상태라면 가까운 시일 내에 손주를 안을 수 있을 것 같다. 하지만 이것도 입 밖으로 꺼내지는 않았다. 에르아 건으로 배운 것이다.

얼굴을 들고 상자형 마차를 봤다.

"죽을 뻔한 상황을 겪고 반년도 지나지 않았는데 제국은 여전히 사람을 부리는 게 험하군."

"어르신, 안심해 주십시오. 쿠로노 님은 제 목숨과 맞바꾸어서라도——."

"지키는 것입니다!"

레이라의 말은 뒤에서 울린 목소리에 의해 가로막혔다. 뒤돌아보니 페이가 낭떠러지에서 기어 올라오던 참이었다. 목검은 없다. 아마 떨어뜨린 것이리라. 낭떠러지를 다 올라오자 레이라 옆으로 이동하여 양 무릎을 꿇었다.

"스승님, 오랜만인 것입니다!"

"습격보다 인사를 먼저 해."

"설마 낭떠러지에서 떨어뜨릴 거라고는 생각지도 않은 것입니다. 사자는 자기 새끼를 천 길 골짜기로 떨어뜨린다고 하는 것입니다만, 그야말로 그것이로군요."

"전혀 안 듣고 있네."

클로드는 얼굴을 찌푸렸다. 필사적으로 부탁하길래 검술 지도를 해줬는데, 검술보다 먼저 일반 상식을 가르쳤어야 했다.

이걸 어쩐다, 하고 생각하고 있자 상자형 마차가 멈췄다.

마부는 용병인지 방심하지 않고 주위를 경계하고 있었다. 레이라가 일어서서 마차의 문을 열려고 했지만, 쿠로노가 먼저 문을 열고 내렸다.

오! 하고 자기도 모르게 목소리를 냈다. 오랜만에 보는 아들이 몰라보게 성장해서 그런 게 아니라, 마차에 아는 사람이 타고 있었다. 그녀 또한 놀란 듯한 표정을 짓더니 갑자기 가슴 앞에서 양팔을 교차시켰다. 자기 신원을 말하지 말라는 건가? 이유는 모르겠지만, 아는 사람의 부탁이다. 무턱대고 거절할 수는 없었다.

"다녀왔어, 아버지."

"여어, 바보 아들. 제도에서 만난 이후로군. 제국을 종단한 감상은 어떠냐?"

"지쳤어. 그런데 왜 이딴 곳에 있어?"

"이딴 곳이라니, 그렇게 말할 것까진 없잖냐. 내 마음에 드는 장소라고."

클로드가 뒤돌아서 자기 영지를 바라보자, 쿠로노가 옆에 섰다. 광대한 보리밭과 완만한 커브를 그리는 시내, 서로 힘을 모아 살아가듯이 세워진 집들, 그리고 알레오스 산지.

"어때? 좋은 경치지?"

"뭐, 알레오스 산지의 야만족과 싸우러 온 것만 아니었으면 그 랬을지도."

"미안하다. 우리 대에서 정리해 뒀으면 좋았겠는데……."

"그건……. 어쩔 수 없는 일이니까."

클로드는 약하게 웃는 쿠로노의 머리를 덥석 쥐고는 앞뒤로 흔 들었다.

"그래서, 어째서 여기에?"

"마이라가 일하라면서 시끄러워서 말이다. 도망쳐 왔지."

"좋은 타이밍이었네."

"그러게."

클로드는 작게 한숨을 내쉬었다. 체념하고 돌아갈 수밖에 없는 모양이다. 상자형 마차로 향했다. 쿠로노가 먼저 타고 그 뒤를 따 랐다. 맞은편 자리에 앉아 여성에게 시선을 향했다.

"쿠로노, 이 사람 소개는 없냐."

"아, 그녀는 가게 안주인인 셰라야."

클로드가 재촉하자, 쿠로노는 손바닥으로 여성—— 셰라를 가 리켰다.

"내 정부이지."

"뭔 소개를 하는 거야!"

창피한 것일까, 아니면 화내고 있는 것일까. 셰라는 얼굴이 새 빨개져서는 말했다.

카하하, 하고 클로드는 웃었다. 마차가 움직이기 시작했고, 클로드는 눈을 살짝 크게 뜨며 놀랐다.

"대단한데. 전혀 진동이 전해지지 않아."

"부하인 골디가 바퀴를 개조해 줬어."

"나중에 자세히 조사하게 해다오."

"망가뜨리지만 않는다면야."

"그러진 않을 거다."

어차피 내가 조사하는 게 아니고 말이지, 하고 클로드는 마음속으로 덧붙였다. 창밖으로 시선을 향하자 페이가 말을 탄 채 나란히 달리고 있었다. 이쪽을 보고 있었던 건 아니지만, 훈련을 졸라댈 것 같기에 내부로 시선을 되돌렸다. 그러자 쿠로노가 입을 열었다.

"부탁이 있는데, 괜찮을까?"

"걱정하지 않아도 네 애인한테는 손 안 댄다."

"그건 당연한 거고."

"그래서, 부탁이라는 건 뭐냐?"

"저택에서 부하를 쉬게 해줘도 될까?"

"상관없어. 하지만 침대가 부족하니 바닥에서 자야 할 거다."

"비바람을 피할 수 있는 것만으로도 고맙지."

쿠로노는 한숨을 내쉬었다. 아마 도중에 숙박을 거절당하기라도 한 것이리라.

"그러고 보니 아서는 어떻게 됐냐?"

"선생님으로 일해 주고 계셔. 상당히 열악한 환경이지만……."

"나랑 같아서 나이가 있으니 말이지. 얼른 개선해 줘라."

"노력하겠습니다."

쿠로노는 어깨를 움츠리며 말했다. 그리고 나서 두서없는 대화를 나눴다. 이야기를 듣는 한, 문제없이 영주 일을 해내고 있는 모양이다. 갑자기 대화가 끊기고——.

"아~, 그러고 보니 가우르 경 말인데……. 어때?"

"어떠냐고 물어봐도 말이지."

클로드는 다리를 꼬고는 허벅지를 팔 받침대로 삼아 턱을 괴었다.

"타우르한테 바보 같은 짓은 시키지 말라고 이야기는 해뒀다만……."

"즉, 지금 한창 바보 같은 짓을 하고 있다는 말이야?"

"알레오스 산지 기슭을 정찰이랍시고 계속 찔러대고 있지. 곤란하게 됐어."

"그게 그들의 일이잖아."

"그건 안다만, 야만족들은 요 몇 년간 계속 얌전했어. 순찰로 고생해가면서 어설프게 자극하지 않았으면 좋겠단 말이지."

좀 더 유연하게 대응하면 좋을 것을, 하고 클로드는 한숨을 내쉬었다.

"그에 관한 건?"

"제대로 정식 문서로 전해 됐다. 뭐, 무시하고 있지만 말이다.

이 상태라면 오늘도 정찰하고 있지 않겠냐?"

클로드는 창밖—— 알레오스 산지를 바라봤다.

※

가우르는 덤불을 헤치며 어렵게 원생림을 나아갔다. 평범한 산이라면 지금보다 더 수월했을 테지만, 알레오스 산지는 사람의 손이 거의 닿지 않았기에 탐색이 쉽지 않았다. 천연 요새라고 평해도 좋을 것이다. 걸핏하면 덤불을 헤쳐야 하는 탓에 창은 그저 짐이었고, 몸도 금방 땀범벅이 되었다.

가우르는 이 모든 게 상대의 노림수처럼 느껴졌다. 물론 그럴리가 없다. 하지만 그랬으면 좋겠다. 이게 야만족의 책략이라면 완전군장으로 왔음에도 손도끼를 준비하지 않은 자신을 용서할수 있다.

하지만 사실은 도끼가 문제가 아니다. 가우르 일행은 알레오스 산지에 관해 아무것도 몰랐다. 그래서 이렇게 덤불을 헤치는 처지가 되었다.

이런 상태로 야만족을 토벌할 수 있는 건가 하는 초조감이 쌓였다. 지금도 야만족들은 제국의 틈을 살피고 있을 게 틀림없다. 만약 야만족들이 이 틈에 공격해 온다면? 생각하는 것만으로도 간담이 서늘해진다. 위협은 격퇴해야만 한다. 알코르 재상도 그렇게 생각했기에 가우르를 주둔군 지휘관에 앉힌 것이다.

그런데—— 이 와중에 섣불리 자극하지 말라는 게 대체 무슨 말이야.

가우르는 크로포드 남작이 보낸 문서 내용을 떠올리며 덤불을 헤쳤다. 떠올린 것만으로도 속이 부글부글 끓었다. 무공(武功)으로 지위를 얻은 자가 할 소리가 아니다. 이건 겁쟁이의 말이다. 평화에 젖어 투쟁심을 잃은 게 분명했다.

하지만 자신은 다르다. 겁쟁이가 아니다. 죽음조차도 두렵지 않다. 야만족을 토벌하여 제국에 안녕을 가져올 것이다.

그렇게 하면 아버지도——.

그는 작게 고개를 내저었다. 아버지는 상관없다. 그는 그런 사소한 목적을 위해 목숨을 거는 게 아니다. 제국을 야만족의 위협에서 해방하기 위해, 자신의 힘을 증명하기 위해 목숨을 거는 것이다.

가우르는 움직임을 멈추고 뒤돌아봤다. 뒤로 10명의 부하가 따라오고 있었다. 원생림을 헤치고 들어와 나름 시간이 지났지만, 아직 낙오자는 없다. 다만 모두 피로한 기색이 짙었다. 피로에 빠지면 경계심이 허술해진다. 말을 걸어 정신을 바짝 차리게 해야 하리라.

"여기는 야만족들의 지배 영역이다! 주의해라!!"

"네!"

귀여운 목소리가 울렸다. 가우르의 눈앞에 있는 병사의 목소리다. 이 소녀 같은 용모를 지닌 소년은 니아라고 하는데, 상인 가문의 삼남으로, 장사의 밑천을 벌기 위해 병사가 되었다고 한다. 맡은 일은 열심히 했지만, 체격이 빈약하고 기량도 변변찮았다. 용케도 신병 훈련소를 졸업했구나 싶을 정도였다. 아마 교관한테 의욕이 없었던 것이리라.

"너희들! 대답이 없다!!"

"네!!"

"""""""""""""엡!!"""""""""""""

가우르가 목소리를 높이자, 니아와 8명의 병사가 대답했다. 직후 8명의 병사가 실소했다. 니아의 목소리가 귀여운 탓이다. 긴장감 없는 모습이 답답했다. 하지만 대답이 없는 자보다는 낫다. 최후미로 시선을 향하니 하얀 군복을 입은 여자의 모습이 보였다. 제12 근위기사단에서 부관을 맡고 있던 세실리 하말이었다.

"세실리, 나는 대답이 없다고 말했다만?"

"저는 제대로 대답했사와요."

"들리지 않았다."

"못 들은 쪽이 잘못한 거 아닌가요?"

세실리는 밉살스러운 어조로 말했다. 가우르는 질린다는 듯 인상을 찌푸렸다.

처음 제12 근위기사단의 부관이 부하로 온다고 들었을 때는 매우 기대했다. 근위기사단은 군의 최고 엘리트다. 일반 병사와는 차원이 다르다. 하물며 그녀는 제5 근위기사단 단장 블러드 하말의 여동생이다. 기대할 수밖에 없다. 하지만 기대가 실망으로 변하기까지 시간은 그리 걸리지 않았다. 그녀는 사사건건 명령에 거역했다.

"나한테, 들리도록, 다시 말해라."

"……."

가우르가 명령하자 세실리는 말없이 고개를 돌렸다. 삐친 듯이 입술을 삐죽 내밀 뿐이었다. 나 참, 뭐가 그렇게 마음에 들지 않는 것인가. 이제 지긋지긋하다.

"명령에 따를 수 없다면 돌아가라."

"네, 알겠사와요. 누가 같이——."

"혼자서 돌아가라."

"저한테 혼자서 돌아가라고 말씀하시는 건가요!"

가우르가 세실리의 말을 가로막고 말하자, 세실리는 거친 목소리로 말했다.

"그렇다!"

"——큭!"

세실리는 분노를 참는 것처럼 입술을 꽉 깨물고는, 발걸음을 되돌렸다. 니아가 입을 열었다. 혼자 가게 해도 괜찮은 거냐고 말할 생각이리라. 바보 같은 질문이다. 대답은 정해져 있다. 흥, 하고 가우르는 콧방귀를 뀌고는 등을 돌렸다. 덤불을 헤치며 걷기 시작했다. 머지않아——.

"으아아아아!"

"무슨 일이냐?!"

비명이 일었다. 니아의 비명이다. 가우르는 뒤돌아보고는 휴, 하고 한숨을 내쉬었다. 부상을 입은 건가 싶었는데, 니아는 무사했다. 얼굴이 창백해져서 당장이라도 기절할 것 같지만——.

"왜 그러지?"

"제, 제 다리가! 제 다리에 뭔가가!!"

다가가서 물어보니 니아는 반 광란 상태로 외쳤다. 발밑을 봤지만, 풀이 무성해서 잘 보이지 않는다. 무릎을 꿇고 앉아 풀을 헤쳤다. 니아가 쭈뼛쭈뼛 입을 열었다.

"어, 어어, 어떤가요?"

"풀이 휘감겨 있을 뿐이다."

가우르는 넌덜머리가 난 기분으로 대답했다. 니아의 발치에는 풀이 휘감겨 있었다. 하지만 그뿐이다. 단검으로 풀을 끊고 일어섰다.

"가우르 대장, 죄송합——!!"

니아는 사과의 말을 입에 담으려다가 숨을 삼켰다. 가우르가 단검을 던졌기 때문이다. 물론 칼집에 넣어져 있다. 니아는 당황한 모습으로 단검을 잡았다.

"다음은 스스로 해라."

"받아도 괜찮은 건가요?"

가우르가 한숨을 섞으며 말하자, 니아는 눈을 반짝이며 말했다. 빌려주는 것뿐인 게 당연하지 않냐고 대구할 뻔했지만, 아슬아슬한 타이밍에 멈췄다.

삼남이라고는 해도 니아는 상인 가문의 아들이다. 건네준 단검이 싸구려라는 걸 금방 알아차릴 터다. 싸구려 단검을 아까워했다고 여겨지는 건 좋지 않다.

"그래, 주마."

"감사합니다."

니아는 허겁지겁 단검을 벨트에 찼다. 나 참, 뭐가 그렇게 기쁜 것인지. 넌더리가 난 기분으로 다시 덤불을 헤쳤다. 몇 미터도 채 나아가기 전에——.

"꺄아아아아!!"

"——!!"

여자의 비명이 울렸다. 세실리의 비명이다. 반사적으로 뒤돌아보니 세실리가 거꾸로 매달려 있었다. 야만족이 설치한 함정에 걸린 것이다. 깊은 한숨을 내쉬었다. 주의하라고 말하자마자 이 꼴이다. 명령을 무시하니까 이렇게 되는 것이다.

"누가 절 구하도록 하세요!"

세실리가 스커트를 누르며 소리쳤다. 하지만 부하들은 서로 눈짓할 뿐이다. 지휘권은 가우르한테 있으니까 당연하다. 마음에 안 드는 상사의 꼴불견인 모습을 보고 싶다는 마음도 없는 건 아니겠지만——.

"……가우르 대장."

"세실리를 내려 줘라."

니아가 쭈뼛쭈뼛 말했고, 가우르는 명령을 내렸다. 부하가 움

직였다.

"어이, 이 밧줄은 어디에 이어져 있는 거야?"

"일단 자르면 되는 거 아니야?"

"당신들! 거칠게 내렸다가는 용서하지 않겠어요!"

"간다."

가우르는 다시금 덤불을 향했다. 나 참, 지긋지긋하다. 각오도 있다. 마음도 있다. 그런데도 생각대로 나아가지 않는다. 뒤에서 소리가 울렸다. 아마 세실리가 지면에 떨어진 것이리라. 짜증스러운 기분으로 덤불을 헤치고 있자――.

"가, 가가, 가우르 대장!"

니아가 소리쳤다. 어지간히 동요한 것이리라. 목소리가 날카로워져 있다. 대충 거머리한테 물렸다든가 그런 것이리라. 명색이 제국의 병사다. 좀 더 침착한 태도를 견지했으면 한다. 일일이 도와주고 있어서는 니아를 위한 일이 되지 않는다. 무시하고 앞으로 나아갔다.

"가우르 대장!!"

"뭐냐!"

니아가 재차 소리쳤고 가우르는 뒤돌아봤다. 그러자 10m 정도 떨어진 곳에 창이 꽂혀 있었다. 조잡하게 만들어진 창이다. 부하들은 멀리서 둘러싸 창을 쳐다보고 있다. 세실리는―― 함정에서 풀려나 지면에 주저앉아 있다.

"저건 뭐냐?"

"창입니다!"

"그런 건 알고 있다!"

가우르가 호통치자 니아는 목을 움츠렸다. 어째서 창이 저런 곳에 꽂혀 있는 것인지를 묻고 싶었는데 눈치가 나쁜 것에도 정도가 있다. 이전에 소속되었던 제2 근위기사단이라면 있을 수 없는 일이다. 역시 일반 병사의 질은 낮은 모양이다.

갑자기 부하들이 술렁였다. 창이 빛에 감싸인 것이다. 빨간빛이다. 진홍이자 파괴를 관장하는 전신의 신위술과 매우 흡사하다. 빛이 사라지고, 부하들이 다시 술렁였다. 잠시 후 빛이 창을 감싸고, 또다시 사라졌다. 그것이 반복된다. 무엇이 목적일까.

"가, 가우르 대장?"

"뭐지?"

"저, 점멸 간격이 짧아지고 있지 않나요?"

니아가 떨면서 창을 가리켰다. 가우르는 창을 쳐다봤다. 확실히 점멸 간격이 짧아지고 있다. 그걸 이해한 순간, 전신에 소름이 끼쳤다.

"너희들! 흩어져라!!"

가우르는 큰 목소리로 외쳤다. 부하들이 서로 얼굴을 마주 보고는, 당황한 모습으로 그 자리에서 도망치려 했다. 명령을 이해하지 못했는지, 니아는 가만히 서 있었다. 생존 본능이 망가져 있는 거냐, 하고 마음속으로 악다구니를 내뱉으며 목덜미를 붙잡아 감싸듯이 끌어안았다.

다음 순간, 진홍색 빛이 작렬했다. 폭풍이 밀려왔다. 저항할 방법 따위 없었다. 폭풍에 날아가 지면을 나뒹굴었다. 몇 회전했는지 알 수 없다. 갑자기 충격이 몸을 꿰뚫었다. 고통에 신음하며 고개를 드니 나뭇잎이 떨어졌다. 아무래도 나무에 강하게 부딪힌 모양이다.

주위를 둘러보니 덤불이 쓰러지고, 부하가 지면에 자빠져 있었다. 그 중심에는 창이 꽂힌 채로 세워져 있다. 빨간빛에 감싸여 있던 창이다. 그만한 폭풍을 발생시켰는데도 불구하고 흠집 하나 없었다. 가우르는 니아를 밀어내고 일어섰다.

폭풍 때문인지 아니면 머리를 부딪친 것인지, 다리가 휘청거렸다. 가볍게 머리를 흔들었다. 공격받아 대미지를 입었다. 만약 자신이 적의 입장이라면——.

"적입니다!"

"알고 있다!"

가우르는 니아에게 소리치며 대꾸했다. 고개를 들자 여자가 하늘에서 내려오던 참이었다. 머리카락이 짧은 여자였다. 모피를 걸치고, 짐승 발톱이나 엄니로 만든 장식품을 몸에 달고 있다.

무희처럼 보이기도 하지만, 그렇지는 않다. 진홍빛이 여자의 몸을 장식하고 있다. 각인술—— 야만족에 전해지는 주법(呪法)이다. 여자는 야만족 전사인 것이다. 여자가 지면에 꽂힌 창 위에 내려섰다. 좀처럼 믿기 힘든 광경이지만, 이것도 각인술의 힘이리라.

"떠나라, 여기, 우리의 땅."

"야만족 놈, 웃기지도 않는 말을 지껄이지 마라."

여자가 사투리 억양이 강한 말로 말했고, 가우르는 맞받아쳤다. 뭐가 우리의 땅이냐. 호되게 쫓겨나 도망친 것뿐이지 않은가. 여자의 제멋대로인 말에 투지가 솟아올랐다. 등에 있는 창에 손을 뻗었다. 하지만 가우르의 손은 허공을 움켜쥐었다. 짊어지고 있었을 터인 창이 없다.

폭풍을 맞았을 때 날아가 버린 것이리라. 다시금 주위를 둘러봤다. 있다. 창은 가우르와 여자 사이—— 쓰러진 덤불에 파묻혀 있다.

이쪽의 의도를 이해했는지, 여자가 입가를 치켜올렸다. 불쾌한 미소다. 정정당당하게 승부할 생각 따위 없다는 걸 한눈에 알았다. 자신의 나쁜 운에 혀를 찰 것 같았다. 하지만 실전이란 그런 법이다. 이 열세를 뒤집어야만 자신의 실력을 증명할 수 있다는 것이다.

여자가 창에서 뛰어내렸고 가우르는 지면을 박찼다. 일직선으로 자신의 창을 향했다. 여자가 소리도 없이 착지하여 창을 지면에서 뽑았다. 돌로 만들어진 창날 끝이 드러났다. 그런 걸로 싸울 생각인가, 하고 재차 분노가 치밀어올랐다.

여자가 가우르를 향해 창을 내리쳤다. 하지만 가우르가 피하면서 창은 허무하게 지면을 때렸다. 가우르는 그대로 달려들었다. 맨손으로 돌진해 올 거라고는 생각지 않았던 여자는 놀란 눈치였다. 가우르가 어깨로 들이받자 여자는 날아갔다. 하지만 생각보다 훨씬 가벼웠다. 여자가 스스로 뛴 것이다. 대미지는 거의 없다고 봐야 했다.

야만족의, 게다가 여자라고는 해도 상당한 실력이었다.

역시 싸움은 이래야지.

싸울 힘도 없는 자와 싸우는 건 언어도단, 하물며 그것을 전과라고 자랑하는 건 부끄러운 줄도 모르는 짓이다. 뭐, 욕심을 부리자면 대미지를 주고 싶었는데——.

어쨌든 여자를 창에서 떨어뜨렸다. 가우르는 여자를 노려보며 창을 주워 들었다. 거친 만듦새지만, 카누치가 만든 명창이다. 어릴 적에 본가 창고에서 발견하여, 군사 학교를 졸업했을 때 아버지로부터 물려받았다. 이 창을 손에 쥐면 힘이 솟아오른다.

창을 들고 자세를 취하자 여자도 창을 들고 공격 자세를 취했다. 슬금슬금 거리를 좁혔다. 여자는 움직이지 않았다. 자기가 유리하다고 확신한 것일까.

날 너무 얕보았군.

가우르에게 신위술 소양은 없다. 마술도 익히지 않았다. 그 대신 창술을 갈고 닦았다. 근위기사단 단장과도 대련했다. 결과는 좋지 못했지만, 이대로 단련을 쌓으면 이길 수 있다는 확신을 얻었다. 즉, 현시점에서도 자신은 제국 굴지의 실력자라는 말이다.

가우르는 발을 멈췄다. 무릎에서 힘을 빼고, 힘을 폭발시켰다. 눈 깜짝할 사이에 거리가 좁아지고 여자가 놀란 듯이 눈을 휘둥그레 떴다. 회심의 찌르기다. 피할 수 있을 리가 없다. 가우르는 자신의 승리를 확신했다.

하지만 창은 허공을 꿰뚫었다. 이번에는 가우르가 눈이 휘둥그레졌다. 최고의 일격을 피했다. 아니, 놀랄 부분은 거기가 아니다. 여자는 찌르기를 눈으로 보고 피했다. 반사행동도, 예측도 아니고 보고 피한 것이다. 말도 안 된다. 아니, 그 밖에도 기묘한 점이——.

"——!!"

가우르는 사고를 중단했다. 여자가 바로 코앞에 닥쳐와 있었기 때문이다. 젠장! 하고 마음속으로 악다구니를 내뱉었다. 예상외의 일이 일어났다고는 해도 집중력을 너무 잃었다. 여자가 창을 내리쳐 가우르는 옆으로 뛰었다. 다음 순간 창이 튀어 오르고 뺨에 통증이 지나갔다. 공격을 완전히 피하지 못한 것이다. 그뿐만 아니라 자세도 무너졌다.

여자는 이 틈을 놓치지 않고 노도 같은 연격을 펼쳤다. 창날 끝이 스쳤다. 갑옷 덕분에 대미지는 없지만, 반격으로 전환할 틈이 없다.

진정해라, 기회는 있어, 하고 자신에게 되뇌었다. 하지만 여자가 공격을 펼칠 때마다 마음이 흔들렸다. 이대로 손쓸 도리도 없이 당하는 것 아닐까. 기회는 없는 게 아닐까. 지금까지 혹독한 훈련을 쌓아 온 것은 헛수고였던 건 아닐까. 초조함과 망설임이 마음을 좀먹었다. 시야가 기울었다. 움푹 팬 곳에 발이 빠진 것이다. 결국 한쪽 무릎을 꿇었다.

여자가 창을 내리쳤고, 가우르는 순간적으로 창 자루로 공격을 막아냈다. 충격이 몸을 꿰뚫었다. 숨이 막히고 뼈가 삐걱거렸다. 마치 대형 아인의 공격을 받은 것만 같은 충격이었다. 여자가 낼 수 있는 위력이 아니었다. 가우르는 이변의 정체를 알아챘다. 여자가 각인술의 힘으로 육체를 강화한 것이다. 가우르의 찌르기를 피한 것도, 조금 전에 느낀 위화감의 정체도 각인술에 의한 것이 틀림없다.

하지만 그래서 어쩌란 말인가. 각인술의 정체를 알아도 당장이 궁지를 빠져나오지 못하면 어찌할 도리가 없다.

여자가 창을 쥔 손에 힘을 주었다. 힘을 그리 많이 넣은 것처럼 보이지 않건만 밀어낼 수 없었다. 도리어 조금씩 밀렸다. 대체 뭘 위해 이런 짓을 하는 것인가. 힘겨루기할 이유가 없다. 그가 표정을 찡그리자 여자가 속삭였다.

"각오, 됐나?"

"큭, 그걸 묻고 싶었던 거냐? 웃기지 마라!!"

"──!!"

여자가 놀란 듯이 눈을 크게 떴다. 조금이지만 가우르가 창을 밀어냈기 때문이다. 여자가 사나운 미소를 띠었다. 아직 즐길 수 있다고 생각하는 걸까. 하지만 그런 건 가우르가 알 바 아니었다. 얕본 대가를 치르게 해주마.

여자가 힘을 줬고, 가우르는 힘을 뺐다. 갑자기 힘을 뺀 탓에

여자의 상체가 휘청거렸다. 곧바로 몸을 비틀자, 여자는 꼴사납게 넘어졌다.

기회다!

결정타를 먹이고자 창을 내찔렀다. 여자가 지면에 손을 짚었다. 하지만 뭘 해도 헛수고다. 직후, 다리가 튀어 올랐다. 지면에 엎드린 상태에서 물구나무를 선 것이다.

한순간 머리가 새하얘졌다. 몸도 움직이지 않았다. 당연했다. 이런 상황을 겪은 적은 없거니와 상정한 적도 없다. 아마도 그건 여자도 마찬가지일 것이다. 갸우뚱한 표정이었다.

움직여라, 움직여라, 움직여——!! 가우르는 한쪽 무릎을 찧은 상태에서 발차기를 내질렀다. 발차기가 여자의 손에 닿을락 말락한 타이밍에 여자가 시야에서 사라졌다. 고개를 드니 여자가 하늘에 떠올라 있었다. 창으로 내찔러야 한다. 죽이지는 못해도 대미지는 줄 수 있다. 하지만 가우르는 공격하지 않았다. 여자는 다리부터 착지하더니 그대로 달리기 시작했다.

도망칠 셈인가, 하고 생각했다가 곧바로 생각을 고쳤다. 그녀가 도망칠 리 없다. 가우르는 천천히 숨을 내쉬고는 일어섰다. 그녀는 5m 정도 거리를 벌리고는 이쪽을 향해 돌아섰다. 즐거운 미소를 띠고 있었다. 분명 그건 자신도 마찬가지일 것이다.

가우르가 창을 들고 자세를 취하자, 호응하는 것처럼 여자도 창을 들고 자세를 취했다. 동시에 지면을 박찼다. 말은 필요는 없다. 서로 이해하고 있다. 여자가 창을 내리쳤다. 이미 일격의 위력은 알고 있다. 몸을 비스듬히 돌려 피하고 창을 내찔렀다.

신속의 찌르기였다. 하지만 여자는 어려움 없이 공격을 피했다. 하긴, 당연한가. 공격이 가장 효과를 발휘하는 건 적에게 처음 썼을 때다. 그러나 여자는 처음부터 공격을 피했었다. 두 번째를 피하지 못할 리가 없다.

여자가 창을 한 번 휘둘렀다. 궤도가 낮았다. 마치 땅을 기는 듯한 공격이었다. 다리를 들어 피하자, 여자는 창을 뒤로 뺐다. 조금 전처럼 연격을 펼칠 생각인가. 자, 이제 어쩐다? 정면에서 맞부딪치는 건 불리하다.

문득 어떤 생각이 뇌리를 스쳤다. 이거라면 열세를 뒤집을 수 있다.

하지만 이게 정말 옳은 선택일까? 아니, 잘못되었다면 그때는 그때다.

실행에 옮기자 여자가 뛰어서 물러났다. 의도대로 되었다.

좋아, 하고 가우르는 발을 내디디고 반격으로 전환했다. 그러자 여자의 움직임이 갑자기 어색하게 변했다. 공격도 완전히 피하지 못하고, 반격도 망설이기 시작했다.

이렇게까지 몰아넣었는데도 여자는 잘 버텼다. 초조함과 짜증이 치솟고 있을 텐데도 집중력을 잃지 않았다. 멋진 전사다.

이쯤 오니 도리어 그녀가 이 상황을 극복하는 모습이 보고 싶어졌다. 제국 군인이 할 생각은 아니지만.

하지만 그녀의 한계가 먼저 찾아왔다. 마침내 가우르의 공격이 여자에게 통했다. 창 밑동이 여자의 뺨에 닿은 것이다.

아차. 여자의 얼굴에 상처를 내고 말았다. 동요하여 공격 기세가 둔해졌다. 그 틈을 찔러 여자는 거리를 벌렸다.

"너, 거짓말쟁이!"

여자가 가우르를 가리키며 소리쳤다. 어린애 같은 말투에 힘이 빠질 뻔했다.

"난 거짓말한 적 없다만."

"공격한다, 시늉하고, 안 한다. 본다, 다른 곳, 공격한다. 거짓말쟁이."

"그건 거짓말이 아니야. 기술이지."

가우르는 짜증이 나서 받아쳤다. 그녀가 말하는 거짓말이란 페인트를 가리키는 것이다. 이상하게 놀라거나 움직임이 직선적인 점을 보아 대인 전투 경험이 적다고, 페인트가 통할지도 모른다고 생각했다. 그리고 예상은 적중했다. 거짓말쟁이라고 불릴 줄은 몰랐지만──.

"거짓말쟁──!!"

"지금이에요!"

""""""""""우오오오오오!!"""""""""

갑자기 세실리의 호령이 들렸다. 부하들이 함성을 지르며 달려들었다. 허를 찔린 탓에 여자의 움직임이 늦어졌다. 어떤 병사가 태클하여 넘어트리자 곧 다른 병사들도 몰려들었다. 물론 여자는 그냥 당하지 않았다. 창으로, 주먹으로, 손톱으로 필사적으로 저항했다. 가우르는 뒤늦게 상황을 깨달았다.

"너희들! 그만두지 못하겠냐!"

가우르는 큰 목소리로 외쳤다. 정정당당한 승부 중이었다. 찬물을 끼얹었을 뿐만 아니라 여덟 명이 여자 한 명을 짓누르려 하다니, 수치를 모르는 짓이었다. 하지만 부하들은 명령에 따르지 않았다. 그럴 여유가 없었다. 그만큼 여자는 격렬하게 저항했다.

"……세실리, 네 녀석."

"지휘할 수 없는 지휘관을 대신해서 지시를 내렸을 뿐이에요. 제게 불평할 일이 아니에요."

"나는 그녀와 정정당당하게 승부 중이었다."

"승부란 대등한 입장에서만 성립하는 것이에요."

세실리는 흥, 하고 콧방귀 소리를 내고는 머리카락을 쓸어올렸다.

"구, 구속했습니다!"

부하의 목소리가 들렸다. 시선을 향하니 엎어진 여자 위에 부하가 올라타고 있었다. 여자는 증오스럽다는 듯이 이쪽을 노려보고 있었다. 죄악감이 솟아났다.

"너, 비겁!"

"큭……."

여자가 거칠게 내뱉듯이 말했고, 가우르는 신음했다. 그럴 수밖에 없었다. 여자의 말대로였다. 승부를 더럽혔다. 비겁한 수를 썼다. 도무지 자랑스러운 행동이라고는 할 수 없었다.

"그래서, 어떻게 할 건가요?"

"……."

"잠자코 있지 말고 뭔가 말씀해 주지 않겠어요?!"

가우르가 말없이 있자, 세실리는 짜증 내며 소리쳤다. 그때, 돌연 강렬한 바람이 불어닥쳤다. 낙엽이나 모래가 흩날려 눈을 뜰 수 없었다.

꺄앗, 하고 짧은 비명과 함께 바람이 멎었다. 눈을 뜨니 어느새 부하들이 쓰러져 있었다. 붙잡았던 여자의 모습은 없다. 나뭇잎이 하늘에 흩날려, 반사적으로 고개를 들었다.

나무 위에는 여자 세 명이 있었다. 한 명은 가우르와 겨루던 여자였고, 다른 한 명은 녹색 각인을 가진 여자, 마지막 한 명은 검은색 각인을 가진 소녀였다. 셋은 가우르를 내려다보더니 흥미를 잃은 것처럼 고개를 들었다.

"비겁자! 도망칠 생각인가요!!"

세실리가 소리치자 가우르와 겨루었던 여자가 팔을 한 번 휘둘렀다. 빨간빛이 궤적을 그렸고 불꽃이 쏟아져 내렸다. 비명이 들렸지만, 불꽃에 휩싸인 사람은 없었다. 위협, 혹은 불쾌감을 표명한 것이리라.

가우르와 싸울 때는 쓰지 않았던 기술이었다. 이 힘을 썼더라면 싸움을 유리하게 진행할 수 있었을 터다.

가우르는 그녀가 자신에게 맞춰 주고 있었다는 것을 깨달았다. 처음 공격은 기습이었지만, 이후는 정정당당한 승부였다. 유리해진다는 걸 알고 있어도 쓰지 않는다. 그녀에게도 긍지가 있는 것이다.

세 사람이 무릎을 굽혔다. 나무를 박차고 이동할 생각이다.

"나는 가우르! 타우르 엘나스 백작의 아들 가우르다!!"

가우르가 외치자, 여자들이 다시 이쪽을 봤다.

"나는 이름을 댔다! 네 녀석도 이름을 대라!!"

"………라라."

"리리."

"수."

가장 먼저 싸웠던 소녀가, 다음으로 녹색 각인의 여자가, 마지막으로 검은 각인의 소녀가 이름을 댔다. 그리고 세 사람은 나무를 박찼다. 나뭇잎이 흩날렸고 세 사람은 하늘 높이 도약했다.

"다음에야말로 반드시……."

가우르는 멀어지는 세 사람의 뒷모습을 바라보며 주먹을 꽉 쥐었다.

※

저녁—— 밭을 따라 난 길을 나아가고 있자, 마차가 속도를 낮췄다. 크로포드 저택이 가까운 것이다. 밭을 지나자 높은 담이 모습을 드러냈다. 담장 윗부분은 철책으로 되어 있었다. 마차가 속도를 늦추며 천천히 커브를 돌았다.

문을 지난 곳부터는 크로포드 저택 부지다. 귀족의 저택치고는 검소한 정원이 펼쳐져 있었다. 이곳에 오기까지 숲이나 밭을 봐 온 탓인지 한적한 정취가 느껴졌다. 정원 안쪽에서 마차가 멈췄 다. 창문을 보니 페이가 말에서 내리던 참이었다. 마차로 달려와 문을 열었다.

"스승님! 대련! 대련인 것── 갸악!"

페이가 짧은 비명을 질렀다. 양아버지가 춥을 먹인 것이다.

"어째서 때리는 것입니까?"

"때린 게 아니다. 춥이다."

페이가 양손으로 머리를 누르며 말하자, 양아버지는 발끈한 듯 이 대꾸했다.

"어째서 춥을 하는 것입니까?"

"너는 상사지? 그렇다면 지시 정도는 내려라."

"이 부대의 지휘관은 쿠로노 님, 부관은 레이라 님인 것입니다. 저는 타이가 경과 동격인 제3순위인 것입니다. 그러니 대련을 해 주셨으면 하는 것입니다!"

페이가 가슴을 펴고 말하자, 양아버지는 깊은 한숨을 내쉬고는 쿠로노에게 시선을 향했다.

"명령해 줘라."

"페이, 말을 마구간에 묶고 마차를 정원 구석에 대."

"분부대로 하는 것입니다."

클로드한테 재촉받아 명령하자, 페이는 진지한 표정으로 고개를 *끄덕이고는——*.

"사브 씨~! 말을 마구간에 묶고, 마차를 정원 구석에 대 주셨
으면 하는 것입니다!!"

"예입, 누님!"

큰 목소리로 외쳤다. 그러자 사브가 달려왔다. 페이의 말——
흑왕의 고삐를 잡고는 익숙한 모습으로 마구간에 데리고 갔다.

"알바, 그라브, 게이너! 말을 마구간에 묶는다!!"

"""예!"""

사브의 말에 알바, 그라브, 게이너 세 사람이 대답했다.

"통째로 떠넘겨 버렸구만."

"사브 씨한테 맡기는 편이 순조로운 것입니다. 자, 대련을!"

"알았다. 단, 조건이 있다."

"어떤 조건인 것입니까?"

양아버지가 한숨을 섞으며 말했고, 페이는 귀엽게 고개를 갸웃
했다. 좋은 예감은 들지 않지만, 조건을 받아들일지 받아들이지
않을지 결정하는 건 쿠로노가 아니다. 입에 지퍼를 채웠다.

"일단락되고 나서면 된다. 마이라의 교육을 받아라."

"싫은 것입니다!"

페이가 즉답했고, 양아버지는 얼굴을 찌푸렸다.

"어째서, 싫은 거지?"

"파렴치한 교육은 노 생큐인 것입니다!"

"……파렴치한 교육."

"──!!"

어느새 다가온 것인가. 레이라가 나직이 중얼거렸고 페이가 헉, 하며 뒤돌아봤다.

"파렴치한 교육이라니 무슨 의미일까요?"

"아, 아아, 아무것도 아닌 것입니다."

레이라가 낮게 억누른 듯한 목소리로 말하자, 페이는 살짝 뒤집힌 목소리로 대답했다. 미묘하게 고개를 돌리고 있다. 분위기를 파악한 게 아니라, 위기 감지 능력이 발동한 것이리라. 좀 더 빨리 발동하면 좋았겠지만, 안타깝게도 이미 늦었다.

"그래서, 어떻게 할 거냐?"

"그건……."

양아버지가 묻자, 페이는 말을 머뭇거렸다. 만사휴의(萬事休矣), 이미 손 쓸 방도가 없다. 하지만 아직 포기하지 않은 것이리라. 바쁘게 눈을 움직이고 있다. 기사회생의 한 수를 떠올렸는지, 번뜩인 것처럼 양아버지를 봤다.

"저는 기사로서 쿠로노 님을 모실 생각이기에 괜찮은 것입니다!"

"그렇다는데. 너는 어떻게 생각하지?"

페이가 큰 목소리로 말하자, 양아버지가 이쪽을 봤다.

"여기서 나한테 돌리는 거야?"

"너 말고 누구한테 돌리라는 거냐."

"그렇긴 하지만……."

쿠로노는 우물우물 중얼거렸다.

"그래서, 어떻게 생각하냐?"

"글쎄."

쿠로노는 팔짱을 꼈다. 마이라의 교육이란 메이드 수업을 말하는 것이리라. 본인이 바란다면 또 모를까, 바라고 있지 않은 것이다. 그런 권력으로 괴롭히는 듯한 짓을 할 수는 없다.

역시 여기서는 부하를 지켜야만 한다. 페이한테 시선을 향하고 작게 고개를 끄덕였다. 의도가 전해진 듯 그녀는 가슴을 쓸어내렸다.

"메이드 수업, 멋지다고 생각합니다."

"의미심장한 시선을 보내 놓고서 그건 좀 아닌 것입니다!"

"미안. 본심이 새어 나왔어."

크흠, 하고 쿠로노는 헛기침했다. 좋아, 다시 하는 거다.

"물론 나는 페이의 마음을 존중하고 싶어."

"그런 것입니다. 제 마음이 중요한 것입니다."

"하지만 가장 중요한 건 내 마음이라고 생각하거든. 나는 페이의 메이드 모습을 보고 싶어. 그 미니스커트 메이드복을 입고, 부끄러워하는 모습을 보고 싶어."

"본심이 줄줄 새고 있는 것입니다! 본심이 아니라 원칙을 우선해 주었으면 하는 것입니다!"

"미안, 나는 약한 인간이야. 저주할 거면 인간의 나약함을 저주하길 바라. 그러니까, 힘내."

"무자비한 것입니다!"

페이는 큰 목소리로 외치고는 어깨를 풀썩 떨궜다. 메이드 수업을 한다는 운명을 받아들인 것인지, 더할 나위 없을 정도로 깊게 한숨을 내쉬었다. 그리고——.

"스승님! 대련인 것입니다!"

목소리를 높였다. 무서울 정도로 기분 전환이 빠르다.

"알았다, 알았어. 나중에 상대해 줄 테니까 저기 돌에 앉아 있어라."

"약속인 것입니다!"

페이는 정원 한구석에 있는 돌을 향해 뛰어갔다. 양아버지가 깊은 한숨을 내쉬고는 마차에서 내렸고, 쿠로노와 여주인도 뒤이었다.

"3년 만의 자기 집은 어떠냐?"

"어떠냐고 말해도……."

쿠로노는 크로포드 저택을 올려다봤다. 크로포드 저택은 자연석으로 만들어진 3층짜리 건물이다. 건물 양옆이 튀어나온 듯한 구조를 지니고 있다.

시선을 움직이자 조악한 오두막이 눈에 들어왔다. 구 크로포드 저택—— 양아버지를 비롯한 사람들이 남변경에 막 왔을 무렵에 세운 오두막이다.

"오랜만이라는 느낌."

"그야 그렇지."

크하하하, 하고 양아버지는 웃었다. 그때 현관문이 열렸다. 문을 연 것은 마이라다. 어째서인지 놀란 것처럼 눈을 크게 떴다. 무엇에 놀라고 있는 것일까. 뒤돌아보려 했더니——.

"어이, 앞을 보고 있어라."

양아버지가 머리를 붙잡고 앞을 향하게 했다. 그러자 눈앞에 마이라가 있었다. 찰나의 시간밖에 눈을 떼지 않았는데, 어느새 이동한 것일까. 무음살인술(사일런트 킬링)이라는 이름은 겉멋이 아니라는 건가.

"교관님, 오랜만——."

레이라가 달려가려고 했다. 하지만 마이라는 손으로 제지했다.

"마음은 기쁩니다만, 저는 메이드로서 도련님을 대해야만 합니다."

"——!! 죄송합니다."

레이라가 길을 비켰다. 마이라는 만족스러운 듯이 고개를 끄덕이고는 공손하게 머리를 숙였다.

"어서 돌아오십시오. 남변경에 오신다는 말을 듣고 일일천추의 심정으로 기다리고 있었습니다. 우선은 목욕하시겠습니까? 식사하시겠습니까? 아니면——."

"나한테는 아무것도 없는 거냐."

양아버지한테 말을 가로막혀 마이라는 발끈한 듯한 표정을 띠었다.

"주인님, 잘 돌아오셨습니다. 좀처럼 돌아오시지 않기에 추격대를 보내고자 생각하고 있었던 참입니다."

"추격대?!"

"실례했습니다. 심부름꾼을 보내고자 생각하고 있었다, 를 잘못 말했습니다."

쿠로노가 자기도 모르게 외치자, 마이라는 정정했다.

"얼른 집무실로 돌아가 일을 해주십시오."

"별 대단한 일도 아니잖아. 내일로 미뤄도——."

"외람되오나 한 말씀 드리겠습니다만, 오늘 할 수 있는 일을 내일로 미루어서는 안 됩니다."

"내일 할 수 있는 일을 오늘 해서 어쩌자는 거야."

양아버지와 마이라는 말없이 서로 노려봤다. 어느 쪽도 굽힐 것 같지 않다. 이대로 서로 기 싸움을 할 생각인가 싶었는데, 굽힌 건 양아버지였다. 항복이라는 듯이 손을 들었다.

"알았다, 알았어. 집무실로 돌아가서——."

"스승님! 약속을 깨실 생각인 것입니까?!"

페이가 큰 목소리로 외치며 달려왔다.

"페이 님, 주인님께는 일이——."

"약속은 약속인 것입니다!"

마이라가 설득하려 했지만, 페이는 들으려고 하지 않았다. 오랜 경험으로 설득은 불가능하다고 생각한 것이리라. 마이라는 어쩔 수 없다고 말하는 것처럼 한숨을 내쉬었다.

"뭐, 그런 이유다. 나는 이 녀석의 연습 상대가 되어 줘야만 해."

"그런 이유인 것입니다."

양아버지가 손을 머리 위에 올리자, 페이는 득의양양한 듯이 가슴을 폈다.

"그럼 어쩔 수 없지요."

"그 대신에 이번 건이 일단락되면 메이드 수업을 하겠다는 약속을 했어."

"스승님?!"

페이가 깜짝 놀라 양아버지를 봤다. 양아버지는 히죽 웃었다.

"약속은 약속이잖냐?"

"큭……."

페이는 분한 듯이 신음했고, 무언가 번뜩인 듯한 표정을 지었다.

"저는 메이드 수업을 하겠다고 약속하지 않은 것입니다! 그러니까, 무효인 것입니다!!"

"그렇게 나왔나."

페이가 약속 무효를 주장하여 양아버지는 얼굴을 찌푸렸다. 인제 와서 그런 말을 꺼내다니, 깊은 한숨을 내쉰 것은 무엇이었나. 하지만 그걸 지적해도 그녀는 자신의 주장을 억지로 밀어붙이려 할 것이 틀림없다.

양아버지를 봤다. 자, 이제 어쩐다, 하는 표정을 짓고 있다. 어쩐지 밀릴 것 같다. 양아버지는 메이드에 대한 집착이 부족했다. 곤란하다. 페이를 설득하지 않으면 메이드 수업 이야기가 없던 것이 되고 만다. 사명감에 휩싸여 입을 열었다.

"하지만 기사로서 섬기기 위해서는 예의 작법도 필요하다고 생각해."

"저는 무(武)로써 섬기고 싶은 것입니다!"

페이를 위하는 척하면서 자기한테 이익이 될 말을 해봤지만, 페이는 단호한 어조로 말했다. 만만치 않다. 그렇다면——.

"마음은 알겠지만 말이야. 구국의 영웅한테 지도를 받으면서 자기는 아무것도 하지 않는 건……."

"그걸 지적당하면 약한 것입니다."

이번에야말로 운명을 받아들인 것인지, 페이는 어깨를 풀썩 떨궜다.

"살살 부탁드리는 것입니다."

"안심해 주십시오. 몸을 가눌 수 없도록 해드리겠습니다."

"전혀 안심할 수 없는 것입니다!"

페이가 양손으로 얼굴을 덮었고, 마이라는 쿠로노에게 시선을 향했다.

"도련님, 부하분들은 어떻게 하시겠습니까?"

"저택에서 머물게 하려고 생각하는데……."

"잘 알겠습니다. 가구를 이동시키고 싶으니 도와주십사 하고."

"알았어."

쿠로노는 뒤돌아보고——.

"타이가! 잠자리를 확보하는 데 일손이 필요하니까 와줘!"

"알겠소이다!"

이름을 부르자 타이가가 달려왔다. 수인 다섯 명도 함께다. 그

중 한 명이 머리를 꾸벅 숙였다. 신성 아르고 왕국에서 같이 싸웠던 흑표범 수인—— 엣지다.

"가능하다면 요리도 도와주셨으면 하고."

"요리라면 내가 돕겠어."

"잘 부탁드립니다."

여주인이 나섰고, 마이라는 공손하게 머리를 숙였다.

※

밤—— 이 침대에서 자는 것도 2년 만인가, 하고 쿠로노는 천장을 올려다봤다. 이 세계에 오고 1년 남짓을 남변경에서, 2년을 제도에서 보냈다.

제도에 있었을 무렵에는 언젠가 군에서 퇴역하고 평범한 영주로서 지내게 될 거라고 생각했는데, 지금은 제국을 바꾸려 하고 있다. 물론 후회는 없다. 죽어 간 부하에게, 따라와 주는 부하에게 보답한다. 그것이 지금 하고 싶은 일이다. 뭐, 그건 그렇다 치고 인생은 뜻대로 되지 않는다는 게 솔직한 감상이었다.

그런 생각을 하며 옆으로 돌아, 멍하니 자신의 방을 바라봤다. 가구가 꼭 필요한 것만 있었다. 이건 이 방에 한한 이야기가 아니다. 원래 크로포드 저택은 가구나 집기가 적다. 가구도 장식이 적은 실용 위주 물건뿐이다. 자신을 위해서가 아니라, 영민을 위해 세금을 쓰는 것이 양어머니의 바람이었기 때문이다. 지금도 양아버지는 양어머니의 소원을 계속 이뤄 주고 있다. 이것 또한 사랑일 것이다.

다시 천장을 올려다봤다.

"안주인, 늦네~."

쿠로노가 중얼거린 그때 노크 소리가 울렸다. 여주인일까. 침대에서 내려와 문으로 향했다. 살며시 문을 열었다. 그러자──.

"얼른 열어 줘."

문을 다 열기도 전에 여주인이 밀고 들어왔다. 여주인은 손을 뒤로 돌려 문을 닫고는 휴, 하고 안도의 한숨을 내쉬었다. 쿠로노는 여주인을 빤히 쳐다봤다. 섹시한 네글리제 차림에 입가가 풀어졌다.

여주인은 몸을 부르르 떨고는, 쏘아보는 듯한 시선으로 쿠로노를 쳐다봤다.

"뭘 웃고 있는 거야?"

"섹시한 네글리제구나 싶어서."

"이건……."

여주인은 몸을 비틀었다. 부끄러운 것이리라. 얼굴이 새빨갛다. 풋풋한 반응에 만족감을 느낀다. 부끄러워하는 여성은 훌륭하다.

"처음 보는 거네."

"가지고 온 네글리제를 세탁했으니 어쩔 수 없잖아. 나 참, 이런 차림으로 남의 집을 걷다니, 도무지 산 기분이 아니었다고."

여주인은 투덜투덜 불평을 늘어놓았다.

"다른 사람들의 상태는 어땠어?"

"배불리 밥을 먹고, 쿨쿨 잘 자고 있어."

"다행이네."

쿠로노는 휴, 하고 안도의 한숨을 내쉬었다. 마차를 이용했다고는 해도 한 달이 걸린 오랜 여행이다. 피로가 쌓였을 거다. 느긋하게 쉬어서 기력을 회복했으면 한다.

"그래서, 나는 언제까지 서 있으면 되는 거야?"

"미안, 미안. 그럼, 침대로……."

"아, 아~, 괜찮으면 가슴으로 해줄까?"

쿠로노가 어깨에 손을 두르자, 여주인은 쭈뼛쭈뼛 말을 꺼냈다.

"그래도 돼?!"

"좋은 미소네~."

여주인은 못마땅한 표정을 지었다. 자기가 말을 꺼냈는데도 그다지 내키지 않아 보였다.

너무 깊이 생각한 건가 싶기도 했지만, 쿠로노는 일단 여주인한테서 손을 떼고 침대에 다이빙했다. 그대로 굴러 천장을 보고 누운 자세가 되었다.

"뭐 하는 거야?"

"가슴으로 해주는 건 2회차 이후로 하고……. 우선은 낮에 한 약속을!"

"그렇게 나오셨나."

여주인은 침대로 다가와 앉았다. 그러나 깊은 한숨을 내쉴 뿐,

움직이려 하지 않았다.

쿠로노는 몸을 일으켜 살며시 어깨를 만졌다. 여주인이 움찔하며 몸을 떨었다.

"혹시, 가슴으로 끝낼 생각이었던 건 아니지?"

"그렇진 않아, 그렇진."

"정말이려나~."

고개를 돌리는 여주인을 뒤에서 끌어안아 가슴을 만졌다. 여주인은 저항하지 않았다. 여전히 훌륭한 가슴이다. 부드럽고, 그러면서도 중량감이 있다. 역시 가슴으로 서비스를 받는 게 좋았으려나 하고 생각하면서 원을 그리듯이 손을 움직였다.

문득 위화감을 느꼈다. 반응이 희미한 것이다. 너무 자기 본위로 움직인 것일까. 일말의 불안을 느끼며 낌새를 살피고, 내심 가슴을 쓸어내렸다. 피부가 살짝 상기되어, 필사적으로 소리를 참고 있다는 걸 알았기 때문이다. 그 필사적인 모습에 장난기가 자극되었다. 가슴을 주무르는 걸 멈추고, 어루만지다시피 하며 어떤 장소를 향해 손을 움직였다.

"뭘 하── 으응!"

가슴의 정점을 집어 올리자, 여주인의 입에서 소리가 새어 나왔다. 어딘가 간드러진 듯한 목소리다.

"어라? 안주인, 혹시──."

"그럴 리 없잖아. 조금 놀란 것뿐이야."

여주인은 쿠로노의 말을 기다리지 않고 부정했다. 물론 쿠로노는 믿지 않았다. 이런 요염한 모습을 드러내 놓고서 믿을 수 있을 리가 없다. 하지만 그 거짓말에 넘어가 줬다.

"그렇지. 조금 놀란 것뿐이겠지."

"그, 그래. 다, 당연하잖아."

"그럼 더 해도 되겠네?"

"사, 상관없어. 워, 원하는 만큼 해."

"그럼, 사양하지 않고."

쿠로노는 히죽 웃고는 가슴의 정점을 공략했다. 여주인은 목소리를 내지 않으려고 손가락을 깨물었다. 그 동작에 점점 더 장난기가 자극되고 만다. 한쪽 손을 살며시 하반신으로 뻗었다. 그러자 여주인이 쿠로노의 손목을 붙잡았다. 하지만 그 힘은 연약하다.

"왜 그래?"

"거기는……."

"거기는 뭐?"

"아, 아무것도 아니야!"

쿠로노가 짓궂게 되묻자, 여주인은 살짝 목소리가 거칠어졌다. 허가를 받았기에 사양하지 않고 하반신에 손을 뻗었다. 흥건히 젖은 감촉이 전해져 온다.

"안주인, 속옷이……."

"더, 더워서 그래!"

"그러고 보니 조금 덥네."

"너, 알고서── 으으응!!"

손가락으로 집어서 비틀자, 여주인은 몸을 움찔 떨었다. 당연히 알고서 하고 있다. 하지만 여주인이 거짓말을 하지 않았다면 이렇게는 되지 않았다. 그러니 공격한다, 공격한다, 쉴 새 없이 공격해서 몰아붙인다.

하지만 여주인은 이런 상황에 이르러서도 아직 목소리를 내지 않으려 했다. 이미 손가락에서 젖은 감촉이 전해져 오고 있는데도.

여주인의 몸이 살짝 굳어지자, 쿠로노는 손을 멈췄다. 여주인이 책망하는 듯한 시선으로 쳐다봤다. 앞으로 조금이었는데. 그런 마음이 전해져 오는 듯하다. 평소라면 기쁘게 기대에 응했겠지만, 오늘은 안 된다. 쿠로노는 바지와 팬티를 벗고 위를 본 자세로 침대에 누웠다. 여주인의 시선을 느낀다.

"위에 올라타 준다는 약속이었지?"

"…………알았어."

여러 가지로 갈등이 있었던 것이리라. 여주인은 상당히 뜸을 두고 고개를 끄덕였다. 침대에 올라가 그대로 쿠로노한테 올라타려 했다. 하지만──.

"잠깐."

"아직도 뭔가 더 있는 거야?"

쿠로노가 제지하자, 여주인은 의아해하는 시선을 향했다.

"선 상태에서 올라타고, 그러고 나서 천천히 허리를 내려 주세요."

"그런 짓——."

"티리아가 할 수 있는 건 안주인도 할 수 있잖아?"

"큭, 알았어! 해, 해주겠다 이거야!"

여주인은 일어서서 다리를 벌리고 쿠로노 위에 섰다. 특등석이
다. 여기서라면 실로 잘 보인다. 시선을 알아차렸는지 다리를 오
므리려 했지만, 다리 사이에 쿠로노를 끼운 채로 서 있는 탓에 다
리를 오므릴 수 없었다. 기껏해야 안짱다리에 그쳤다. 결의를 굳
힌 듯이 무릎을 굽히고——.

"팬티는 안 벗어?"

"——큭!"

쿠로노가 말을 건네자, 여주인은 움직임을 멈췄다. 입술을 꽉
깨물고, 손가락으로 팬티 끈을 집었다. 끈을 당기자 팬티가 하늘
하늘 떨어졌다.

"이걸로 불만 없지?"

"불만 같은 거 말한 적 없는데 말이야~."

"잘도 말하네."

흥, 하고 여주인은 콧방귀 소리를 내고는 천천히 무릎을 굽혔
다. 여주인이 가까워져 온다. 조금만 더 가면 보이려던 찰나에 보
이지 않게 되었다. 여주인이 무릎을 붙인 것이다.

"무릎을 붙이면 안 돼."

"아, 알고 있어!"

여주인은 거친 목소리로 말했다. 수치심과 흥분 때문이다. 아래쪽에서 보고 있기에 잘 알 수 있다. 하지만 언제까지고 시간이 지나도 무릎을 벌리려 하지 않았다. 어쩔 수 없이 무릎에 손을 댔다. 그리 힘을 많이 주지는 않아도 무릎은 쉽게 벌어졌다.

"이 이상은 좀 봐줘."

"얼굴을 가리는 것도 금지."

쿠로노는 몸을 일으켜 손목을 붙잡았다. 여주인은 그걸 뿌리치려 했지만, 저항은 소극적이었다. 무릎도 그렇고, 진심으로 저항할 생각이 없는 것이다. 그녀가 굳이 이러는 이유는 일단 저항했다는 사실이 중요하기 때문이다.

"자, 천천히 허리를 내려."

"아아, 정말⋯⋯."

좀 봐줘, 하고 여주인은 모깃소리 같은 가냘픈 목소리로 말하며 허리를 내렸다.

쿠로노 전기

이세계 전이한 내가 **최강**인 건
침대 위에서만인 것 같습니다

아침── 깡, 깡 하는 소리가 들려왔다. 망치를 두드리는 소리보다 가볍고 메마른 소리였다. 무슨 소리일까 싶어 쿠로노는 내심 고개를 갸웃했다. 그건 목검을 맞부딪치는 소리였다. 양아버지가 페이한테 검술 지도를 해주고 있는 것이리라.

좀 더 자고 싶은데, 하며 몸을 뒤척였다. 그러자 뭔가, 아니, 누군가한테 닿았다. 아니, 누구인지는 뻔했다. 여주인이다. 손을 뻗자, 부드러운 것에 닿았다. 젖가슴이다. 젖가슴의 감촉이다. 하지만 위화감이 있다. 기억하는 것보다 좀 작았다. 대체 이건 어떻게 된 일인가. 뭔가 의아했지만 일단 주물렀다.

"도련님, 그만둬 주십시오."

눈을 뜨자, 마이라가 옆에 있었다. 아니, 그렇다기보다 곁에 누워 있었다. 쿠로노는 손을 멈췄다.

"마이라, 어째서 곁에 누워 있는 거야?"

"하지만 도련님이 원하신다면 기꺼이 응해 드리겠습니다. 아아, 여자인 것을 우선하는 약한 저를 용서해 주십시오."

마이라는 쿠로노의 질문을 무시하고 말했다. 질문에 대답해 줬으면 한다.

"어째서, 곁에 누워 있는 거야?"

"자아, 지금이야말로 내면의 짐승을 해방할 때입니다. 이 마이라, 이미 각오는 되어 있습니다."

"어째서——."

"도련님을 깨우는 건 메이드인 저의 역할이 아닐까 하여."

"……그렇습니까."

세 번이나 되물은 끝에 대답해 주었다. 깨우는 거야 어쨌건, 곁에 누워 자는 건 메이드의 역할이 아닌 듯한 느낌이 들지만 그건 제쳐 두고——.

"다른 사람들은?"

"휘하분들은 이미 아침 식사를 끝내고 주변 순찰을 하고 있습니다. 물론 저도, 주인님도 이미 아침 식사를 끝냈습니다."

윽, 하고 쿠로노는 신음했다. 아무래도 늦잠을 잔 모양이다. 쭈뼛쭈뼛 입을 열었다.

"안주인은?"

"안주인? 아아, 셰라 님 말이군요. 아침 일찍 저택에서 출발하셨습니다. 물론, 목욕을 끝낸 후에 말이죠. ——어젯밤은 즐기셨던 모양이군요."

"네, 오랜만이었기에 즐겼습니다."

"셰라 님에게 어젯밤의 일을 물어본바——."

"아니, 그런 건 왜 물어보는 거야?"

"밤일을 파악해 두는 것도 메이드의 일이 아닐까 하여."

"아니라고 생각하는데……."

"이해하지 못하셔도 무리는 아닙니다. 도련님은 메이드가 아니기에."

마이라는 어쩔 수 없다는 것만 같은 어조로 말했다.

"셰라 님으로부터 침실에서의 일을 듣고, 도련님의 수컷으로서의 성장에 감복, 아니, 너무 과격하신 것 아닐까 하고 우려하는 마음을 품었습니다."

"감복했다니⋯⋯."

"잘못 들으신 것 아닌지?"

"했잖아."

"잘못 들으신 것 아닌지?"

"⋯⋯그렇다고 치자."

쿠로노는 포기했다. 이 사람은 끝까지 시치미를 뗄 작정이다.

"이해해주셔서 감사합니다. 제가 본 바로는 셰라 님은 경험이 많지 않은 것 같습니다."

"그건 나도 알고 있어."

"송구하지만, 경험이 적은 상대한테 과격한 행위를 하는 건 바람직하지 않습니다."

"응, 뭐어, 그럴지도⋯⋯."

쿠로노는 말을 머뭇거렸다. 마이라의 말에는 일리가 있다. 쿠로노도 조금 도가 지나쳤으려나 하고 반성하는 경우가 자주 있었다.

"그래서 드리는 제안입니다만, 저를 애인으로 두실 생각은 없습니까? 저는 나름대로 경험이 있으니, 도련님의 과격한 행위도 대응할 수 있습니다."

"그건 노예처럼 목줄을 채우고, 채찍으로 때리거나, 가슴을 힘껏 주무르거나, 엉덩이 XX에 XX하고, ●●를 △△해도 OK라는 말이야?"

"예, 그 정도라면 허용 범위입니다. 오히려 엉덩이를 XX하는 것뿐만이 아니라, □□□하셔도 상관없고, 소유물로서 ◇◇에 XX하셔도 괜찮습니다만?"

마이라는 태연자약하게 말했다.

"'괜찮습니다만'이라는 말을 들어도 말이지⋯⋯."

"합의하이기에 얼마든지. 도련님이 바라신다면 구멍으로 사용하셔도 상관없습니다."

"엑, 그건 좀⋯⋯."

"그리 말씀하시지 마시고."

질색해서 가슴에서 손을 놓으려 하자 되려 마이라한테 붙잡혔다. 놀랄 정도로 악력이 강했다. 바이스로 조이는 것 같았다. 쿠로노의 힘으로는 뿌리칠 수가 없었다.

"저의 무엇이 불만이실까요?"

"꽉 잡혀 사는 것보다도 끔찍한 상황이 될 것 같은 점."

"그건 도련님이 지나치게 생각하신 겁니다."

손을 뿌리칠 수 없어서 거리라도 벌리려고 했지만, 이것도 불가능했다. 마이라가 쿠로노를 위에서 엎어 눌렀다. 그녀는 쿠로노를 바라보며 요염하게 미소 지었다. 뱀을 방불케 하는 미소였다.

"저는 헌신하는 여자입니다."

"어디선가 들은 것 같은 대사인데!"

"어느 분이 말씀하셨는지는 모르겠습니다만, 마음이 맞을 것 같군요."

마이라가 쿡쿡 웃고는 쿠로노의 가슴에 머리를 얹었다. 손을 놓고 스윽 훑듯이 손가락을 움직였다.

"씩씩해지셨군요."

"그야, 이 세계에 왔을 무렵에 비하면 그렇겠지!"

"후후, 기대됩니다."

뭐가 기대되는 건지 신경 쓰였지만, 입 밖으로는 내지 않았다. 안 좋은 예감밖에 들지 않았다.

마이라가 쿠로노의 가슴을 할짝 핥고는 몸을 일으켰다.

"목욕 준비가 되어 있사오니, 우선은 씻으시지요."

"알았어."

쿠로노는 한숨을 내쉬고 몸을 일으켰다.

※

"잘 먹었습니다."

"변변찮은 식사라 죄송합니다."

쿠로노가 손을 모으고 말하자, 마이라는 빈 접시를 포개기 시작했다. 의자에서 일어나 검대를 차고, 거기다 망토를 걸쳤다. 이

걸로 준비 완료다. 마이라는 손을 멈추고——.

"도련님, 몸조심하십시오."

"오늘은 인사니까……."

괜찮아, 라고 말하려다가 입을 다물었다. 마이라의 말에 위화
감을 느낀 것이다.

"뭔가 있었어?"

"크로포드 남작령에서는 아무것도……."

"다른 영지는?"

"최근, 가축이 소란스럽다는 정보가 들어와 있습니다."

"야만족 때문이야?"

"가우르 님이 정찰을 시작하고 나서부터 그리되었으니, 아마도
그렇겠지요."

으음~, 하고 쿠로노는 신음했다. 솔직히 이 셋이 무슨 상관인
지 모르겠다. 하지만 남변경은 제국 유수의 곡창 지대다. 밭이나
곡물 창고에 불을 지르기라도 하면 곡물 시세에 영향이 생긴다.
가볍게 여길 수는 없다.

"알았어. 조심할게."

"다녀오십시오."

"다녀오겠습니다."

마이라가 깊이 머리를 숙였고, 쿠로노는 인사를 한 뒤 걷기 시
작했다. 식당을 나와 약간 살풍경한 긴 복도를 지난 뒤 현관문을
열어 밖으로 나왔다. 그러자——.

"또 진 것입니다!"

그런 말과 동시에 페이가 허공을 날다가 지면에 나뒹굴었다. 페이가 날아온 쪽을 보니 양아버지가 서 있었다.

"한 번 더 승부입니다!"

"아침 댓바람부터 몇 번 승부했다고 생각하냐. 종료다, 종료."

페이가 벌떡 일어나 목검을 들고 자세를 취했지만, 양아버지는 더 할 생각이 없는 모양인지 목검을 어깨에 짊어지고 다가왔다.

"그런 말 마시고 한 번 더 승부를 부탁하는 것입니다!"

"자, 바보 아들이 일어났다고. 일해라, 일."

양아버지는 멈춰 서서 쿠로노의 머리를 붙잡았다.

"페이, 가우르 경에게 인사하러 갈 거니까 준비해."

"예에~, 인 것입니다."

어지간히 대련이 즐거웠는지 페이는 의욕이 없이 대답했다. 우리가 여기 업무차 와 있다는 걸 잊은 모양이다.

뭐, 어쩔 수 없나. 페이는 천재다. 부하 중에 그녀한테 필적할 강자가 없는 탓에 그녀는 재능을 주체하지 못하고 있다. 자신과 같거나 그 이상의 강자를 만나면 일은 뒷전이 되는 것도 무리가 아니다.

"노골적으로 의욕 없는 대답을 내놓지 마라. 이럴 때야말로 의욕을 어필해서 인상을 좋게 만들어야 출세하지 않겠냐."

"알겠습니다인 것입니다! 사브 씨~! 주둔지에 갈 준비를 하는 것입니다!"

양아버지가 어처구니없다는 듯이 말하자, 페이는 의욕을 되찾고 마구간으로 달려갔다.

"고생이네."

"나 참, 진짜로 지쳤다."

양아버지는 한숨을 섞으며 말했다.

"페이는 어때?"

"처음 지도했을 때, 바보 나름대로 머리를 쓰라고 조언했는데, 이젠 그냥 바보로 두는 게 답이 아닐까 하는 생각이 들고 있다."

"민폐를 끼쳤습니다."

"뭐, 나도 좋아서 하는 거니까 상관 없어."

양아버지는 머리를 벅벅 긁적였다.

"그러고 보니 가축 건으로 묻고 싶은 게 있는데……."

"아, 그건……."

그렇게 말하고, 양아버지는 어깨 너머로 뒤쪽을 봤다. 레이라와 타이가가 부하를 이끌고 문을 지나 이쪽으로 다가왔다. 순찰을 끝내고 돌아온 모양이다.

"저녁 식사 때 이야기해 주마."

"알았어."

쿠로노는 고개를 끄덕였다. 양아버지가 시간을 다시 정해서 하겠다고 한다면 이유가 있는 거다.

레이라와 타이가가 이쪽으로 뛰어왔다.

"쿠로노 님, 좋은 아침입니다!"

"좋은 아침이외다!"

쿠로노 앞에서 멈춰 서서 경례했다. 쿠로노가 반례하고 손을 내리자, 두 사람도 그에 따랐다.

"둘 다, 좋은 아침이야. 늦잠 자서 미안해."

"⋯⋯아니요."

사과하자, 레이라는 약간 뜸을 두고 대답했다. 조금 서먹하다.

"가우르 경에게 인사하러 갈 거니까 준비해줘. 멤버는⋯⋯."

쿠로노는 말을 머뭇거리고 마구간을 봤다. 거기서는 페이, 알바, 그라브, 게이너 네 사람이 말에 안장을 채우고 있었다. 사브는 상자형 마차 준비를 하고 있다. 문득 양아버지가 상자형 마차를 조사해 보고 싶어 했다는 것을 떠올렸다.

"사브! 미안! 천막 마차로 갈 거야! 그리고 천막은 벗겨 줘!"

"알겠습다!"

쿠로노가 외치자, 사브는 작업을 중단하고 이쪽을 향해 외쳤다.

"뭐냐, 상자형 마차는 안 쓰는 거냐?"

"상자형 마차를 조사해 보고 싶다고 말했었으니까."

"서두르던 건 아니다만⋯⋯. 그래도, 고맙다."

양아버지는 머리를 긁적이고는 쑥스러운 듯이 말했다. 쿠로노는 다시금 데리고 갈 멤버를 생각했다.

"호위로 페이, 알바, 그라브, 게이너, 마부로 사브—— 다섯 명은 이미 정해져 있으니까 나머지는 최소한이면 되려나."

"적은 인원수면 얕보일 것 같소이다."

"인사하러 가는 것뿐이니까 충분해."

타이가가 걱정스러운 듯이 말했고, 쿠로노는 쓴웃음을 지었다. 이유는 잘 모르겠지만, 쿠로노는 가우르한테 미움받고 있다. 어설프게 자극하고 싶지 않다. 야만족 건도 있다. 주둔지보다도 크로포드 남작령에 인원을 할애하고 싶었다. 레이라가 입을 열었다. 표정은 진지함 그 자체다.

"데리고 가는 멤버는?"

"일단 레이라는 포함이고."

"잘 알겠습니다. 반드시 쿠로노 님을 지키겠습니다."

"기대하고 있을게."

"넵! 목숨과 맞바꾸어서라도!!"

레이라는 등을 쭉 펴고 말했다.

"그렇게 되면, 소인은 이곳을 지키는 역할이겠구려."

"무슨 일이 있으면 아버지——가 아니라, 크로포드 남작의 의향을 묻도록 해."

"알겠소이다. 소인들은 토지 감각이 없는 데다, 외지인이니까 말이외다."

"그래."

타이가의 말에 쿠로노는 고개를 끄덕였다. 어느 정도 남변경에 체재하게 될지는 알 수 없지만, 영주—— 양아버지의 체면을 세워 두면 반감을 살 일은 없으리라.

"그 외에 누구를 데리고 가시겠습니까?"

"엣…… 응?"

엣지라고 말하려다가, 입을 다물었다. 시야 구석에서 누군가가 움직인 것이다. 스노우다. 구 크로포드 저택 근처에서 웅크리고 앉아 있었다.

"잠깐 기다리고 있어. 아아, 아버지는 저택에 돌아가 줘."

"그러도록 하마."

쿠로노는 양아버지가 저택에 들어가는 지켜본 뒤, 스노우가 있는 곳으로 향했다. 그녀는 웅크리고 앉은 채 움직이지 않는다. 구 크로포드 저택의 벽을 물끄러미 쳐다보고 있다.

"뭔가 재미있는 거라도 있었어?"

"──!!"

말을 걸자, 스노우는 옆으로 뛰었다. 작은 체격에 걸맞지 않은 훌륭한 도약이다. 착지하는 것과 동시에 이쪽을 향해 돌아서 휴, 하고 안도의 한숨을 내쉬었다.

"뭐야, 쿠로노 님인가."

"뭐야가 아닙니다!"

"──!!"

어느샌가 뒤에 서 있던 레이라가 꾸짖는 듯한 어조로 말했고, 스노우는 목을 움츠렸다.

"알겠나요? 쿠로노 님은 상냥하신 분이지만, 그 상냥함에 어리광 부려서는 안 됩니다. 저희는 쿠로노 님의 부하이지 친구가 아닙니다. 부하로서 절도 있는 태도를 명심해야만 합니다. 알았지요?"

"네~에, 그래도……."

레이라가 설교했지만, 스노우는 불만스러워 보였다.

"스노우!"

"──!!"

레이라가 눈초리를 치켜세웠고, 스노우가 재차 목을 움츠렸다. 옛날부터 아는 사이라는 것도 있어서인지, 레이라는 스노우에게 조금 엄격한 모양이다. 아니, 옛날부터 아는 사이이기에 더욱 그런 것인가. 하지만 너무 엄격하게 꾸짖는 것도 불쌍하다. 둘 사이에 끼어들었다.

"자, 자, 진정해. 스노우도 나쁜 마음이 있어서 그런 건 아니고."

"……쿠로노 님이 그렇게 말씀하신다면."

레이라가 물러나 주었기에 쿠로노는 내심 가슴을 쓸어내렸다.

"스노우, 뭘 보고 있었어?"

"저기, 그거."

쿠로노가 묻자, 스노우는 벽, 아니, 정확히는 벽에 기대 세워진 물건을 가리켰다.

반쯤 넝쿨에 뒤덮인 그것은──.

"아, 자전거네."

"자전거?"

"그리운걸."

스노우가 의아한 듯이 고개를 갸웃했고, 쿠로노는 자전거를 뒤

덮은 넝쿨을 잡아당겨 뜯었다. 이 세계에 같이 전이해 온 물건이다. 비를 맞게 내버려 두고 있었기에, 프레임에 녹이 슬어 있다.

"뭘 하는 물건이야?"

"아아, 이건……."

쿠로노는 자전거를 벽에서 떼고, 잠금장치를 풀었다. 핸들을 잡고 킥스탠드를 올린 뒤, 안장에 걸터앉았다. 키가 커진 탓이리라. 안장 위치가 낮다. 하지만 내려서 높이를 조정하는 것도 귀찮다. 페달에 발을 올리고 밟자, 자전거가 움직이기 시작했다. 오랜만에 탄 탓에 휘청거리고 말았지만, 몇 미터 정도 나아가자 안정됐다.

"이 무슨 기묘한……."

"저건 뭐지?"

"어째서 쓰러지지 않는 거야?"

타이가가 멍하게 중얼거렸고, 부하들이 술렁였다. 당연한가. 쿠로노는 이 세계에 오고 나서 자전거를 본 적이 없다. 대다수 사람에게 자전거는 미지의 탈것이다.

정원을 일주하고 레이라와 스노우가 있는 곳으로 돌아왔다. 그러자 레이라는 놀란 것처럼 눈을 휘둥그레 떴고, 스노우는 호기심으로인지 눈을 반짝이고 있었다.

"뭐, 이런 느낌."

"굉장해! 굉장해~! 나도 탈 수 있으려나?"

"연습하면 말이지."

"빌려줘, 빌려줘!"

"스노우!"

스노우가 몸을 내밀었고, 레이라가 나무랐다. 쿠로노는 자전거를 원래 장소에 되돌리고——.

"그냥은 빌려줄 수 없어. 스노우는 레이라의 명령을 안 듣고 있으니까 말이야."

"그럴 수가~."

스노우가 맥 빠진 목소리를 냈고, 쿠로노는 쓴웃음을 지었다.

"별로 내 호위를 할 것. 그러면 자전거를 빌려줄게."

"알았어! 나, 열심히 할래!"

"그리고……."

"뭐어~? 아직도 더 있어?"

조건을 추가하려 하자, 스노우는 불만스러운 듯이 말했다.

"레이라—— 상사의 지시에는 똑바로 따를 것. 알겠지?"

"응, 알았어! 거짓말하면 싫어!"

"……스노우."

레이라는 관자놀이를 누르며 작게 한숨을 내쉬었다. 그러고 나서 쿠로노에게 시선을 향했다. 스노우나 자전거 건으로 하고 싶은 말이 있는 것이리라. 그때——.

"쿠로노 님! 마차 준비가 되었슴다!"

사브가 외쳤다.

※

　낮—— 쿠로노 일행을 태운 마차는 가도를 남쪽으로, 남쪽으로 나아갔다. 가도를 따라서는 황무지가 펼쳐져 있다. 밭이 없는 탓이리라. 가도는 구불구불하고, 정비도 되어 있지 않았다. 이 마차도 바퀴 부분이 강화되어 있지만, 진동이 전해져 온다. 엉덩이가 아프다.

　모두는 괜찮은 걸까? 하고 쿠로노는 시선을 움직였다. 사브는 마부석에서 고삐를 쥐고, 스노우는 짐칸 뒤쪽에 앉아 있다. 레이라, 페이, 알바, 그라브, 게이너 다섯 명은 거리를 두고 주위를 경계하는 중이다. 전원 엉덩이가 아픈 것처럼 보이지는 않는다.

　스노우가 어깨 너머로 이쪽을 봤다.

　"저기저기, 쿠로노 님?"

　"뭔데?"

　"어째서 쿠로노 님은 말에 타지 않는 거야?"

　큭, 하고 쿠로노는 신음했다. 악의 없는 질문이다. 그렇기에 마음을 후벼 판다. 무슨 생각을 한 건지, 스노우는 일어서서는 쿠로노 옆으로 이동했다. 쿠로노 옆에 앉아, 얼굴을 들여다봤다. 귀엽지만, 어딘지 모르게 색기가 느껴진다. 군복 가슴께에 약간 여유가 있는 것도 좋지 않다. 만약 노리고 한 거라면 터무니없는 소악마다.

　"혹시, 못 타는 거야?"

"아니, 탈 수 있어. 탈 수 있습니다. 말."

쿠로노는 고개를 돌리면서 대답했다. 살짝 뒤집힌 목소리가 나오고 말았다.

"정말로~?"

"정말이야. 싸우는 건 무리지만⋯⋯."

"엄마는 금방 탈 수 있게 됐어."

"큭⋯⋯. 나도 노력은 했다고."

쿠로노는 재차 신음하고는 우물우물 중얼거렸다. 스노우의 말대로, 레이라는 2주 만에 말에 타서 싸울 수 있게 되었다. 피나는 훈련을 하고 있었다는 건 알지만, 그건 천재의 소행이 아닐까 하고 생각한다.

"쿠로노 님도 못 하는 게 있구나."

에헤헤, 하고 스노우는 가슴 앞에서 손깍지를 꼈다. 깜찍한 몸짓이다.

"기뻐 보이네. 뭔가 있었어?"

"으음~, 나 말이야. 활을 잘 못 쏴."

"호오~, 그렇구나."

"그래서 말이야, 엄마―가 아니라, 레이라 씨? 한테 상담했어."

"뭐라고 말하던?"

"연습하래. 그래서, 연습하고 있다고 말했는데, 연습이 부족하대. 너무하지. 연습해도 좀처럼 숙달되지 않으니까 상담한 건데."

스노우는 삐친 듯이 입술을 삐죽 내밀었다.

"그래도, 단검은 곧바로 쓸 수 있게 됐어. 신병 훈련소에 들어갈 때까지 거의 쓴 적이 없었는데 이상하지. 이건 내가 하프 엘프이기 때문일까?"

"으음~, 어떠려나?"

쿠로노는 고개를 갸웃했다. 엘프는 활을 잘 다루는 자가 많다. 그걸 생각하면 종족적인 경향이 있는 듯한 느낌이 들지만, 단언은 할 수 없다.

"나는 단검 연습을 더 하는 편이 좋다고 생각하는데, 쿠로노 님은 어떻게 생각해?"

"……어려운 문제네."

쿠로노는 팔짱을 꼈다. 아마 스노우는 활 연습이 싫어진 것이리라. 활 연습을 그만두는 것을 뒷받침해주길 바라는 것이다. 문득 원래 세계에 있는 어머니를 떠올렸다. 쿠로노 히사미츠는 스포츠나 무도에 열중한 경험이 없었다.

원래부터 운동을 싫어했고, 운동이 서투르다면 공부를 잘해서 남들이 다시 보게 만들라는 어머니의 말을 진지하게 받아들인 결과였다. 물론 그게 틀린 말이라고 생각하지는 않는다. 오히려 현대 일본에서는 가장 정답에 가까운 사고방식이 아니었을까.

하지만 그래도 조금은 운동했으면 좋았을 텐데, 하고 하늘을 올려다봤다. 이 세계에 왔을 때, 쿠로노 히사미츠는 통통했다. 비만은 아니다. 통통한 거다. 지금도 통통했던 거라고 믿고 있다. 하지만 마이라의 사전에는 통통하다는 말은 존재하지 않았다.

마이라는 쿠로노에게 훈련을 시켰다. 차라리 죽고 싶을 정도로 가혹한 훈련이었다. 그 훈련 끝에 쿠로노 히사미츠는 어떤 것을 손에 넣었다. 지금 와서 생각해 보면 그것이 군사 학교에서 뒤처지더라도 열심히 할 수 있었던 한 요인이 되었던 것 같은 느낌도 든다. 그걸 생각하면 안이하게 단검을 우선하는 편이 좋다고는 말할 수 없다. 쿠로노는 스노우를 바라보며 입을 열었다.

"노력은 계속하는 편이 좋다고 생각해."

"쿠로노 님도 똑같은 말을 하는구나."

스노우는 무릎을 끌어안고 가라앉은 목소리로 말했다.

"노력은 기량을 올리기 위한 것만이 아니라고 봐."

"그럼, 뭘 위해 하는 거야?"

"자신감을 손에 넣기 위해서야. 나는 도망치지 않고 서투른 것과 마주했다는 자신감."

쿠로노는 마이라의 훈련이나 군사 학교에서의 나날을 떠올리며 말했다. 그런 것이 쌓이고 쌓여 자신을 긍정하는 것으로 이어지고 인생을 풍요롭게 만들어 준다.

그러나 스노우는 갸우뚱한 표정이었다. 너무 어려웠던 것일까. 크흠, 하고 헛기침을 했다.

"게다가 근접전에 대응할 수 있는 궁병은 멋있잖아."

"멋있어?"

"응, 멋있어."

스노우가 앵무새처럼 따라 하듯이 중얼거렸고, 쿠로노는 고개를 끄덕였다. 엘프나 하프 엘프는 종족적으로 가냘픈 체격을 지닌 자가 많다. 그 때문에 근접 전투가 되면 불리하다. 실제로 신성 아르고 왕국에서는 그로 인해 많은 부하가 죽었다.

"그런가, 나는 멋있구나. 에헤헤, 기쁘네."

"더 열심히 해서 멋있어져야지."

"응, 나 열심히 할래."

스노우는 그렇게 말하고는 웃었다. 천진난만한 미소다. 이런 아이를 싸우게 해야만 하는 것에 죄악감을 느낀다. 쿠로노가 짐칸에 등을 기대자, 스노우가 몸을 바싹 붙였다.

"왜 그래?"

"응, 쿠로노 님한테 상담하길 잘했다 싶어서."

"도움이 되었다면 다행이야."

쿠로노는 주위를 두리번두리번 둘러봤다. 레이라한테 보였다간, 하는 생각에 안절부절못한 것이다. 다행히 그녀는 근처에 없는 모양이다. 휴, 하고 안도의 한숨을 쉰 다음 순간, 크흠, 하는 소리가 울렸다. 헛기침하는 소리다. 뒤돌아보니 말에 탄 레이라가 마차와 나란히 달리고 있었다.

"……쿠로노 님."

"무, 무엇인지요?"

쿠로노는 레이라 쪽을 향해 돌아서 정좌했다. 날카롭게 곤두선 듯한 분위기가 감돌고 있다. 혹시 질투하고 있는 것일까. 아니, 그럴 리 없다. 레이라는 스노우와 사이가 좋다. 거기까지 생각하다가 재고했다. 사이가 좋기 때문에 질투하는 경우가 있는 것 아닐까 하고.

스노우한테 시선을 향했지만, 갸우뚱한 표정을 짓고 있다. 틀렸다. 상황을 이해하지 못하고 있다. 원호는 바랄 수 있을 것 같지 않다. 어떻게 하면 좋지, 하고 자문한 그때——.

"도적으로 보이는 무리가 주둔지 앞에 있습니다."

레이라가 전방을 가리키며 말했다. 쿠로노는 일어서서 마부석으로 달려갔다. 약간 늦게 스노우가 따라왔다. 손을 챙 대신으로 삼아 눈을 가늘게 떴다. 하지만 도적으로 보이는 무리는커녕 주둔지조차 보이지 않는다.

"으음, 말에 탄 도적인 것이군요."

옆을 보니 어느샌가 페이가 마차와 나란히 달리고 있었다.

"잘 보이나 봐?"

"신위술·활성을 눈에 걸었기에—— 갸아아아악! 눈이, 눈이이이이!!"

페이는 득의양양하게 가슴을 폈다가 갑자기 절규했다. 아무래도 시력을 강화한 상태에서 태양을 똑바로 바라보고 만 모양이다. 레이라가 앞으로 나섰다.

"규모는?"

"50명 정도입니다만, 무장한 건 10명 정도입니다. 무장이라고 해도——."

"기껏해야 레더 아머에 수제 창인 것입니다!"

페이가 레이라의 말을 가로막고 말했다. 그다지 어려운 상대는 아닌 모양이다.

흠, 하고 쿠로노는 팔짱을 꼈다. 주둔지에는 천 명이나 되는 병사가 대기하고 있다. 고작 50명으로 이길 생각이었다면 제정신이 아니다. 게다가 무장도 허술하다. 그렇다는 건——.

"어쩌시겠습까? 지금이라면 되돌아갈 수 있습다만?"

"아니, 이대로 가자."

"""——!!"""

쿠로노의 말에 레이라, 페이, 사브 세 사람은 숨을 삼켰다.

"즉, 전부 죽이라는 것이군요!"

"아니야."

페이가 자신만만하게 말했고, 쿠로노는 작게 한숨을 내쉬었다.

"고작 50명, 아니, 무장한 건 10명이니까 실질적으로 10명인가. 고작 10명으로 주둔지를 습격하다니 말도 안 돼. 즉——."

"우리에게 공격당하지 않는다는 확신이 있다는 것이로군요."

"그래. 아마 근린 영지의 자경단 같은 게 아닐까."

레이라의 말에 쿠로노는 고개를 끄덕였다. 페이는 시무룩해져 있다.

"근린 영지라고 하면, 지리적으로 크로포드 남작령이나 에크론 남작령이 되겠습다."

"그럼 에크론 남작령의 자경단이겠네."

쿠로노는 크로포드 저택을 나온 후의 일을 떠올리며 말했다.

마을 사람은 경계하고는 있었지만, 적의를 품은 것처럼 보이지는 않았다. 그렇다면 나머지는 소거법이다.

"쿠로노 님, 대단해~!"

"그 정도는 아니야."

스노우가 감탄한 것처럼 말했고, 쿠로노는 뺨을 긁적였다. 누구라도 알고 있는 지식을 과시해 버린 것만 같은 거북함을 느꼈다.

"하지만, 지금 건 어디까지나 예상이니까 말이야. 위험하다고 판단하면——."

"전부 죽이는 것이로군요!"

"도망쳐야지."

"도망치는 것입니까. 그런 것입니까."

페이는 시무룩해져 중얼거렸다.

"암구호는 '목숨, 소중히'. 알겠지?"

쿠로노의 말에 레이라, 페이, 스노우, 사브 네 사람이 고개를 끄덕였다.

얼마 후 주둔지가 보이기 시작했다. 아니, 정확히는 주둔지를 둘러싼 울타리가 보였다. 울타리는 통나무를 지면에 박아 만든 것 같았다. 높이는 5m를 가볍게 넘고, 그 주변은 공터로 되어 있다. 아마도 연병장으로 이용하고 있는 것이리라. 지면은 밟아서 다져져 있고, 풀이 드문드문 나 있다.

그리고 자경단(추정)은——.

"핫하——!!"

"겁먹은 거냐! 언제까지고 틀어박혀 있지 말고 나오라고!!"

"할아버지한테 배운 내 나이프 놀림을 보여주지이이!!"

"봐라! 이 나의 말 다루는 솜씨를!"

말에 탄 채 문 앞을 왔다 갔다 하며 제국군을 도발하고 있었다. 참고로 주둔지 문은 활짝 열려 있었다. 문지기조차 없었다. 들어가려고 생각하면 들어갈 수 있을 터인데——.

"쿠로노 님, 자경단은 원래 이런 거야?"

"……사람을 겉모습으로 판단하면 안 돼요."

스노우가 고개를 갸웃하며 말했고, 쿠로노는 뜸을 두고 대답했다. 매우 껄끄럽다.

그때, 마차가 흔들렸다. 사브가 속도를 낮춘 것이다. 거기에 맞추는 것처럼 레이라와 다른 이들이 속도를 낮췄다. 마차가 주둔지에서 떨어진 곳에 멈췄다.

우리를 발견한 그들이 말을 세우고 시선을 이쪽으로 향했다. 쿠로노가 마차에서 뛰어내리자——.

"뭐냐, 네 녀석들은?"

"우리랑 해볼 셈이냐? 받아들이지!"

"오우, 오우, 얌전빼지 말라고!"

"쿠로노 님, 물러나!"

스노우가 쿠로노를 감싸듯이 앞으로 나섰다. 단검을 칼집에서 뽑아 역수로 쥐었다. 그러자 패거리가 실소했다.

"이 꼬맹이, 우리랑 해볼 셈인데!"

"우리도 얕보였구만."

"지금부터라도 사과한다면 용서해 줘도 좋다고!"

"건방진 꼬맹이한테 예의범절을 가르쳐 줘야겠어."

패거리가 그런 말을 하며 남자 세 명이 말에서 내렸다. 한 명은 검을 허리에 매달고, 다른 한 명은 창을 등에 짊어지고, 마지막 한 명은 단검 두 자루를 허리에 차고 있다.

세 명은 쿠로노 일행에 다가와 걸음을 멈췄다.

"내 이름은 소우! 에크론 남작령 제일가는 검사!"

"내 이름은 잭. 에크론 남작령 제일가는 창사."

"내 이름은 조니! 에크론 남작령 제일가는 단검사!"

세 명은 이름을 대고는──.

""우리들 에크론 남작령 사천왕!""

"──우리들 에크론 남작령 사천왕!"

무기를 들고 포즈를 취했다. 하지만 연습이 부족했는지, 조니만 늦었다. 소우와 잭이 타박하는 듯한 시선을 향했고, 조니는 어깨를 움츠렸다.

""겁내지 않는다면 덤벼라!""

"……사천왕이라고 말했는데 세 명밖에 없는 것입니다."

페이가 나직이 중얼거렸다. 그러자 패거리가 술렁였다.

"어째서인 것입니까?"

"아니, 그건……. 한 명 더 있었는데, 은퇴했어."

굳이 그걸 물어보는 건가 싶었는데, 상대도 머뭇거리면서도 대답했다.

"그 녀석, 연인이 생기더니 우리랑 어울리는 게 뜸해졌지."

"더구나 태도도 안 좋아졌어."

"확실히……. 언제까지고 바보 같은 짓을 할 수는 없다느니 말했었지."

"말이 너무 심하잖아."

"그러니까. 우리도 나름 진지한 건데."

패거리가 투덜거렸다. 그들에게도 사정이 있는 모양이다. 미묘한 분위기 속에서 소우와 잭이 퍼뜩 정신을 차렸다.

""조니! 격의 차이를 보여줘라!!""

"헷, 살짝 손봐 줄까."

조니는 단검을 칼집에 넣더니 한층 거리를 좁혔다. 쿠로노는 조니를 빤히 쳐다봤다. 헤어스타일은 리젠트에 가깝다. 가죽제 조끼를 걸치고, 그대로 드러난 팔은 햇볕에 그을렸다. 5m 정도의 거리까지 다가와 재차 단검을 뽑았다.

"내 이름은 조니! 에크론 남작령 제일가는 단검사다!"

조니는 다시 이름을 대고, 단검을 들어 자세를 취했다. 다리를 벌리고, 허리를 내미는 듯한 자세였다.

빈틈투성이다. 그건 그렇고 이름이 조니?

"덤벼 보라고!"

"──!"

조니가 소리치자 스노우가 임전 태세에 들어갔다. 이건 안 된다. 쿠로노는 조니의 목이 잘리는 모습을 생각하며, 스노우의 어깨를 붙잡아 말렸다. 그녀가 어깨 너머로 시선을 향했다. 불만스러운 듯이 입술을 삐죽이고 있었다.

"왜 말리는 거야?"

"내가 할게."

"그럴 수는……."

"스노우가 사람을 죽이는 걸 원치 않아."

"나는 병사야. 병사는 적을 죽이는 게 일이고. 게다가 상대는 무기를 들고 있어. 대충하면 당할 거야."

스노우의 말은 옳다. 병사는 적을 죽이는 존재고, 뒤탈을 남기지 않으려면 죽이는 게 최선이다. 더 나아가 말하자면 쿠로노는 지휘관── 적을 죽이라고 부하에게 명령하는 처지다. 그런데 차에 사람을 죽이는 걸 원치 않는다고 말해 봤자 위선에 지나지 않는다. 애초에 수많은 사람을 죽음에 몰아넣은 자신에게 그런 대사를 내뱉을 자격은 없다. 하지만──.

"그래도, 스노우가 사람을 죽이는 모습을 보고 싶지 않아."

"이상해. 하지만 쿠로노 님한테 따를게."

스노우가 단검을 칼집에 넣었고, 쿠로노는 휴, 하고 안도의 한숨을 내쉬었다. 레이라가 걱정스러운 듯이 이쪽을 봤다. 걱정하지 않아도 돼, 라는 의미로 손을 가볍게 들고는 스노우 앞으로 나섰다.

"뭐야, 그쪽 꼬맹이가 상대하는 게 아니었냐. 뭐, 난 누구라도 상관없지만."

"미안하지만 길 좀 비켜주지 않을래?"

"헷, 여길 지나고 싶으면 날 쓰러뜨리고 가라고!"

쿠로노는 한숨을 쉬고는 다시금 조니를 봤다. 그는 조금 단검으로 저글링을 하며 여유를 부렸다. 쿠로노는 단검을 바라보다가, 천천히 시선을 돌렸다.

"앗?!"

"응?"

쿠로노가 놀란 듯이 소리치자 조니는 저도 모르게 쿠로노를 따라 시선을 옮겼다. 물론 아무 일도 없었다. 그냥 시선을 돌리려고 속인 거니까. 결국 조니는 단검을 놓쳤다. 쿠로노는 지면을 박차고 달려가 주먹을 치켜들었다.

"히익!"

"미안."

조니가 비명을 지르며 양팔로 얼굴을 가렸다. 그러나 유감스럽게도 주먹 역시 속임수다. 쿠로노는 그대로 발을 내질렀다. 발끝이 조니의 고간에 꽂혔고——.

시간이 멈췄다.

침묵이 한순간에 주위를 지배했다. 쿠로노가 다리를 빼도 조니는 움직이지 않았다. 비지땀이 천천히 스며 나오고——.

"——!"

조니는 소리도 없이 고꾸라졌다. 양손으로 고간을 누른 채 움찔움찔 경련했다.

"조, 조니!"

"제, 젠장! 잘도 조니를!"

"거기를 차다니……."

"무, 무슨 짓을 하는 거냐!"

"악마다! 이 자식은 악마야!"

멤버들이 말에서 내려 그에게 달려갔다. 이러니저러니 해도 사이는 좋은 모양이다.

쿠로노는 조니의 원수 같은 전개를 상상했으나 아무도 덤벼들지 않았다. 덤빌 생각이 없는 건지 아니면 정말로 조니가 에크론 남작령 제일가는 단검사라서 쿠로노를 경계하는 건지 판단하기 어려웠다.

"쓰러트렸으니까 지나가도 되지?"

"아직 카난 누님과 로버트 씨가 담판 중이다. 보내줄 수는 없어."

"아, 그래."

소우가 노려보며 말했지만, 쿠로노는 개의치 않고 발을 내디뎠다. 패거리가 술렁였지만 한 번 더 발을 내디뎠다. 그러자 소우와 잭은 조니를 부둥켜 들고는 길을 비켰다. 더 싸울 생각은 없는 모양이었다.

"레이라, 페이, 스노우는 따라와. 사브, 알바, 그라브, 게이너는 여기서 대기하면서 말과 마차를 지켜."

"녀석들이 공격하면 어쩌면 좋습까?"

"가능한 한 죽이지 않도록."

"알겠습다."

쿠로노의 말에 사브는 이를 드러내며 웃었다. 약간 걱정이지만, 사브는 케인의 부하다. 아마 뼈 한두 개 정도로 끝내 줄 터다. 쿠로노가 걷기 시작하자, 레이라와 페이는 말에서 내렸고, 스노우는 그대로 뒤를 따라왔다.

패거리 사이를 빠져나가 문으로 다가가자 레이라와 페이가 쿠로노의 양옆으로 따라왔다.

"쿠로노 님, 훌륭하십니다."

"딱히 칭찬할 수준도 아니야."

쿠로노는 쓴웃음을 지으며 레이라에게 대답했다. 조니는 신병보다도 훨씬 약했다.

"저거라면 죽일 수 있었던 것입니다."

"그렇게나 사람을 죽이고 싶어?"

"한 놈을 본보기로 삼으면 경고가 되는 것입니다."

쿠로노가 묻자 페이는 가슴을 펴며 대답했다.

"물론 그래야 할 때도 있겠지만, 너무 함부로 죽이지는 마. 다른 방법이 있을지 모르잖아?"

"확실히, 이번에는 죽이지 않아도 되었던 것입니다."

페이는 순순히 고개를 끄덕였다.

"쿠로노 님은 스승님의 아들인데도 상냥한 것입니다. 어째서인
것입니까?"

"아버지는 아버지고 나는 나야. 난 되도록 사람을 죽이는 모습
을 보고 싶지 않아. 함부로 죽이면 목숨을 가볍게 여길 것 같아
무섭거든."

"과연~, 그런 것입니다."

페이는 납득이 되었다는 듯이 맞장구를 쳤다. 문을 빠져나가
시선을 이리저리 옮겼다. 울타리 안쪽에는 병영이 늘어세워져 있
었다. 전부 목조 단층 병영이다.

레이라가 귀를 쫑긋 움직이더니, 한 건물을 가리켰다. 다른 건
물보다 조금 튼튼하게 지은 건물이었다. 저기에 가우르가 있는
건가?

"저쪽에서 목소리가 들립니다."

"……가보자."

쿠로노는 레이라가 가리킨 건물로 향했다. 문 앞에 도달하자
안에서 소리가 들려왔다. 누군가가 소리치는 것 같은데, 뭐라고
하는지는 알 수 없었다. 살며시 문을 열어 안을 들여다봤다.

건물 안에서 남녀 두 쌍이 탁상을 사이에 두고 서로 노려보고
있었다.

한쪽은 가우르와 세실리였다. 가우르는 자리에 앉고, 세실리는
뒤에 서서 대기하고 있었다. 다른 한쪽은 모르는 얼굴들이었다.
패거리의 말에 따르면 여자가 카난이고, 남자가 로버트일 것이다.

두 사람 다 레더 아머를 착용하고, 허리에 검을 매달고 있었다. 로버트가 뒤에 서서 대기하는 것을 보아 지위는 카난 쪽이 높은 듯했다.

세실리가 여기 있는 것도 조금 신경이 쓰였지만, 쿠로노는 그 보다 카난의 얼굴이 더 신경쓰였다.

모르는 사람인데, 어디선가 본 듯한 얼굴이었다. 쿠로노는 유심히 카난을 쳐다봤다. 이윽고 그녀가 여주인과 매우 닮았다는 걸 알아차렸다. 여주인보다 머리카락이 짧고, 가슴이 좀 작지만.

"당신들 때문에 우리 가축이 도둑맞았어. 이거, 어떻게 책임질 거야?"

"……."

카난이 몸을 내밀며 위압했지만, 가우르는 말없이 팔짱을 끼고 있었다. 하긴, 이들을 상대로 가축을 도둑맞은 책임을 따져서 뭘 어쩌겠는가.

"다물고 있지 말고 뭐라고 말하는 게 어때? 야만족을 퇴치해 주겠다고 큰소리 뻥뻥 칠 때는 언제고, 결국 한 마리도 붙잡지 못했잖아! 도리어 민폐만 끼치고!"

"……."

그러나 가우르는 입을 열지 않았다.

그는 다혈질이다. 리오의 신위술에 넘어진 것만으로도 결투를 치르려고 했다. 쿠로노는 가우르가 분노하여 카난을 죽이려 들 것 같아서 초조해졌다. 그렇게 되면 관계 악화는 피할 수 없다.

"이래서 구귀족들은! 하는 것도 없이 우리 땅에 눌러앉아서, 잘난 듯이 의자에 떡 버티고 앉아 있을 뿐이잖아."

"……."

카난은 한층 더 불평을 내뱉었지만, 가우르는 상대를 바라볼 뿐, 끝까지 말이 없었다.

쿠로노는 가우르를 바라보다가 그의 시선이 카난이 아닌 로버트에게 향해있다는 걸 깨달았다.

로버트는 큰 키와 늘씬하면서도 단단해 보이는 몸을 하고 있었다. 입가에는 입술을 종단하듯 오래된 상처가 있었다.

쿠로노는 뒤늦게 상황을 이해했다. 가우르는 로버트를 경계하느라 카난을 신경 쓰지 않는 거였다.

어쩐다 싶어 팔짱을 낀 그때——.

"황토이자 풍양을 관장하는 모신이여!"

"위험한 것입니다!"

갑자기 로버트가 신에게 기도를 올렸고, 쿠로노는 페이에게 반사적으로 목덜미를 붙잡혀 던지듯 뒤로 끌려 나왔다.

직후 신위술로 만든 돌맹이가 문에 날아와 부딪혔다. 요란한 소리가 울렸지만, 문이 박살 나지는 않았다.

"쿠로노 님!"

"위험했던 것입니다."

레이라와 스노우가 쿠로노에게 달려왔고, 페이는 손등으로 이마를 닦았다. 쿠로노는 레이라와 스노우의 손을 빌려 일어섰다.

던져지듯 바닥을 구른 게 더 아팠다. 쿠로노는 휘청휘청하며 페이에게 다가갔다.

"쿠로노 님, 무사하셔서 다행인 것입니다."

"그래 보이냐?"

"음, 경상인 것입니다."

"그야 그렇겠지."

쿠로노는 한숨을 내쉬고는 건물 안으로 들어갔다. 건물 안에 있던 네 사람의 시선이 쿠로노에게 쏠렸다. 어쩔 수 없다. 내키지는 않지만, 운에 맡겨야 할 때다.

"카난 누님!"

쿠로노가 외치자, 카난은 갸우뚱한 표정을 지었다. 처음 보는 사이이니 당연했다. 하지만 지금은 말을 맞춰야 한다. 이대로는 이야기를 진전시킬 방도가 없다. 쿠로노가 속으로 초조해하자, 로버트가 카난에게 귀엣말을 했다.

카난이 한 박자 늦게 알겠다는 얼굴이 되었다.

"쿠로노였지, 크로포드 남작의 외동아들인."

"오랜만입니다."

"오랜만에 봐서 누구인지 몰랐어."

원하던 결과에 쿠로노는 내심 가슴을 쓸어내렸다. 로버트가 말을 맞추도록 조언한 것이리라. 신위술로 갑자기 공격했을 때는 놀랐지만, 위력이 대수롭지 않았던 걸 보면 엿보던 걸 견제하려는 생각이었을 거다.

97

"그때는 신세를 졌습니다. 마음 같아서는 회포를 풀고 싶습니다만, 오늘은 업무로 왔는지라. 가우르 경과 이야기를 하고 싶기에 오늘은 이만——."

"돌아가라는 건가? 나는 에크론 남작령의 영주로서 이곳에 온 거다. 여기서 그냥 돌아가면 내 체면이 뭐가 되지?"

"그걸 어떻게든 제 얼굴을 봐서."

카난이 한숨을 섞으며 말했고, 쿠로노는 머리를 숙였다. 후우, 하는 소리가 들렸다. 한숨을 내쉬는 소리다. 고개를 드니 카난은 머리를 긁적였다.

"어쩔 수 없네. 귀여운 동생뻘의 부탁이다. 오늘은 물러나 주지."

"감사합니다."

쿠로노는 다시 머리를 숙이고 벽 쪽으로 붙었다. 그러자——.

"그만 간다, 로버트!"

"옙, 누님!"

카난은 로버트를 대동하고 건물에서 나갔다. 잠시 후 환성이 울렸다. 패거리—— 아니, 카난이 자경단이라고 했나. 그녀가 위험한 상황을 겪고 있었다는 것도 모르고 태평하군.

자, 이제야 겨우 목적을 수행할 수 있게 되었다. 쿠로노가 한 걸음 내딛자, 가우르가 입을 열었다.

"……에라키스 후작인가, 무슨 용건이지?"

"군무국으로부터 가우르 경을 지원하라는 말을 들었습니다."

"도움 따위 필요 없다! 돌아가라!!"

가우르는 거친 목소리로 말했다. 하지만 예 그렇습니까, 하고 돌아갈 수는 없는 노릇이다. 여러 절차를 거친 지금, 타우르의 부탁은 정식 명령이 된 것이다. 아무것도 하지 않고 돌아가면 쿠로노는 명령 위반을 하게 된다. 게다가 여기까지 오는 데 한 달이나 썼다. 돌아갈 땐 가더라도, 실적 하나쯤은 있어야 했다. 어쩔 수 없다. 어떻게 흘러갈지 알 수 없지만——.

"타우르 경에게 부탁을 받았습니다."

"뭐라고?"

타우르의 이름을 입에 담자, 가우르는 미심쩍은 표정을 띠었다. 그다지 좋은 반응은 아니었다. 도리어 악수였나 싶어 후회됐지만, 이미 엎지른 물이었다. 쿠로노는 파우치에서 타우르의 편지를 꺼내 가우르에게 다가갔다.

"……가우르 경에게 보내는 서신입니다."

"이리 내라!"

가우르는 난폭하게 편지를 빼앗았다. 편지를 펼쳐 문장을 눈으로 좇는다. 분노 때문인지, 가우르의 얼굴이 거무칙칙하게 물들었다. 편지를 꽉 쥐어 구겨버리고는 어깨를 파르르 떨었다.

"큭, 아직도 날 인정할 수 없으신 건가."

가우르는 분한 듯이 신음했다. 쿠로노는 사정을 이해했다. 가우르는 아버지인 타우르 경에게 인정받고 싶은 거다. 그래서 공을 세우고자 남변경으로 왔는데, 타우르는 그가 걱정된답시고 지원병을 보낸 것이다. 가우르가 분노하는 것도 무리는 아니었다.

이런 꼴이니 가우르가 쿠로노에게 적개심을 품는 건 당연했다. 자기는 아버지에게 인정받고 싶어서 이곳에 왔건만, 정작 아버지는 생판 남인 쿠로노를 믿고 이곳으로 보냈으니, 가우르의 눈에 쿠로노가 좋게 보일 리 없었다.

부자간의 불화에 휘말린 쿠로노에게는 그저 수난일 뿐이지만.

"타우르 경에게 은혜를 갚는 의미에서도 돕게 해주셨으면 합니다만……."

빠득, 하고 가우르가 이를 갈았다. 그는 쿠로노를 노려봤다. 어째서, 네가……. 그런 마음이 전해져 오는 것만 같았다.

"어떨는지요?"

"……."

여전히 가우르는 말이 없었다. 어쩔 수 없이 질문을 반복했다.

"어떨는지요?"

가우르가 책상을 쾅 내리쳤다. 자기도 모르게 목을 움츠리고 말았지만, 쿠로노도 물러날 수는 없는 노릇이었다.

"어떨는지요?"

"멋대로 해라!"

세 번째 되묻자 가우르는 신경질을 내며 대답하고는 출구를 향해 걷기 시작했다.

바닥에 구멍을 낼 것만 같은 거친 발걸음이다.

"어디로 가시는지?"

"야만족의 습격에 대비해서 잔다!"

쿠로노의 질문에 가우르는 멈춰 서서 짜증이 난 듯이 말했다. 다시 거친 발걸음으로 걷기 시작했다. 상황을 살피고 있던 레이라, 페이, 스노우 세 사람이 벽 뒤편에 몸을 숨겼다.

아무런 지시도 받지 못해 붕 뜬 쿠로노는 세실리에게 시선을 향했다. 그러자 그녀는 코를 킁킁거렸다. 갑작스럽게 입을 열었다.

"……말똥 냄새가 나지 않나요?"

"말똥?"

쿠로노는 천장을 올려다보며 코를 킁킁거렸다. 듣고 보니 말똥 냄새가 나는 듯한 느낌이 든다. 하지만 이곳은 주둔지다. 마구간도 있다. 그걸 생각하면 신경 쓸 정도는 아니라고 보는데──.

"누가 말똥 냄새가 난다는 것입니까!"

"어~머, 누군가 했더니 말똥녀 아닌가요."

페이가 건물에 뛰쳐 들어와 소리치자, 세실리는 밉살스러운 어조로 말했다.

"한동안 안 보인다 싶더니만 에라키스 후작령에 있었군요. 그래서, 에라키스 후작령에서도 마구간 청소를 하는 건가요?"

"말과 갑옷을 받아 기병으로 일하고 있는 것입니다!"

"그렇게 허세를 부리지 않아도 괜찮답니다?"

페이가 발끈한 듯이 받아치자, 세실리는 불쌍히 여기는 것만 같은 시선으로 쳐다봤다. 실제로는 바보 취급하고 있는 것이리라. 그때, 스노우가 벽 뒤편에서 뛰쳐나왔다.

"페이는 훌륭히 기병으로서 일하고 있어!"

101

"그만두렴!"

스노우가 소리쳤고, 레이라가 제지하고자 어깨를 붙잡았다. 세실리는 벌레라도 보는 듯한 눈으로 두 사람을 바라보고는 검을 뽑았다.

"어머? 벌레 날갯소리가 들리네요."

"나는 벌레가 아니야!"

"성가신 벌레로군요."

세실리가 발을 내디뎠고, 페이가 앞을 가로막는 것처럼 막아섰다.

"말똥녀가 무슨 볼일이죠?"

"스노우 님은 제 친구인 것입니다. 이 이상은 제가 상대하는 것입니다."

"해볼 생각인가요?"

"그건 세실리 경 하기 나름입니다."

페이가 허리를 낮추고 검 자루에 손을 댔다. 그녀의 전의를 나타내는 것처럼 암흑이 솟아올랐고, 세실리는 잽싸게 뒤로 빠졌다. 가능하면 이대로 물러나 줬으면 한다.

하지만 쿠로노의 기대와는 다르게 세실리는 검을 들고 자세를 취했다. 그야 상대가 무기를 잡으면 진지해질 수밖에 없다.

팽팽하게 날이 선 분위기가 감돌았고——.

"스톱!"

쿠로노는 목소리를 높이며 두 사람 사이에 끼어들었다. 두 사람이 멈춰 줄지 알 수 없기에 목숨을 건 행위다. 페이가 검 자루에서 손을 놓았고, 세실리도 검을 칼집에 넣었다. 내심 가슴을 쓸어내렸다. 물러나 주지 않는다면 어쩌나 하고 생각했던 참이다.

"세실리, 내 부하를 쓸데없이 도발하지 마."

"저는 사실을 말한 것뿐이에요!"

"세실리……."

쿠로노가 한숨을 섞으며 중얼거리자, 세실리는 몸을 움찔 떨었다.

"날 발로 찼던 것 정도는 용서해 줄 수 있지만, 선을 넘으면 나도 참을 수 없다고."

"협박하시는 건가요?"

"그럴 생각은 없다만, 네가 바란다면 그때의 포로 이상으로 비참한 꼴을 겪게 해줄 수도 있어."

발을 내디뎠다. 그러자 세실리는 뒤로 물러나다가, 다리가 엉킨 것이리라. 엉덩방아를 찧었다.

꺄앗, 하고 귀여운 비명을 냈다.

"괜찮아?"

"──!!"

말을 걸자, 세실리는 찌릿 노려봤다.

"나가세요!"

"……알았어. 셋 다, 가자."

세실리가 히스테릭하게 소리쳤고, 쿠로노는 몸을 돌려 걷기 시작했다. 건물을 나와, 문으로 향했다. 주둔지 병사가 시선을 보냈지만, 적의는 없는 모양이다. 문득 손이 부드러운 감촉에 감싸였다. 시선을 기울이니 스노우가 쿠로노의 손을 잡고 있었다. 수줍어하는 듯한 미소를 띠며 이쪽을 올려다본다. 참고로 그녀 옆에는 페이가 있었다.

"에헤헤, 멋졌어."

"세실리 경에게 따끔하게 말해 주셔서 감사 감격인 것입니다."

"응, 뭐, 그래."

뭐라 말해야 좋을지 알 수 없어서 애매하게 대답했다. 그러자 반대편에서 한숨 소리가 들려왔다. 반대편으로 시선을 향하니, 레이라가 있었다.

"쿠로노 님, 이제 위험한 행동은 하지 말아 주세요."

"……네."

쿠로노는 순순히 고개를 끄덕였다. 끄덕일 수밖에 없다. 작게 한숨을 내쉬고는 하늘을 올려다봤다. 내일 이후의 일을 생각하면 마음이 무겁다. 가우르의 분위기를 보아 전투에 끼워줄 것 같지는 않으니, 다른 방법으로 지원할 수밖에 없다.

"쿠로노 님!"

그때 레이라가 날카롭게 외치며 쿠로노를 감싸고 앞으로 나섰다. 살짝 늦게 문 뒤편에서 사람이 뛰쳐나왔다. 자칭 에크론 남작령 제일가는 단검사── 조니였다. 무슨 생각인지 조니는 갑자기 지면에 무릎을 꿇고 엎드렸다. 쿠로노는 안 좋은 예감이 들었다.

"무슨 짓이야?"

"형님! 절 사제로 삼아 주십시오!!"

조니가 큰 목소리로 외쳤다.

"사제라니……."

"저를 일격에 쓰러뜨리다니, 평범한 사람이라면 할 수 없는 일입니다!!"

평범한 사람이야, 라고 받아칠 뻔했지만, 꾹 참았다. 이걸 어쩐다, 하고 시선을 이리저리 움직였다. 사브 일행은 히죽히죽 웃을 뿐, 도와줄 생각은 없는 것 같았다. 페이한테 시선을 향하자 그녀는 힘차게 고개를 끄덕였다. 이 녀석도 불안하지만, 지금 이상으로 꼬일 일은 없을 터다. 페이에게 고개를 끄덕여 주자, 페이가 걸어 나왔다.

"보는 눈이 있는 것입니다! 이분이야말로 31년 전 내란에서 라마르 5세 폐하가 이끄는 국군을 승리로 이끈 클로드 크로포드 남작과 황후 폐하의 호위 기사 에르아 프론드 경의 첫째 자식이신 쿠로노 크로포드 님인 것입니다!"

"어, 잠깐, 페이?"

페이를 불렀지만, 페이는 한층 더 계속했다.

"제국력 430년 5월 에라키스 후작령에 침공해 온 신성 아르고 왕국군 1만을 10분의 1 병력으로 격파하고, 근린 국가들에 이름을 떨친 이그니스 포말하우트 장군의 오른팔을 절단! 게다가 일전의 원정에서는 밀려오는 신성 아르고 왕국군을 찢어발겨 내던지고, 찢어발기고는 내던졌으며! 게다가 게다가 아군의 실책으로 인해 궁지에 빠진 알포트 전하를 목숨을 걸고 지킨 것입니다! 제국의 대영웅인 것입니다!!"

"그런 대영웅이신 줄은 몰랐습다! 평생 따라가겠습다!"

조니는 아이고~ 하며 머리를 지면에 문질렀다. 뭐야, 뭐야 하는 소리가 울렸다. 주둔지 병사가 모여들기 시작한 것이다. 곤란하다. 더할 나위 없을 정도로 꼬였다.

"……머리를 들어."

"사제로 삼아 주겠다고 말씀하실 때까지 들지 않겠습다."

큭, 하고 쿠로노는 신음했다. 이대로 방치하고 싶었지만, 그랬다가는 쓸데없이 이야기가 꼬일 것 같은 느낌이 들었다.

"알았어. 사제로 삼을 테니까 머리를 들어."

"정말이심까?!"

"……정말이야."

조니가 고개를 들고 말했고, 쿠로노는 깊은 한숨을 내쉬었다.

※

저녁── 쿠로노는 마차 짐칸에서 밭을 바라봤다. 보리밭이 석양에 물들어 있었다. 나른하고 한적한 광경이었다. 아마 석양이 끝을 표상하기 때문일 것이다. 바람이 불고, 보리 이삭이 흔들린다. 그 소리는 파도 소리와 비슷해서, 가슴이 꽉 죄어드는 향수를 불러일으켰다.

이 세계는 이전 세계와 전혀 다르다. 쿠로노는 애초에 원래 세계에서 시야를 가득 메울 정도로 넓게 펼쳐진 보리밭을 본 적도 없다. 하지만 이 풍경은 향수를 불러일으켰다. 분명 자신의 원풍경(原風景)이 이것이리라.

미련이네, 하고 쿠로노는 쓴웃음을 지었다. 이미 이 세계에서 살아가겠다고 정했다. 이제 두 번 다시 원래 가족을 만날 일은 없다. 원래 세계에서 막연히 그리고 있던 미래에 다다를 일도 없다. 그 기회는 영원히 사라졌다.

그래도 미련을 끊을 수가 없다. 그건 원래 세계가 자신의 마음을 형성하고 있기 때문이리라. 마음을 나누는 건 불가능하다. 즉, 그런 것이다. 그런 생각을 하고 있자 맞은편에 있던 조니가 말을 걸었다.

"형님, 왜 그러십까?"

"아니, 조금——."

"오줌을 참고 있으신 겁까? 아니면 큰 거임까?"

"분위기 다 깨지네."

쿠로노는 깊이 한숨을 내쉬었다. 조지는 카난이 선발하여 이끌고 온 인물이다. 영주와 자경단은 상당히 가까운 관계에 있을 터다. 그런데도 이런 성격이라니.

"그런 성격으로 잘도 자경단을 꾸려왔네."

"형님, 너무하심다. 이래 보여도 성실하게 일하고 있지 말임다."

조니는 부루퉁한 듯이 말했지만, 자경단 활동 비용은 에크론 남작가가 부담하고 있다. 솔직히 조니의 기여 비중이 얼마나 될지 회의적이다.

자경단 활동에 흥미가 있는지, 짐칸 뒤쪽에 앉아 있던 스노우가 뒤돌아봤다.

"자경단은 평소에는 어떤 일을 해?"

"울타리 파손 부분을 고치거나, 도망친 가축을 붙잡거나, 싸움을 중재함. 곰이나 멧돼지를 퇴치할 때도 있슴다."

"뭐?! 곰이랑 싸우는 거야?"

"아아, 아니, 곰이랑 싸운 건 로버트 씨임다. 우리는 멀리서 보고 있었던 것뿐이고……."

스노우가 놀란 듯이 말하자, 조니는 우물우물 말했다.

"뭐야, 기대해서 손해 봤네."

"곰은 사납다고요?!"

"그럼 멧돼지는? 몇 마리 정도 퇴치했어?"

"그쪽도 로버트 씨임다."

스노우가 천진하게 물었고, 역시 조니는 우물우물 말했다.

"위험한 일은 남한테 맡기는구나."

"큭, 도망친 가축을 붙잡거나 싸움을 중재하는 것도 목숨을 거는 일임다."

스노우가 나직이 중얼거렸고, 조니는 분한 듯이 신음했다.

"으음~, 로버트 경은 상당한 실력자인 것이군요."

"그야 그렇습다. 로버트 씨는 군에 있었으니까 말임다."

어느샌가 마차와 나란히 달리고 있던 페이가 중얼거렸고, 조니는 자랑스럽게 말했다.

"어째서 조니가 자랑스러워하는 거야?"

"우리 자경단의 부단장이니까 당연하지 않습까."

스노우가 의아하다는 듯이 고개를 갸웃했고, 조니는 발끈한 듯이 말했다. 갑자기 신위술을 이쪽에 쏴댄 사람이지만, 로버트는 부하로부터 존경받고 있는 모양이다.

"어째서 그렇게 강한 사람이 자경단에?"

"로버트 씨는 자기에 관해 그다지 이야기해 주지 않으니까 모름다. 하지만, 남변경 출신이었던 것 때문에 출세하지 못했다는 소문임다."

쿠로노의 물음에 조니는 목소리 톤을 낮추어 대답했다.

"이해하는 것입니다. 저한테도 4년 동안 마구간 청소를 시켰던 것입니다."

"로버트 씨만이 아니었군요. 역시, 제국군은 썩었습다!"

페이의 말에 조니는 주먹을 꽉 쥐었다. 하지만 절실함은 없다. 아마 본인이 불이익을 입은 게 아니기 때문일 것이다. 갑자기 시야에 그늘이 져서 주위를 둘러봤다. 목조 건물이 늘어서 있다. 이야기하는 사이에 마을에 도착한 모양이다. 크로포드 저택까지 조금만 더 가면 된다.

"역시? 제국군한테 뭔가 당한 것입니까?"

"울타리를 망가뜨리거나, 채소를 도둑질 해갔슴다."

"그건 병사 개인의 문제이지, 군 조직의 문제는 아닌 것입니다."

"병사가 한 짓은 제국군의 책임인 게 당연함다. 누님은 이런 현 상황을 우려해서 자경단을 일으켜 세웠슴다. 오늘도 제국군의 지휘관에게 단호하게 불만을 제기해 줬슴다. 역시나 누님임다. 우리를 하지 못하는 일을 해냄다. 그 점에 황홀해짐다. 동경하게 됨다."

"과연~ 인 것입니다."

페이는 감탄한 것처럼 맞장구를 쳤다. 주둔지 앞에서 소란 피우고 있었던 것뿐인 주제에, 하고 쿠로노는 마음속으로 딴지를 걸었다. 그러자──.

"주둔지 앞에서 소란 피우고 있었던 것뿐이면서, 어떻게 알아?"

"그, 그건 누님이 따끔하게 한마디 해줬다고 하니까 그런 검다."

스노우는 쿠로노의 마음을 대변한 것처럼 말했고, 조니는 말을 머뭇거리며 대답했다.

"음~, 그래도, 너무 싸우려 드는 자세는 그만두는 편이 좋다고 생각하는데 말이야."

"형님이 그런 나약한 자세여서 어쩌자는 검까!"

쿠로노의 충고에 조니는 거친 목소리로 말했다. 쿠로노에게 따져도 곤란하다. 쿠로노는 제국 군인이고, 이곳에는 가우르를 지원하기 위해 온 것이다.

"슬슬 저택임다."

속도가 느려지고, 마차가 크로포드 저택 문을 통과했다. 정원에서는 타이가를 비롯한 부하들이 대련하고 있었다. 오랜 여행의 피로가 영향을 끼치고 있는 것일까. 평소에 비하면 온건한 대련이다. 마차가 정원 한구석에 멈췄고 레이라가 쿠로노에게 시선을 향했다.

"저희는 마구간에 말을 데리고 가겠습니다."

"데리고 가는 것입니다."

레이라가 말을 이동시키자 페이, 알바, 그라브, 게이너가 그 뒤를 따랐다. 약간 지나서 사브가 마부석에서 내렸고, 말과 마차를 잇는 고정 장치를 풀기 시작했다. 쿠로노가 일어서자 스노우가 쭈뼛쭈뼛 입을 열었다.

"쿠로노 님, 약속……."

"자전거를 빌려주겠다는 약속은 지킬 거야."

"다행이다. 그럼, 나는 훈련에 참가할게."

스노우는 얼굴 한가득 미소를 띠고는 마차에서 뛰어내렸다.

"저는 어떻게 하면 좋습까?"

"같이 훈련하고 와."

"괜찮습까? 저 녀석들 손봐 줘도?"

"할 수 있다면 말이야."

"도발적인 말투군요. 알겠습다. 이런 말까지 들어 놓고 도망치면 남자가 울지 말임다. 에크론 남작령 제일가는 단검사 조니 님의 실력을 보여드리겠습다."

조니는 마차에서 뛰어내려 타이가가 있는 곳으로 향했다. 쿠로노는 마차에서 내려 짐칸에 몸을 기댔다. 말이 울음소리를 냈기에 옆을 봤다. 그러자 사브가 고삐를 잡고 서 있었다.

"어째서 저런 얼뜨기를 참가시키는 겁까?"

"실력 차이를 깨닫게 해주려고."

"울어 버릴 겁다."

"그렇게라도 차이를 통감할 수 있다면 좋은 거지."

"확실히. 그런데, 저한테 싸움을 걸면 어쩌면 좋습까?"

"적당히…… 아니, 골절이나 내장 파열, 무거운 후유증이 남을 만한 부상은 피하도록."

"상냥하시기도 하심다. 그럼, 저는 말을 마구간에 데리고 가겠 습다."

"잘 부탁해."

예입, 하고 사브는 고개를 끄덕이고 마구간으로 향했다. 자, 조 니는—— 타이가를 향해 뭔가를 외치고 있다. 아마 이름을 대고 있는 것이리라. 타이가가 곤혹스러워하는 것만 같은 시선으로 이 쪽을 쳐다봤기에, 쿠로노는 작게 고개를 끄덕였다.

타이가가 허리를 낮추고 주먹을 쥐어 자세를 취했다. 중국 권 법을 연상케 하는 자세다. 그러자 조니는 잽싸게 뒤로 물러났다. 거리를 벌리고 자세를 취한다. 다리를 벌리고 허리를 내민 채 주 먹을 꽉 쥐고 양팔을 펼치고 있다. 저런 자세로 어떻게 공격할 생 각인 걸까. 내심 고개를 갸웃하고 있자, 타이가가 움직였다. 거리를 좁혀 주먹을 내밀었다.

툭, 하고 주먹이 조니의 얼굴을 맞혔다. 조니의 다리가 덜덜 떨린다. 간신히 버티고 서서 손등으로 입가를 닦았다. 입이 움직였다. 아마, 꽤 하잖냐, 라든가 내 진심은 여기서부터다, 같은 말을 하는 것이리라.

타이가가 주먹을 내질렀다. 아니, 주먹이라기보다 왕복 뺨따귀 후리기다. 좌우에서 뺨을 구타당해, 마침내 조니가 엉덩방아를 찧었다. 타이가는 한숨을 내쉬고는 등을 돌렸다.

잠시 후 조니는 일어서서 페이가 있는 곳으로 갔다. 양아치 특유의 황새걸음으로 다가가 뭔가를 말했다. 페이가 눈을 반짝이며 이쪽을 봤다. 안 좋은 예감이 들었기에 쿠로노는 파우치에 통신용 매직 아이템을 꺼냈다.

"들립니까? 말하세요."

「……들리고 있는 것입니다. 조니 경이 싸움을 희망하는 것입니다, 말씀하십시오.」

약간 뜸을 두고 페이의 목소리가 통신용 매직 아이템에서 울렸다.

"뼈가 부러지거나 깨지거나, 내장이 파열되거나 무거운 후유증이 남을 만한 부상은 피하고 싸워 주십시오."

「이가 부러지는 건 괜찮은 것입니까?」

"당연히 안 됩니다. 단, 경도의 타박상과 염좌, 찰과상은 괜찮은 것으로 하겠습니다."

「제법 주문이 많은 것입니다.」

"상대는 일반인입니다. 제자인 토니를 가르치는 것의 100배 정도는 신경을 써 주십시오."

「분부대로 하는 것입니다.」

부스럭부스럭하는 소리가 났다. 통신용 매직 아이템을 파우치에 집어넣고 있는 것이리라. 쿠로노도 통신용 매직 아이템을 파우치에 넣고 페이 일행으로 시선을 향했다. 페이와 조니는 거리를 벌리고 대치하고 있었다.

페이는 비스듬한 자세로 양팔을 늘어뜨리고, 조니는 그 이상 야릇한 자세다. 먼저 움직인 건 조니였다. 자세를 풀고 때리고자 덤벼들었다. 주먹이 허공을 갈랐다. 계속해서 주먹을 내질렀지만, 페이를 맞힐 수는 없었다. 5분도 지나지 않아 조니는 휘청휘청했다. 전력으로 주먹을 계속 휘두른 탓에 스태미너가 떨어진 것이다.

자포자기 상태가 된 것이리라. 조니는 주먹을 치켜들고 돌진했다. 주먹을 내질렀지만, 이미 페이는 조니의 품속으로 파고든 상태였다. 멱살을 붙잡고 던졌다. 조니는 보기 좋게 뒤집혀 다리부터 지면에 떨어졌다. 기세가 남아 한층 더 뒤집혔다. 양손을 지면에 짚고 멈췄다. 그건 기묘하게도 주둔지 앞에서 피로했던 바짝 엎드려 비는 자세였다. 조니가 천천히 뒤돌아봤다. 그러자 페이는 가슴을 폈다.

조니는 휘청휘청 일어서서 레이라를 가리켰다. 레이라는 곧바로 상황을 헤아렸는지 거리를 벌리고 자세를 취했다. 조니는 타이가처럼 자세를 취했다. 두 번이나 지면 과연 깨닫는 모양이다.

이번에도 먼저 움직인 건 조니였다. 발을 내디디며 주먹을 내질렀다. 쿠로노는 눈이 살짝 휘둥그레졌다. 아직 첫 공격이지만, 싸움다워졌다. 그러나 안타깝게도 조니의 공격은 통하지 않았다. 레이라는 주먹을 훌쩍 피하고 조니의 등 뒤로 돌아 들어갔다. 목에 팔을 감아 조였다. 훌륭한 초크 슬리퍼.

조니는 레이라의 팔을 떼쳐 내려고 했지만, 그러지 못하고 발을 버둥거렸다. 서서히 저항이 약해지고, 레이라는 초크 슬리퍼를 풀었다. 털썩, 하고 조니가 엉덩방아를 찧었다. 레이라는 걱정스러운 듯이 바라보자 조니가 천천히 일어섰다. 그러고는 흐느적거리며 유령 같은 발걸음으로 쿠로노 앞으로 다가왔다.

"형님, 상대가 너무 강함다."

"조니, 네가 약한 거야."

"그, 그렇지 않슴다! 저는 에크론 남작령 제일가는 단검사임다!"

조니는 발끈한 듯이 말하고는, 주위를 두리번두리번 둘러보다가 스노우를 발견했다. 스노우는 마침 대련이 끝난 참이라 호흡이 흐트러져 있었다. 조니는 스노우를 향해 달렸다.

"나는 에크론 남작령 제일가는 단검사! 승부임다!"

"어?! 어엇!"

스노우는 살짝 당황한 듯 했지만 곧장 발을 내디뎌 조니의 움직임을 몸으로 막고 턱을 팔꿈치로 쳐서 올렸다. 그렇게 강한 위력은 아니지만, 그걸로 충분했다. 조니의 머리가 위로 젖혀진 틈에 스노우는 바짓자락을 잡고 박치기를 했다.

조니가 공중제비를 돌며 지면에 쓰러졌다. 스노우는 곧바로 마운트 자세로 들어가 주먹을 내리쳤다. 주먹이 얼굴에 꽂힌다. 조니는 움찔하더니 이윽고 축 늘어졌다. 스노우는 아차, 싶은 듯이 입가를 누르고는 달려왔다.

"죄송해요. 있는 힘껏 때려 버렸어."

"신경 안 써도 돼. 자, 훈련을 계속해."

"······알겠어요."

스노우는 조니를 힐끔힐끔 보며 동료가 있는 곳으로 돌아갔다.

"이야~, 보기 좋게 져 버렸군요."

사브가 그런 말을 하며 마구간에서 돌아왔다.

그러자 조니가 이쪽을 보고는 일어섰다. 예감이 있었는지, 사브가 앞으로 나섰다.

"병사는 안 되겠습니다! 그래도, 마부 아저씨라면!"

조니는 사브를 향해 달렸다. 이미 울상이다.

"우오오오오!! 눈을 뜨는 검다! 내 안의 무언가아아아!"

"이러니까 얼뜨기는."

조니가 주먹을 내질렀다. 하지만 주먹은 허공을 갈랐다. 사브가 옆으로 한 걸음 내디뎌 피한 것이다. 그대로 손목을 붙잡아 뒤쪽으로 비틀어 올렸다.

"아히이이이익!"

조니가 비명을 질렀고, 사브는 손을 놓았다. 조니는 지면에 양 무릎을 꿇고, 멍하게 자신의 손을 내려다보고 있다. 눈물이 뚝뚝 흐른다.

"나, 난…… 마부 아저씨한테, 마부 아저씨한테에에에!"

조니는 엎드려 비는 것 같은 자세로 몸을 웅크리고는 엉엉 울었다. 옆을 보니 사브는 겸연쩍은 듯이 뺨을 긁적이고 있었다. 사브한테는 미안하지만, 좋은 타이밍이다. 쿠로노는 조니에게 다가가서는 한쪽 무릎을 꿇고 앉았다.

"……조니."

"혀, 형님. 저, 전, 에크론 남작령 제일가는, 다, 다, 단검사인데……."

이름을 부르자 조니는 고개를 들었다. 눈물과 콧물로 엉망진창이 된 상태였다. 불과 몇 시간 정도 어울린 사이지만, 그는 사려가 얕을 뿐 나쁜 녀석이 아니다. 게다가 자기보다 나이가 어리다. 그런 상대의 자존심을 분쇄하고 만 것에 죄악감을 느꼈다.

하지만 현실을 알려주지 않으면 더욱 심한 꼴을 당했을 터다. 그러니 어쩔 수 없는 일이었다. 그렇게 자신에게 되뇌며 입을 열었다.

"조니, 너는, 아니, 너희는 약해."

"그럴 리 없슴다! 오, 오늘은 몸 상태가 안 좋았던 검다!"

"신병 여자애는커녕, 마부 아저씨한테도 이기지 못했잖아."

"그, 그건……."

쿠로노가 지적하자, 조니는 말을 머뭇거렸다.

"이제 제국군에 시비 걸지 마."

"저희가 약하기 때문임까?"

"그거와는 다른 문제야. 만에 하나 제국군 병사가 다치거나, 죽으면 어떻게 될까? 에크론 남작령뿐만이 아니라, 남변경 전체의 문제가 되지 않겠어? 반대로, 제국군이 너희를 공격하거나 죽이면 문제없이 넘어가겠지만."

"어째서임까?!"

"그만큼 너희가 도발을 반복했잖아. 맞아도 싸다고 하겠지."

"그럴 수가……."

조니는 충격을 받은 듯했다.

"그러다가 양측에서 사망자가 나오면 최악으로 치닫는 거지. 옆 사람이 죽으면 인간은 이성을 잃고 앞뒤를 생각하지 않거든."

쿠로노는 논공행상 때 일을 떠올리며 말했다. 그때 타우르가 말리지 않았더라면 감정에 몸을 내맡겨 행동한 끝에 파멸했을 것이다.

"지금부터 조니에게 임무를 주겠어."

"어, 어떤 임무임까?"

조니는 쭈뼛쭈뼛 입을 열었다.

"아무 일도 없었던 것처럼 돌아가서, 자경단이 폭주하지 않도록 고삐를 잡아. 방식은 맡기겠어. 내가 말한 것을 넌지시 전해도 좋고, 정규 병사는 강하다는 걸 알려주는 것만으로도 상관없어.

카난 누님한테 울며 매달리는 것도 방법이지."

"알겠슴다! 제게 에크론 남작령을 지키라는 말이군요! 우오오
오! 남자 조니, 해내겠슴다!"

조니는 기세 좋게 일어나 우렁차게 외쳤다. 해내겠슴다아아아
아! 라고 외치며 크로포드 저택에서 나갔다.

조니의 기행이 신경 쓰였는지 레이라가 뛰어왔다.

"쿠로노 님, 조니 님은?"

"해야 할 일을 말해 줬더니 의욕이 생긴 모양이라……."

"괜찮을까요?"

"무슨 일이 있으면…… 연락하겠지."

"저도, 그렇게, 믿고 싶습니다만……."

레이라가 말을 머뭇거렸고, 쿠로노는 한숨을 쉬었다. 타우르에
게 은혜를 갚는 김에 실적을 만들려고 했을 뿐인데 예상 이상으
로 성가신 일이 되었다.

※

훈련이 끝나고──.

"오늘 훈련은 여기까지이외다! 각자, 저녁까지 느긋하게 쉬시
게나!"

"오랜만에 훈련한 탓인지 지쳤네."

"그래, 평소 훈련에 비하면 미적지근할 정도인데 말이야."

"오늘 밥은 뭐려나?"

"배불리 먹을 수 있다고. 뭐든 좋아."

"마이라 씨의 밥은 맛있으니까 말이지."

"스승님! 대련! 대련인 것입니다!"

타이가가 목소리를 높여 외치자, 부하들은 그런 말을 하며 크로포드 저택으로 향했다. 오랜만에 한 훈련이라는 것도 있어서 지친 기색이지만, 페이는 기운이 넘친다.

"쿠로노 님! 자전거 빌려줘, 자전거!"

"이 녀석, 스노우."

스노우가 눈을 반짝이며 달려왔다. 레이라가 약간 늦게 따라왔지만, 자유시간이라 엄하지는 않았다. 스노우는 쿠로노 앞에서 멈춰 섰다.

"그럼, 갈까."

"응!"

쿠로노는 부드럽게 말을 건네고 구 크로포드 저택으로 향했다. 자전거를 벽에서 떼고, 안장을 가장 낮은 위치로 조정했다. 그리고 스노우 쪽을 향해 돌아섰다.

"자, 우선은 핸들을 잡아."

응! 하고 스노우는 크게 고개를 끄덕이고는 핸들을 잡았다. 오늘 아침, 실연(實演)한 것을 기억하고 있는 것이리라. 킥스탠드를 차서 올리고, 안장에 걸터앉았다. 페달을 밟았지만, 금방 균형이 무너져 다리를 땅에 대고 말았다.

"우웃, 금방 쓰러져."

"내가 짐받이를 잡고 받쳐 줄 테니까——."

"쿠로노 님, 제가 하겠습니다."

레이라가 쿠로노의 말을 가로막고, 앞으로 나섰다.

"꽤 무거울걸?"

"단련하고 있으니까요."

"어느 쪽이든 좋으니까 빨리 받쳐줘."

"알았어. 맡길게."

스노우가 기다리다 못한 듯이 말했고, 쿠로노는 뒤로 물러났다. 레이라가 교대하듯이 자전거 뒤에 서서 짐받이를 지탱했다. 스노우가 어깨너머로 레이라에게 시선을 향했다.

"됐어?"

"언제든 괜찮아."

레이라가 대답하자, 스노우는 정면을 똑바로 바라보며 페달을 밟았다. 비틀비틀하며 자전거가 앞으로 나아갔다. 당장이라도 쓰러질 것 같지만, 레이라가 받쳐줌으로써 어떻게든 되고 있다. 정원 끝까지 갔다가, 비틀비틀하며 U턴에 성공했다. 거기서 레이라가 손을 놓았다.

균형이 무너져 스노우가 지면에 발을 댔다. 부루퉁해진 듯이 입술을 삐죽 내밀고는 뒤로 시선을 향했다. 레이라가 다시 짐받이를 받쳤고, 스노우는 페달을 밟았다. 자전거가 재차 비틀비틀하며 앞으로 나아갔다. 스노우는 쿠로노 앞에서 자전거를 세우고——.

"아직 괜찮아?"

"괜찮아."

귀엽게 고개를 기울였고, 쿠로노는 고개를 끄덕였다. 스노우는 자전거에서 내려 반전시키고는 다시 안장에 걸터앉았다. 레이라가 짐받이를 받쳤지만, 페달을 밟으려 하지 않는다.

"왜 그래?"

"응, 균형을 잡는 게 어려워서. 쿠로노 님은 어떻게 해서 탈 수 있게 됐어?"

"나 때는 양발로 지면을 차서 균형을 잡을 수 있도록 연습했으려나."

"그럼, 나도 그렇게 할래."

레이라가 짐받이에서 손을 놓자, 스노우는 양발로 지면을 찼다. 곧바로 균형이 무너지고 말았지만, 굴하지 않고 다시 도전했다. 조금씩 균형을 유지할 수 있는 시간이 길어졌다. 문득 시선을 느껴 옆을 보니, 레이라와 눈이 마주쳤다.

"왜 그래?"

"아뇨, 아무것도……. 저기! 쿠로노 님은——."

"엄마! 쿠로노 님! 이거 봐, 이거 봐!"

레이라는 말을 머뭇거리다가 결의를 굳힌 것처럼 입을 열었다. 하지만 스노우한테 가로막혔다. 스노우 쪽을 봤다. 휘청휘청하고는 있지만, 제대로 나아가고 있다. 약간 조언한 것만으로도 탈 수 있게 될 줄이야——.

"이게 재능인가."

쿠로노는 한숨을 내쉬었다.

※

밤—— 마이라가 테이블에 요리를 늘어놓았다. 빵, 양배추 식초 절임, 건더기가 잔뜩 든 수프, 돼지고기 허브구이라는 메뉴다. 마지막에 컵을 올려놓고 물로 우려낸 향차를 따랐다.

"잘 먹겠습니다."

"네, 맛있게 드십시오."

마이라의 말을 기다려, 쿠로노는 빵에 손을 뻗었다. 손에 쥐어 둘로 찢자, 김이 솟아올랐다. 단면은 촉촉하며 매끄러웠다. 입에 물자 풍미가 잔뜩 퍼졌다. 무심코 미소가 새어 나왔다. 다음은 수프다. 스푼으로 입에 옮겼다. 담백하면서도 깊은 맛이 풍부한 풍미다. 마이라는 깊은 맛이 있는 요리를 만드는 게 정말로 능숙하다고 생각한다.

"어떨까요?"

"얼굴 보면 알잖냐."

대답한 건 맞은편 자리에 앉은 양아버지였다. 돼지고기 허브구이를 베어 물고 있다.

"그건 그렇고 너는 정말로 맛있게 밥을 먹는구만."

"실제로 맛있고."

쿠로노는 수프 건더기를 입에 넣었다. 맛이 확실하게 배어 있어서 맛있다. 게다가 입안에서 바스러지도록 절묘한 정도로 끓였다. 양배추 식초 절임에 시선을 향했다. 아삭아삭해서 맛있어 보인다. 손을 뻗자 양아버지가 입을 열었다.

"가축 건은 괜찮은 거냐?"

"가축 건?"

"저녁 식사 때 이야기해 주겠다고 말했잖냐."

쿠로노가 반복하듯이 되묻자, 양아버지는 어처구니가 없다는 듯이 말했다. 그러고 보니 그런 이야기를 했었다. 요리가 맛있는 탓도 있어서 완전히 까먹고 있었다.

"오늘 아침에 마이라한테서 가축이 소란스러운 건 가우르 경 때문이라는 것 같은 이야기를 듣고, 어떻게 연관되는 건지 조금 신경 쓰여서."

"흠, 어디서부터 설명한다."

양아버지는 팔짱을 끼고 난감한 듯이 미간을 찡그렸다.

"그래. 너는 알레오스 산지의 야만족에 관해 얼마나 알고 있지?"

"31년 전에 베넬 산맥 제부족 연합이 분열하여 쳐들어왔다든가, 패주를 거듭하여 최종적으로 알레오스 산지로 도망쳤다든가 뭐, 그런 정도."

"대략 그런 느낌이지."

양아버지는 팔짱을 풀고는 컵을 입에 옮겼다. 향차를 마시고는 푸핫, 하고 숨을 내쉬었다.

"그러고 보니 주둔지에 갔었지. 어땠냐?"

"에크론 남작령의 자경단이 문 앞을 왔다 갔다 하고 있었어. 그리고 카난 씨가 가우르 경한테 대들고 있어서 엄청 위험하다고 생각했지."

"진짜냐?! 그 녀석들 그런 짓까지 하고 있냐?"

"주인님."

양아버지가 놀란 듯이 말했고, 마이라가 타일렀다. 크흠, 하고 양아버지는 헛기침을 했다.

"그쪽이 아니라, 주둔지를 보고 알아차린 건 없냐고 물은 거다."

"주둔지를 보고?"

쿠로노는 천장을 올려다봤다. 기억을 뒤졌다. 그러고 보니――.

"야만족과 싸우고 있는 것치고는 주둔지가 상처 하나 없이 깨끗했던 듯한 느낌이……."

"뭐어, 즉, 그런 거다."

"무슨 말이야?"

자기도 모르게 되물었다. 그런 거라는 말을 들어도 영문을 알 수 없다. 그러자 양아버지는 이해력이 나쁘구만, 이라고 말하는 것만 같은 표정을 띠었다. 조금 상처받았다.

"요컨대, 야만족들이랑 싸우고 있지 않은 거다."

"처음 왔을 때 작은 충돌이 있었지만, 전면적인 공세는 한 번도 없습니다."

"……혹시."

양아버지의 말을 마이라가 보충했다. 문득 어떤 생각이 쿠로노의 뇌리를 스쳤다. 자신도 바보 같은 가설이라고 생각하지만──.

"야만족이 전력을 회복하지 못하고 있나?"

"아마도. 그렇다고 해도 개들은 한 명 한 명이 장난이 아닐 정도로 강하니까 얕볼 수 없지만."

옛날 일을 떠올리고 있는지, 양아버지는 얼굴을 찌푸리며 대답했다. 설마 야만족이 그렇게까지 약해졌을 거라고는 생각하지 않았다.

"야만족의 전력이 약해진 건 알았지만, 그게 가축이랑 무슨──아?!"

무심코 목소리를 내자, 양아버지는 히죽 웃었다.

"전력을 회복하지 못한다는 건 식량 사정이 좋지 못하다는 의미겠구나! 하지만 가우르 경이 정찰을 하면 대응하지 않을 수가 없지. 그래서──."

"그래서, 가축을 훔치러 오는 거다."

양아버지는 쿠로노의 말을 가로막고 말했다.

"뭐야, 갑자기 이야기가 시시해졌네."

"바보 녀석! 가축은 재산이라고?! 애지중지 기른 가축을 도둑맞는 농가(우리)의 입장이 되어 봐라! 닭이나 돼지를 도둑맞은 것만으로도 마음이 꺾일 것 같은데, 녀석들은 소까지 훔쳐 간다고! 젠장! 나는 녀석들을 용서할 수 없어!"

"옛날에 소를 도둑맞았을 때는 주인님이 쟁기를 끄셨었죠."

양아버지가 언성을 높이며 말했고, 마이라가 통절하게 중얼거렸다.

"그럼 지금도 피해가 제법 되겠네."

"아뇨, 제국군 주둔지를 인정하는 대신 병사나 야만족에 의한 피해를 보상하는 계약을 맺었기에 그 점은 걱정 마시길."

후후후, 하고 마이라는 웃었다. 그 밖에도 뭔가 했을 것 같은 느낌이 들었지만, 입 밖으로는 내지 않았다.

"쇠약해진 야만족을 쓰러뜨린다고 전공(戰功)이 되려나?"

"세력이 약해졌어도 놈들이 강하다는 점에는 변함이 없어. 자기 힘을 시험해 보고 싶다며 이동(異動)한 녀석들의 관록을 높이는 데는 딱이잖냐."

"그런 정보는 어디서 들은 거야?"

"제도의 찻집이다. 아서하고도 거기서 만났다고."

흐음~, 하고 쿠로노는 맞장구를 쳤다. 세상은 좁네, 하고 생각했다.

"아니, 잠깐. 피해는 보상해준다고 했다면서? 그럼 카난 씨는 왜 그러고 있던 거야?"

"그야, 자세겠지."

"자세라니?"

"남변경은 내력에 문제가 있다. 돈만 주면 만사 해결인 것도 아니고, 돈을 내면 뭘 해도 좋은 곳이란 인식을 남길 수도 없는 노릇이잖냐. 그래서 화내고 있다는 어필을 하는 거다."

양아버지는 머리를 긁적이며 이야기를 이어갔다.

"다만, 그러고 항의하는 건 딱히 좋은 방법 같지 않군. 항의를 반복하다 제국군의 성질을 긁어서 좋을 게 없어. 무엇이든 단순한 게 제일이다."

"역시나, 주인님."

테이블 옆에 서 있던 마이라가 손뼉을 치며 칭찬했다.

"하지 마. 뭐 대단하다고."

"세월은 사람을 성장시키는군요. 젊었을 적부터 그런 분별이 있었다면 좋았겠습니다만."

"칭찬하든지 헐뜯든지 하나만 해."

"에크론 남작가는 대가 막 바뀐 참이기에 어쩔 수 없는 일일 겁니다."

마이라는 양아버지의 말을 무시하고 말했다.

"아하, 믿음직한 영주의 모습을 보여주려다가 망쳤다는 거군."

"역시나 도련님입니다. 이 마이라, 감복했습니다."

침묵이 내리깔렸다. 잠시 후 양아버지가 입을 열었다.

"얘는 안 헐뜯냐?"

"도련님의 뭘 헐뜯으라는 말씀인지?"

"나 참, 가주 자리를 잇게 하겠다고 결정한 순간 쿠로노한테 굽신거리기는."

"주인님도 나이이니, 다음 일을 생각해야지요."

양아버지가 투덜거리자, 마이라는 태연자약하게 말했다.

"그런고로 주인님께서 '내가 죽은 뒤, 모쪼록 마이라를 잘 부탁한다'라고 한 장 써 주셨으면 합니다."

"오래 알고 지낸 사이니까 그 정도는 해주겠다만, 그걸 대놓고……."

"역시나, 주인님입니다. 노후 시중은 맡겨 주십시오."

"너도 나랑 비슷한 나이잖아."

"종족적으로 저는 아직 여자로서 한창 꽃필 때입니다. 정정을."

"알았다, 알았어. 넌 예뻐."

"뭐, 타협하도록 하지요."

양아버지가 넌덜머리가 난 듯이 말하자, 마이라는 낙담한 것처럼 말했다.

"저기, 대가 바뀐 건 알겠는데, 이대로 둘 수도 없지 않아?"

"어쩔 수 없지. 한 장 써놔 주마."

"효과는 그다지 기대하지 않으시는 편이 좋으리라고 생각합니다만."

쿠로노는 마이라한테 시선을 향했다.

"불길한 말을 하네."

"경험상, 이러한 일은 갈 데까지 가지 않으면 수습이 안 되지 않을까 하여."

마이라는 한숨을 내쉬었다. 불온한 말투지만, 그녀 나름대로 현 상황을 걱정하고 있는 것이리라.

"그러고 보니 여기 자경단은 어때?"

"난 마이라 외에도 오래 알고 지낸 엘프가 있으니까, 그들이 맡아주고 있다. 나머지는 군대 경험자를 고용했고. 지금은 얼추 50명 정도 될걸."

아무래도 제국군에 완전히 맡기고 있는 건 아닌 모양이었다.

갈수록 일이 귀찮아졌다. 이제는 에크론 남작령 자경단에 주의를 기울이면서, 가우르를 지원하여 야만족을 토벌해야 한다. 할 일이 많다. 어디부터 손을 대면 좋을지 생각하고 있자, 어떤 생각이 솟구쳤다. 그걸 알아차린 것이리라. 양아버지가 이쪽을 봤다.

"왜 그러냐?"

"꼭 야만족을 토벌할 필요는 없지 않아? 교섭으로──."

"그건 어려울걸."

"왜?"

쿠로노는 양아버지에게 물었다.

"생각을 해봐라. 우리는 놈들이랑 죽고 죽이는 싸움을 했어. 서로 좋은 인식이라고는 전혀 없겠지. 교섭으로 어떻게든 하려고 해봤자, 그리 쉽게는 풀리지 않을 거다. 너도 그렇잖냐?"

"……그러네."

쿠로노는 뜸을 두고 대답했다. 알코르 재상과 알포트를 떠올렸다. 두 사람을 용서할 수 있냐고 하면 무리다. 냉정함을 유지할 자신도 없다.

"뭐, 복잡한 이야기는 이쯤으로 해두고, 밥 먹자."

"그래."

쿠로노는 고개를 끄덕이고 빵에 손을 뻗었다. 조금 식어 버렸지만, 저녁 식사는 맛있었다.

※

"오늘 하루도 수고했습니다~."

쿠로노는 자신에게 치하의 말을 건네고는 침대에 쓰러졌다. 자기가 없는 사이에 마이라가 말려 준 것이리라. 이불에서 전해지는 따뜻함에 황홀한 기분이 들었다. 조금 더 있다가 잘 생각이었는데, 오늘은 이대로 자자. 이틀 연속 늦잠을 잘 순 없는 노릇이고, 내일도 주둔지에 가야 한다. 아마 내일도 돌아가라는 말을 듣겠지만──.

일주일 정도 다녀 보고 안 되면 제도에 편지를 보내자. 보고가 늦다는 말을 들을 것 같은 느낌이 들지만, 가우르의 체면을 배려했다고 변명하면 어떻게든 될 터다.

쿠로노는 몸을 뒤척이고는 천장을 올려다봤다.

"가우르는 그렇게 처리한다 치고…… 야만족 쪽은 어떻게든 온건하게 끝낼 수 없으려나."

양아버지의 말은 지당하다. 우리는 서로 원한이 있다. 과거를 덮어두기는 어렵다. 그래도…….

"이거야말로 위선이군."

한숨을 내쉰 그때, 노크 소리가 울렸다.

"네~에, 지금 엽니다."

쿠로노는 침대에서 내려와 잰걸음으로 문에 다가갔다. 문손잡이에 손을 뻗었다가, 그대로 움직임을 멈췄다.

만약 마이라라면 어쩌지? 그 사람한테 저항할 수 있을까? 아니 그건 현실적으로 어렵다.

다시 문을 두드리는 소리가 울렸다. 쿠로노는 잠시 고민한 끝에 문을 열고, 가슴을 쓸어내렸다. 복도에 서 있던 건 레이라였다. 쿠로노가 내심 가슴을 쓸어내리니 레이라가 의아하다는 듯이 바라보았다.

"쿠로노 님, 시간을 내 주실 수 있을까요?"

"그래, 들어와."

레이라를 방에 들이고 문을 닫았다. 만일을 위해 잠갔다. 그러자 레이라는 부끄러운 듯이 고개를 돌렸다. 이런, 착각하게 만든 모양이다.

"그런 게 아니야. 마이라 대책이야."

"교관님이요?"

레이라는 갸우뚱한 표정을 짓고 있다.

"도중에 난입할 거 같아서."

"그, 그렇군요."

이유를 설명하자, 레이라는 뺨이 빨개지며 고개를 돌렸다. 이런, 더더욱 오해가 쌓였다. 내일은 일찍 일어나야 하는데.

레이라가 방을 둘러봤다.

"어느 쪽에 앉으면 될까요?"

"의자에 앉도록 해. 나는 침대에 앉을 테니까."

쿠로노가 침대에 앉자, 레이라는 의자의 방향을 바꾸어 앉았다.

"무슨 일이야?"

"……오늘은 감사했습니다."

레이라는 머리를 꾸벅 숙였다.

"내가 뭔가 했던가?"

"스노우한테 자전거를 빌려주신 건이에요."

"그건 감사받을 일도 아니야."

레이라는 고개를 살짝 숙였다. 이쪽으로 힐끔힐끔 시선을 향한
다. 아무래도 그 밖에도 목적이 있는 모양이다. 쿠로노는 몸을 앞
으로 숙이고 손깍지를 꼈다.

"고민이 있어?"

"——!!"

레이라는 숨을 삼키고는 작게 고개를 끄덕였다.

"스노우와 어떻게 거리를 두어야 할지 고민 중이야?"

"……네, 슬럼에 있었을 무렵에 돌봐 주던 감각이 좀처럼 빠지
질 않아서."

쿠로노가 묻자 레이라는 약간 뜸을 두고 대답했다. 스노우를
떼칠 수 있다면 편할 것이다.

하지만 그게 불가능하니까 고민하는 것이다.

"이해해. 군사(軍事)는 목숨이 걸린 일이고, 부하들의 눈을 의식

해야 하니까. 어디서 선을 그어야 할지 고민되기 마련이지."

"쿠로노 님이라도 이런 일로 고민하신 적이 있나요?"

"안 그래 보여?"

"네, 쿠로노 님은 늘 적절하게 선을 그으시는 것 같아요."

쿠로노가 되묻자 레이라는 진지한 표정으로 고개를 끄덕였다.

"나도 그리 잘 긋고 있는 건 아닌데……."

"그렇지 않습니다."

"그렇게 생각해? 난 선을 잘 긋는 지휘관이라면 부하를 애인으로 삼지 않았을 것 같은데."

"그건……."

"미안, 짓궂은 대꾸였네."

레이라가 말을 머뭇거렸고, 쿠로노는 사과했다. 작게 한숨을 내쉬고는 허벅지를 받침 삼아 턱을 괴었다.

"내가 해줄 수 있는 말은 계속 고민하라는 것뿐이야."

"계속 고민한다고요?"

"그건 결국 마음의 문제잖아. 자기만의 대답을 찾는 수밖에 없어."

"쿠로노 님은…… 아뇨, 아무것도 아닙니다."

레이라는 입을 다물었다. 쿠로노 또한 답을 모색하는 중임을 깨달은 것이리라.

"괴롭다고 느꼈을 때는 말해줘. 가능한 한 상담에 응할 거고, 대응도 생각할 테니까."

"네, 감사합니다."

그렇게 말하고 레이라는 고개를 숙였다.

"저는 그다지 성장하지 않은 모양이에요."

"그렇지 않아."

"그럴까요?"

"대원들을 잘 규합해 주고 있고, 픽스 상회와 절충도 해주고 있는걸. 레이라에게 많은 도움을 받고 있어."

"……감사합니다."

레이라는 머리를 꾸벅 숙였다. 칭찬받아 쑥스러운지 귀가 살짝 처져 있었다. 쿠로노는 손을 뻗어 귀를 어루만졌다. 레이라가 황홀한 표정이 되었다. 이러고 있으니 불끈불끈, 아니, 사랑을 나누고 싶어졌다.

"저기, 쿠로노 님. 저는 슬슬……."

"조금만 더 만지게 해줘."

"…………네."

레이라는 쭈뼛쭈뼛 입을 열었지만, 쿠로노의 말에 따랐다. 레이라의 걱정은 이해한다. 쿠로노도 같은 마음이다. 내일도 주둔지에 가려면 일찍 자야 한다. 애초에 레이라는 여기에 상담하러 왔을 뿐이다. 이런 상황에 유혹할 수는 없다. 상황을 가려가며 이성적으로 행동해야 한다. 괜찮다, 에라키스 후작령을 떠나 여기 올 때까지는 잘 참지 않았던가. 그 때문에 어젯밤에는 조금 과격했지만.

귀여웠지, 하고 쿠로노는 어젯밤의 여주인을 떠올리며 싱글벙글한 표정을 지었다. 설마, 그렇게나 부끄러워해 줄 거라고는 생각지 않았다. 다음에도 부탁하자. 하지만 그냥 부탁하면 싫어할 수도 있으니 대책을 강구해야 한다.

"쿠로노 님?"

"──!"

딴생각 중에 레이라가 이름을 부르는 소리에 정신을 차렸다. 어느샌가 손이 멈춰 있었다.

"저기, 그, 어떻게든 꼭 하고 싶으신 거라면……."

손이나 입으로 봉사토록 하겠습니다, 라고 레이라는 부끄러운 듯이 고개를 돌리며 중얼거렸다. 마음은 고맙지만 이성적으로 행동하겠다고 결정한 참이 아닌가.

"그럼, 부탁할까나."

"……네."

쿠로노의 말에 레이라는 고개를 끄덕였다. 나는 나약했다. 어쩔 수 없다. 모처럼 레이라가 부끄러움을 무릅쓰고 제안하는데, 그걸 거절하는 게 이상한 거다. 이성은 중요하지만, 감정 또한 중요하다.

"……실례하겠습니다."

레이라는 일어선 뒤, 쿠로노의 발밑에 무릎을 꿇었다.

※

매직 아이템 특유의 희뿌연 빛이 마을을 비추고 있다. 야만족 대책 조명이다. 효과가 있는지는 알 수 없지만, 화톳불이 꺼지지 않게끔 밤새도록 신경 쓰는 것보다는 나았다.

카난은 말머리를 돌려 자경단원 쪽을 향해 주목을 모았다. 그러나 자경단원의 절반이 여전히 술집에 시선이 팔려있었다. 그나마 시선을 돌린 나머지 반도 안절부절못하고 있었다. 다들 술을 마시고 싶어서 견딜 수가 없는 것이다.

실수했다. 좀 더 빨리 말을 세울 것을 그랬다. 지금 여기서 무슨 말을 해도 그들은 흘려듣고 말 것이다. 어쩔 수 없다. 얼른 용건을 말해 버리자.

"내일도 순찰 일이 있으니까 너무 과하게 마시지는 마라!"

"옙!"

자경단원은 위세 좋게 대답하고는 술집으로 향했다. 남은 건 로버트뿐이었다. 카난은 깊은 한숨을 내쉬고 저택으로 향했다. 자경단원은 술집에서 누님이 제국군한테 한 방 먹였다든가, 신참 대장은 겁먹고 있었다든가 등등 자기가 그 자리에 있었다는 양 떠들어 댈 것이다. 그리고 카난의 무용담은 점차 과장되어, 내일 쯤 되면 제국군 대대장을 피투성이로 만들었다는 식으로 변해 있을 것이다.

"누님?"

"──!"

로버트가 부르는 소리에 정신을 차렸다. 황급히 주위를 둘러보니 이미 저택에 도착해 있었다.

"왜 그러십니까?"

"아무것도 아니야."

생각에 너무 깊이 잠겨 있던 모양이다. 카난이 말에서 내리자 로버트도 말에서 내렸다. 잠시 후 나이 든 마부가 달려왔다.

"나리, 수고하셨습니다."

"그렇게 수고하지도 않았지만 말이지. 말들을 잘 부탁해."

예, 하고 고령의 마부는 쓴웃음 같은 표정을 띠고는 마구간으로 향했다. 카난은 작은 한숨을 내쉬고는 로버트와 함께 저택으로 향했다. 도중에 멍하게 저택을 올려다봤다.

증축을 여럿 반복한 에크론 저택은 그야말로 뒤죽박죽이었다. 문에 다다르자 로버트가 먼저 문을 열고 공손하게 머리를 숙였다. 카난이 문을 지나자 로버트가 문을 닫았다.

카난은 길게 한숨을 내쉬었다.

"아, 이젠 싫어! 누님이라느니 담판을 짓는다느니! 나만 시키지 말고 너희들도 오란 말이야! 주둔지 앞에서 말발굽 소리나 울려 대지 말고! 다들 멍청이냐! 뭐가 자경단이야! 원숭이랑 다를 게 없잖아!"

카난은 난폭하게 레더 아머를 벗어 던지며 외쳤다.

"더는 싫어, 정말로 싫어……. 원숭이들이랑 행동하는 것도, 그런 천박한 말투를 쓰는 것도 싫어. 이럴 바에야 말똥 더미에 머리부터 처박는 편이 그나마 나아."

어쩌다 이렇게 된 건가. 전부 언니 잘못이다. 언니가 남자 꽁무니를 쫓아 집을 나가 버린 탓이다. 물론 땅끝까지 쫓아가서 잡지 않았던 아버지도 문제다.

"애초에 자기는 충분히 했다는 게 무슨 말이야! 가주란 게 첫째가 없으니 둘째 하라고 넘겨줄 자리야? 어떻게든 언니를 데려와서라도 시켰어야 하는 거잖아? 뭘 당연하다는 듯 나한테 가주 자리를 주는 건데?! 다들 미쳤어!"

카난은 양손으로 얼굴을 덮었다.

"가장 결정적인 원인은 아가씨께서 설불리 재능을 보여주신 탓이라고 생각합니다만."

"그때는 다들 좋아했잖아!"

카난은 뒤돌아보며 소리쳤다. 로버트는 한숨을 내쉬며 레더 아머를 벗었다. 그러고는 어디선가 외눈 안경을 꺼내 썼다.

"그야, 우쭐해진 나도 잘못이지만……! 지금이라도 그만둘 방법 없을까?"

"그냥 단념하시죠."

"아아 그렇겠지! 그 원숭이들은 내 진짜 모습을 알면 얕보려 들테니까! 하지만 계속 이러고 살 수도 없잖아? 이 짓을 언제까지해야 하는데?!"

"적어도 결혼할 때까지는 해야겠지요. 남편을 만들어서 일을 떠넘기지 않는 한은……."

"아악! 로버트, 맞선 보겠다는 사람은 없어?"

"다들 조용하군요."

"그럼 가망이 없잖아!"

카난은 흑흑 울었다. 맞선이 잘되지 않는 이유는 카난이 악명을 떨치고 있기 때문이다. 패거리를 짜서 주둔지에 쳐들어가 천박한 말투로 책임자를 욕하는 여자를 누가 반기겠는가. 카난이 남자라도 그런 여자는 사양할 거다.

카난은 절규하다 문득 주둔지에서 만난 청년을 떠올렸다.

"잠깐, 그 애는 어때?"

"어느 애 말입니까?"

"주둔지에서 만난, 크로포드 남작의 아들!"

"아아, 쿠로노 님 말이군요. ……포기하시죠."

"어째서! 그야 내가 조금 연상이긴 하지만?! 제대로 차려입고 좋은 자리에서 만나면 다를지도 모르잖아!"

"그분에게는 정부가 있습니다."

어?! 하고 카난은 로버트를 쳐다봤다.

"그분에게는 정부가 있습니다."

"다시 말하지 않아도 똑바로 들었어!"

카난은 발끈해서 대꾸했다.

"근데 그건 어떻게 알아?"

"무도회에서 클로드 님과 마이라 님에게 이야기를 들었습니다."

"……본처는 없는 거지?"

"뭐, 그렇습니다만……."

카난이 쭈뼛쭈뼛 묻자, 로버트는 말을 머뭇거렸다. 그런 문제가 아니잖아, 라고 말하고 있는 것 같아서 짜증이 났다. 좀 더 배려해 줬으면 좋겠다.

"그래도 권하지는 못하겠군요."

"왜야?"

"그는 유능한 군인입니다. 군사 학교를 졸업하고 1년밖에 지나지 않았건만, 이미 많은 전공을 세웠지요."

"믿음직하고 좋네!"

"그래서 권장하지 않는 겁니다. 원숭이도 똑바로 다스리지 못하는 아가씨가 쿠로노 님을 어떻게 할 수 있을 리 없습니다. 오히려 가문을 빼앗길 겁니다."

"설마~. 그래도 클로드 님과 오래 알고 지낸 사이인데 그렇게까지는 안 하겠지."

"……아가씨."

로버트가 깊게 한숨을 내쉬었다. 카난은 퍼뜩 깨달았다.

"아, 그 애는 양자였지."

"호적상으로는 친자이지만요."

"잠깐? 그럼 이걸 약점으로 쓸 수 있지 않아?"

"아가씨, 그 거짓말에 가담해 거든 게 어딘지 잊으신 겁니까?"

"우리였지……. 알고 있어! 그냥 말해본 것뿐이야!"

로버트가 어처구니없다는 표정을 지었다.

하지만 카난은 여전히 어떻게 잘 만지면 가능성이 있지 않을까 하는 생각이 들었다.

"아가씨, 바보 같은 생각은 빨리 접으시고 견실하게 나아갈 궁리를 하십시오."

"나도 알아!"

카난은 다시 언성을 높였다. 요컨대 원숭이들 상대를 하라는 말이다. 괴롭다. 맞선 상대를 좀처럼 찾지 못하는 건 어쩔 수 없다. 하지만 원숭이들을 상대하며 시간을 낭비하는 게 괴롭다. 눈물이 흘러나왔다.

그때.

"이제야 돌아왔어? 좀처럼 안 돌아오길래 그냥 갈까 생각했는데."

"──!!"

그리운 목소리에 정신이 번쩍 들었다. 언니── 세라가 계단을 내려오던 참이었다. 로버트가 공손하게 고개 숙여 인사했다.

"괜찮아, 로버트. 나는 이미 이 집을 나간 몸인걸."

"그럴 수는 없습니다."

로버트는 자세를 무너뜨리지 않았다. 제법 완고했다.

카난은 두리번두리번 주위를 둘러봤다. 그러자 언니가 미심쩍은 시선을 향했다.

"뭐 하는 거야?"

"언니가 여기에 있다는 건 형부도 와 있는 건가 해서요."

"그 사람은 안 왔어."

"어째서죠?"

"병으로 죽었거든."

"그건······. 안타깝게 되었군요."

언니가 가냘픈 미소를 띠었고, 카난은 어떻게든 말을 쥐어짜냈다. 형부의 얼굴을 떠올리려 했다. 하지만 선이 가느다랗고 언행이 부드러운 남성이라는 것 정도밖에 떠올릴 수 없다.

"뭔가요, 그 눈은?"

"카난이 그렇게 다정한 말을 할 줄은 몰랐는데."

"언니는 저를 뭐라고 생각하는 건가요."

카난은 부루퉁해져서 말했다. 확실히 자신은 미숙하고 고집스러운 부분이 있다. 하지만 미망인이 된 언니한테 신랄한 말을 퍼붓는 악인은 아니다.

"애초에 아무도 언니의 결혼에 반대하지 않았잖아요."

"그랬던가?"

"그랬어요. 언니는 집안 체면을 생각해서 집을 나간 모양이지만······. 그래서, 언니는 지금 어디서, 뭘 하고 있나요?"

"······."

그러나 그녀는 거북한 듯이 시선을 피할 뿐이었다.

"언니?"

"··········에라키스 후작령에서 일하고 있어."

카난이 되묻자 언니는 상당한 뜸을 두고 대답했다. 무심코 눈을 휘둥그레 떴다. 설마, 그런 북쪽 땅끝까지 형부를 쫓아갔을 거라고는 생각지 않았다.

"거기서 무슨 일을 하는데요?"

"⋯⋯후작 저택의 요리사."

"요리사? 후작 저택의?"

카난은 무심코 되물었다. 확실히 언니는 요리를 잘했지만, 후작 저택에서 일할 거라면 신원이 확실해야만 한다. 솔직히, 신분을 속이고 있던 언니가 일할 수 있으리라고는 생각되지 않는다. 혹시, 하는 생각에 언니의 가슴을 쳐다봤다. 자매인데도 압도적인 전력 차이다.

"어, 어딜 보는 거야?!"

"아뇨, 그럴 수도 있는 것 아닐까 하여."

"그, 그그, 그럴 리 없잖아, 그럴 리가!"

언니는 당황한 기색으로 부정했다.

"어떤 경위로 후작 저택의 요리사가 된 거죠?"

"⋯⋯식당 겸 여관을 경영하고 있었는데, 남편의 치료비라든가 이래저래 해서 빚이 금화 100닢 생기는 바람에, 빚을 갚아 주는 대신으로⋯⋯."

고개를 돌리고 우물우물 중얼거렸다. 확정이다. 언니는 빚을 지고, 정부가 되어 버린 것이다. 언니의 고생을 생각하면 눈시울이 뜨거워진다. 하지만 이제 괜찮다. 이제부터는 자매가 사이좋게 살 수 있다. 다소 어색하겠지만, 분명 극복할 수 있다.

그때, 로버트가 입을 열었다.

"에라키스 후작령이라고 하면, 쿠로노 님의 영지로군요."

"뭣, 언니?!"

"윽……."

카난이 시선을 향하자, 언니는 기세 좋게 고개를 돌렸다.

"어, 언니, 설마, 그런 귀여운 애랑…… 해 버린 건가요?"

"그, 그럴 리 없잖아. 나, 나는 아직 남편을 사랑한다고."

언니는 약지에 낀 반지를 내보이는 것처럼 왼손을 가슴에 올려놓았다. 재차 로버트가 입을 열었다.

"군에 있는 친구가, 쿠로노 님이 안주인이라 불리는 여성과 끌어안고 있는 모습을 봤다고 하더군요."

"언니이이!"

"어…… 음……."

카난이 거친 목소리로 말하자, 언니는 우물우물 중얼거렸다.

"말 좀 해봐요! 저 말이 사실이에요?!"

"그러니까…… 어."

"시원하게 좀!"

"했어! 했다고!"

카난의 말을 가로막고 언니가 소리쳤다.

"그때는 아직 가게를 계속하고 싶다는 마음도 있었고, 잘 구슬리면 내 빚을 없었던 걸로 해줄지도 모른다고 생각했단 말이야! 그게 뭐가 나빠?!"

"아니, 그건 명백하게 나쁜 마음이죠!"

카난의 대꾸에 언니는 고개를 푹 떨궜다.

"맙소사, 에크론 남작이 인간이 그런 사랑이 없는 문란한 관계를 맺다니……."

"……."

어째서인지 언니는 말이 없었다. 이상하다 싶어 바라보니 언니가 슬며시 고개를 돌렸다.

카난의 입이 경악으로 떡 벌어졌다.

"언니, 사랑은 없는 거죠?"

"…………아니, 그, 뭐라고 할까, 나름대로."

언니는 우물우물 중얼거렸다. 부끄러운 것이리라. 귀까지 새빨갛다.

카난은 모든 것을 이해했다. 언니는 애정을 품고 있다는 것을.

"사냥꾼이 사냥을 당하면 어쩌자는 거예요?!"

"어쩔 수 없었어! 침울해진 모습을 보고 있었더니 감정이 복받쳤다고!"

"형부한테 미안하지도 않아요?!"

"그, 그야, 남편한테는 미안하다고는 생각해? 몸이 먼저고, 마음이 나중인 관계에 느끼는 바가 없는 건 아니고 말이야. 그래서 거절하려 했는데, 버려진 강아지 같은 눈으로 쳐다보니까 도무지 뿌리칠 수 없어서……."

언니는 곤란하다는 듯 머리를 긁적였다. 하지만 카난은 전혀

언니가 곤란해 보이지 않았다. 그제야 카난은 이해했다. 이건 애
인 자랑임을. 자신은 애인 자랑을 듣고 있는 것임을. 자기가 원숭
이들한테 둘러싸여 있는 동안, 언니는 연하 남자애랑 농탕치고
있었던 것이다.

카난은 이 끔찍한 상황에 그저 눈물을 흘렸다.

우는 것밖에 할 수 없었다.

이른 아침——.

"다녀왔—— 윽!"

조니가 자경단 대기소…… 마을 변두리에 있는 조악한 오두막의 문을 열자, 강렬한 술 냄새가 밀려왔다. 바닥에 자경단 10여 명이 퍼질러져 있었다.

조니에게는 그들이 아침까지 술을 마시고 퍼져 있는 게 그리 낯선 광경이 아니었다. 그는 사람을 밟지 않도록 조심이 걸어가 대기소 창문을 열고 오두막 구석에 있던 의자에 앉았다. 신선한 바람이 술 냄새를 차츰 걷어내는 걸 느끼며 조니는 깊은 한숨을 내쉬었다.

어제의 자신이라면 이 광경을 봐도 아무것도 느끼지 않았을 것이다. 하지만 병사의 실력을 알게 된 지금은 다르다. 어제, 쿠로노—— 형님네에서 대련한 병사들은 강했다. 필사적으로 싸웠지만, 상대도 되지 않았다.

"……어떻게 생각한들 사실이 변하지는 않슴다."

자경단은 꼭 거친 일만 하는 전투 특화 조직이 아니다. 꼭 조직이 강할 필요는 없다. 더구나 조니는 어제 단검 없이 맨손으로 싸웠다. 그러니 변명의 여지가 있다——고 생각하고 싶었다. 하지만 현실은 어떤가. 조니는 마부 아저씨한테도 졌다. 더는 변명할 수 없다. 자신은, 아니, 자경단은 약했다.

조니는 천장을 올려다봤다. 그는 이 일이 좋았다. 부서진 울타리를 고치거나, 도망친 가축을 붙잡는 등 어린애 심부름 같은 일도 많다. 그래도 감사받으면 기뻤고, 멧돼지나 곰을 퇴치했을 때는 자랑스러운 기분이 들었다. 그리고 누님이 제국군의 높은 사람에게 불만을 말했을 때, 속이 시원했다. 농가의 사남으로 이것저것 무리하게 참아 왔던 조니한테는 참을 수 없이 기분 좋은 순간이었다.

아마 여기 누운 동료들도 마찬가지일 것이다. 자경단은 농가의 삼남, 사남 같은 자들이 모인 곳이다. 울적한 인생을 보내는 자들에게 새로운 삶을 주는 곳이다. 그들은 이런 나날이 쭉 이어지길 바랐다.

하지만 자경단 활동이 에크론 남작령, 나아가서는 남변경에 민폐가 될 수도 있다는 걸 알게 됐다. 항의 활동을 자숙할 수밖에 없다.

그때 으음~, 하며 누군가가 신음했다. 한 사람이 몸을 일으키자 한 명 또 한 명 몸을 일으켰다.

"다들, 일어났으니 마침 잘됐슴다. 들어줬으면 하는 게 있슴다."

"으, 뭔데, 아침부터……."

"어려운 이야기는 나중에 하자. 숙취 때문에 머리가 아파."

"그럴 순 없슴다. 중요한 이야기임다."

조니는 물고 늘어졌다.

"그러고 보니 어제는 유감이었지. 조금만 더 하면 이길 수 있었는데 말이야."

"그런 비겁한 수를 쓰면 져도 이상하지 않지. 안 그래?"

"그, 그렇습다."

갑자기 화제가 자신에게 돌아온 탓에 무심코 고개를 끄덕이고 말았다.

"하지만 그게 전부인 건——."

"그래, 다음에 싸우면 이길 수 있어! 조니는 강하니까!"

"맞아, 다음에는 에크론 남작령 제일가는 단검사가 겉멋이 아니라는 걸 보여주라고."

"평범하게 싸우면 이길 수 있어."

내가 약했기 때문이라고 말하려 했으나 가로막혔다. 동료들은 조니를 옹호해 주었다. 그런 꼴사나운 모습을 보였음에도 불구하고. 가슴이 따뜻했다. 감동으로 울 것 같았다. 더 나아가 동료들은 형님—— 쿠로노의 험담을 늘어놓았다. 처음에는 발끈했지만, 모두에게 그런 말을 듣고 있자니 진짜처럼 생각되기 시작했다.

확실히 그들의 말대로다. 조니는 비겁한 수단으로 졌다. 고간을 걷어차인 대미지가 빠지지 않았던 걸 생각하면 마부 아저씨한테 질 수도 있는 거 아닌가? 아니, 그럴 수도 있는 게 아니라 그렇다.

"근데 무슨 말을 하려 했던 거냐?"

"아아, 그건 아무래도 좋습니다. 자, 일을 시작하자고요."

조니는 그렇게 말하며 일어섰다.

※

깡, 깡, 목검을 서로 맞부딪치는 소리가 들렸다. 양아버지와 페이가 대련하는 소리이리라. 아침 댓바람부터 기운이 넘치네~, 하고 생각하며 쿠로노가 눈을 뜨자 옆에서 자는 레이라의 모습이 눈에 들어왔다. 어제는 결국 참지 못했다. 물론 참으려고는 했다. 전날에 실컷 저질렀으니 참을 수 있을 줄 알았다. 하지만 레이라한테 봉사를 받아도 기운은 수그라들 줄 몰랐고, 결국 2회차에 돌입했다. 레이라도 흔쾌히 응해 주었다.

그리고 그 도중에 레이라가 애달픈 듯한 표정을 짓고 있는 걸 알아차렸다. 결국 안타까운 마음에 서로에게 해주자는 제안을 해 버렸고, 그렇게 3회차 4회차━━.

"……자제심은 근육과 비슷한 거군."

"단련한 만큼 강해진다는 뜻인가요?"

혼자 중얼대고 있었는데, 뜻밖에도 대답이 들려왔다. 아무래도 깨운 모양이었다.

"좋은 아침."

"좋은 아침입니다."

인사를 나누고 귀를 어루만졌다. 그러자 레이라는 기분 좋은 얼굴이 되었다.

"쿠로노 님, 아까 하신 말씀은 무슨 의미인가요?"

"과도하게 쓰면 지쳐서 제구실할 수 없다는 뜻."

"그런……가요?"

레이라는 모르겠다는 얼굴이었다. 어젯밤에 저지른 짓이야말로 증거인데. 아니, 그녀로서는 한 달만의 일이니 다른가.

"실없는 소리야. 신경 쓰지 마."

"네, 네에……."

역시 모르겠다는 얼굴로 고개를 끄덕였다. 레이라한테도 이해시켜주고 싶다. 그런 마음이 불끈불끈 솟아오른다. 하지만 자제했다. 아침 댓바람부터 힘써 버리는 건 곤란하다. 오늘도 주둔지에 가야만 하는 것이다. 위를 보고 누워 천장을 올려다봤다.

하지만 자제심이 피폐해졌으니까 어쩔 수 없겠지, 하고 몸의 방향을 바꾸었다. 거의 동시에 레이라가 몸을 일으켰다. 부끄러운 듯이 시트로 가슴을 가렸다.

"쿠로노 님, 먼저 목욕해도 괜찮을까요?"

"괜찮은데……. 준비되어 있으려나?"

"어젯밤에 교관님이 준비해 주겠다고 하셨습니다. 상담하는 것뿐이라고 말씀드렸습니다만……."

교관님의 지적은 옳았어요, 라며 레이라는 무릎에 얼굴을 파묻었다. '상담만? 하! 농담을'이라며 코웃음 치는 마이라의 모습이 쿠로노의 뇌리를 스쳤다.

"그래서, 목욕 건 말입니다만⋯⋯."

"괜찮아, 먼저 하고 와."

"감사합니다."

레이라는 그렇게 말하고는 침대에서 내려갔다. 등을 향하고는 책상 위에 놓여 있던 의류를 입기 시작했다. 평소 단련하고 있는 만큼 목덜미에서부터 엉덩이에 걸친 라인이 무척 아름답다. 하지만 그 라인도 금방 가려지고 만다. 레이라는 옷을 다 입자 쿠로노를 향해 돌아서서 머리를 깊이 숙였다.

"그러면 먼저 목욕하도록 하겠습니다."

"느긋하게 해."

"아니요, 그럴 수는⋯⋯."

레이라는 초조해하는 듯한 기색을 보이고는, 방에서 나갔다. 쿠로노는 다시 위를 향한 자세로 누워 천장을 올려다봤다. 깡, 깡 하고 목검이 맞부딪치는 소리가 울린다. 기분 좋은 소리다. 그 탓일까, 눈꺼풀이 무거워지기 시작했다.

레이라가 나올 때까지 시간이 걸릴 테고, 하며 눈을 감았다. 깡, 깡 하고 목검을 맞부딪치는 소리가 울리고, 가우르나 에크론 남작령 자경단, 야만족 일이 뇌리를 스친다. 아니, 떠올라서는 사라진다고 해야 할까. 사고가 두서없이 흘러가, 도무지 의미 있는 결론을 끌어낼 수가 없다.

문득 레이라의 가슴을 떠올렸다. 손바닥에 쏙 들어오는 사이즈다. 순종적인 가슴이라고 이름 붙이자. 레이라의 가슴이 순종적인 가슴이라고 한다면 엘레나의 가슴은 어떤 가슴일까. 작으면서 흥, 하고 새치름한 느낌의 가슴이다. 음, 건방진 가슴이라고 이름 붙일 수밖에 없겠군.

그러면 티리아는 어떨까. 크고 중량감이 있지만, 부탁을 들어 준 선례가 없다. 실로 제멋대로인── 그래, 제멋대로인 가슴이다. 그럼 여주인의 가슴은 어떨까. 이건 곧바로 생각이 났다. 배덕적인 가슴이다. 쿠로노는 샛서방 같은 존재이니까. 그렇다면 아리데드와 데네브는── 하고 생각한 그때, 현실로 끌려 돌아왔다. 사람의 기척을 느낀 것이다.

누군가가 옆에 있다. 몸을 뒤척이는 척하며 방향을 바꾸고, 쭈뼛쭈뼛 눈을 떴다. 그러자 마이라가 엎드려 누워 있었다. 눈을 똑바로 떴다.

"마이라, 어째서 여기 있는 거야?"

"도련님을 깨우러 왔습니다."

마이라는 코를 킁킁거리고는, 황홀한 표정을 띠었다.

어젯밤의 잔향에 흥분하고 있는 것이리라. 조금 무섭다.

"역시 목욕 준비를 해놓은 게 정답이었네요. 젊은 두 사람이 같이 있으면서 상담으로 끝날 리가 없습니다. 어젯밤도 꽤 즐기신 모양이군요."

"네, 덕분에."

쿠로노는 종잡을 수 없는 대답을 했다. 뭐라고 말해야 좋을지 알 수 없었던 것이다.

마이라는 몸을 일으키고는 쿠로노를 누르듯이 위에 엎어졌다.

"코를 톡 찌르는 수컷 냄새를 맡고 있자니, 저의—— 암컷 본능이 쑤시는군요."

"——!!"

마이라의 눈동자가 번쩍 빛났다. 아뿔싸. 방심했다. 잠에서 깨어난 참이라 위기 감지 능력이 작동하지 않았던 것일까. 아니면 이것이 무음살인술의 힘인가. 도망치지 않으면 포식당한다.

"그, 그그, 그러고 보니 야만족은 약체화했다는 듯한데, 어떤 느낌이야?"

"그렇게까지 노골적으로 화제를 돌리려 하지 않아도 괜찮은 것 아닌지?"

"적에 관한 건 뭐든 알아 두고 싶어."

"일전을 치른 후에 대답해 드리겠으니, 지금은 즐기게 해주십사 하고."

"좀 봐주세요."

"죄송하지만, 기대에는 부응하기 어렵습니다."

마이라는 히죽 웃었다. 하지만 다음 순간, 낙담한 것 같은 표정을 띠었다. 데구르르 굴러 침대에서 내려가, 소리도 없이 일어섰다.

"아쉽지만 여기까지인 것 같습니다."

"어?"

"그러면, 실례하겠습니다."

무슨 말이야? 라고 물을 새도 없이, 마이라는 방에서 나갔다. 어쨌건 살았다. 안도의 한숨을 내쉰 다음 순간, 문을 두드리는 소리가 울렸다. 마이라가 돌아온 것일까. 몸을 일으켜 이불을 끌어안았다. 끼이익, 하는 소리를 내며 문이 열렸다. 문 틈새로 얼굴을 내비친 것은——.

"쿠로노 님, 끝났습니다."

"레이라인가."

아무래도 레이라한테 방해받을 거라 생각하여 물러난 모양이다.

쿠로노는 침대에 쓰러져 깊게 한숨을 내쉬었다.

※

"……아침부터 지쳤어."

쿠로노는 깊은 한숨을 내쉬고는 탈의실 문을 열었다. 레이라가 막 나온 참이기 때문이리라. 탈의실은 습했고, 비누의 좋은 냄새가 났다. 손을 뒤로 돌려 문을 닫은 뒤 옷에 손을 댔다. 알몸이 되기까지 1분도 걸리지 않는다. 옷과 속옷을 세탁 바구니에 넣고 욕실에 들어가자, 욕조에 따뜻한 물이 잔뜩 채워져 있었다. 몸에 물을 끼얹은 뒤 욕조에 들어갔다.

"하~ 좋다."

욕조에 등을 기대고 천장을 올려다봤다. 그리고 마이라를 생각했다. 그녀는 애인이 되기를 바라는 모양이지만, 지옥 같은 트레이닝을 받은 기억이 있어서 좀 껄끄럽다. 나이 문제도 있다. 그녀는 양아버지와 같은 세대다. 겉모습이 젊어도 관계를 맺자니 망설여졌다. 게다가 양아버지와의 관계도 다. 양아버지는 양어머니에게 절개를 지키고 있다고 말했지만, 마이라와 관계를 가지고 있었던 건 상상하기 어렵지 않다. 피가 이어지지 않았다고는 해도 아버지로 따르는 인물과 구멍 동서가 되는 건 피하고 싶다. 다행히 그녀는 그다지 진심은 아닌 듯하다. 이대로 버티면 무사히 에라키스 후작령으로 돌아갈 수 있을 터다.

갑자기 달칵, 하는 소리가 났다. 깜짝 놀라 욕실 문을 봤다. 하지만 문은 닫힌 채다. 안도의 한숨을 내쉬었다. 마이라가 온 건가 싶었지만 기우였던 모양이다. 휴, 하고 숨을 내쉰 그때, 욕실 문이 열렸다.

"갸아아아악!"

"음, 아직 목욕 중이셨던 것입니다."

쿠로노는 비명을 질렀다. 문을 연 것이 페이였기 때문이다. 게다가 알몸이다. 아니, 이곳이 욕실임을 생각하면 알몸인 게 당연하지만——. 아니, 당연하지는 않다. 그리 깊은 사이가 아닌 두 사람이 알몸으로 욕실에 있다. 이상 사태다. 그럼에도 페이는 아낌없이 알몸을 드러내고 있다. 언젠가의 티리아 같다. 그건 그렇다 치고 훌륭한 육체미다. 훌륭히 단련되어 있어, 르네상스 시기 조각을 방불케 했다.

"어쩔 수 없는 것입니다."

"나중에 다시 오는 게 아니고?!"

욕실에 들어온 페이에게 딴지를 걸었다.

"나중에 다시 오는 건 수고가 드는 것입니다."

"그건 그럴지도 모르지만……."

"실례하는 것입니다."

"스톱!"

페이가 욕조에 들어오고자 다리를 들었고, 쿠로노는 목소리를 높였다.

"무엇인 것입니까?"

"몸에 물을 먼저 끼얹어 주세요."

"귀찮은 것입── 아야!"

페이는 탁한 목소리를 내며 다리를 뺐다. 쿠로노가 때렸기 때문이다.

"물을 끼얹어 주세요."

"아, 알겠다는 것입니다."

쿠로노가 재차 말하자, 페이는 무릎을 꿇고 몸에 물을 끼얹었다. 몸을 내밀어 바닥을 봤다. 지면을 나뒹굴거나 한 것이리라. 탁한 물이 배수구로 빨려 들어갔다.

"괜찮은 것입니까?"

"두세 번 더 부탁합니다."

"알겠다는 것입니다."

부탁대로 페이는 물을 끼얹었다. 시선을 내게 향했기에 가장자리로 붙어서 공간을 확보했다. 그녀는 욕조에 들어와 무릎을 끌어안는 듯한 자세로 물에 몸을 담갔다.

"훈련 후의 입욕은 최고인 것이네요."

"부끄럽지 않아?"

"언젠가 애인이 될 몸인 것입니다. 부끄러워해 봤자 별수 없는 것입니다."

페이는 태연자약한 어조로 대답했다. 애인이 되건 되지 않건 부끄러운 건 부끄럽다고 생각하는데, 역시 그녀는 남녀, 아니, 타인의 미묘한 사정에는 둔감한 모양이다. 어릴 적부터 물리파인 가문을 다시 일으키기 위해 수련에 몰두했었다고 말했고, 그쪽에 힘을 너무 쏟은 나머지 인간관계가 건성이 되고 만 것이리라.

"있을 법해."

"무엇이 말인 것입니까?"

"……아무것도 아니야."

쿠로노는 조금 고민한 끝에 대답했다. 이대로는 안 된다고 생각하지만, 그렇다고 해서 지금 당장 무언가 할 수 있는 것도 아니다. 여기서는 따뜻하게 성장을 지켜봐야만 하리라.

"후힛."

"——!!"

기묘한 웃음소리를 내자, 페이는 가슴을 가리는 것처럼 팔을 교차시켰다. 아무래도 노골적으로 호색한 태도를 취하면 페이도 경계하는 모양이다.

※

　목욕을 너무 오래 했나, 하고 쿠로노는 가볍게 머리를 내저으며 식당에 들어갔다. 식당에서는 양아버지가 자리에 앉아 기다리고 있었다. 참고로 페이는 없다. 목욕을 끝내자 말을 준비하는 것입니다, 라고 말하며 나가 버리고 말았다.

　"여어, 늦었군."

　"이것저것 있어서."

　쿠로노는 양아버지 맞은편 자리에 앉았다. 잠시 후 주방에서 마이라가 다가왔다. 요리를 테이블에 늘어놓는다. 빵, 수프, 샐러드로 구성된 메뉴다.

　마지막으로 컵을 내려놓았다. 닿을 때마다 차가운 감촉이 전해져 왔다. 물로 우려낸 향차인 듯하다. 약간 달아오른 느낌인 몸에는 고맙다. 컵을 손에 들고 향차를 마셨다.

　"후우, 살 것 같네."

　"페이 님과의 입욕은 어땠습니까?"

　쿠로노가 컵을 테이블에 내려놓자, 마이라가 민감한 화제를 던졌다.

　양아버지가 어이없다는 표정으로 물었다.

　"넌 아침부터 뭘 하는 거야."

"오해하지 마. 같이 목욕한 것뿐이고 그 밖에는 아무것도 하지 않았어."

"같이 목욕했을 뿐이라니, 병이냐?"

"도련님에게는 실망했습니다. 이 겁쟁이."

쿠로노가 자신의 결백을 주장하자 양아버지는 어처구니없다는 듯이, 마이라는 업신여기는 듯이 말했다.

"어?! 내가 잘못한 흐름이야?"

"차려놓은 음식을 먹지 않는 건 남자의 수치라고 하잖냐?"

"그런 속담이 있는 건 알지만……."

양아버지가 진지한 얼굴로 말했고, 쿠로노는 말을 머뭇거렸다.

"그래도, 날 유혹한 건 아니고, 지금의 페이한테 손을 대는 건 조금."

"뭐어, 그건——."

"성의 'ㅅ'자도 모르는 여자에게 철저히 가르치는 게 묘미인 것 아닌지요?"

마이라가 양아버지의 말을 가로막고 말했다. 아마 페이가 욕실에 난입한 건 마이라가 꾸민 짓이다. 시선을 향하니, 그녀는 가볍게 헛기침을 했다.

"이건 메이드 교육의 일환입니다. 오해하지 마시기를."

"메이드 교육이라니."

"도련님도 알고 계신다고 생각합니다만, 페이 님은 남녀의 미묘한 사정에 둔감한 모양입니다."

"뭐, 그러네."

쿠로노는 맞장구를 쳤다. 양아버지도 동의한 듯 고개를 끄덕이고 있다.

"지금의 페이 님으로는 가슴이나 속옷이 보여도 태연할 거라고 생각됩니다."

""아아~.""

쿠로노와 양아버지의 목소리가 겹쳤다. 자기도 모르게 서로 얼굴을 마주 봤다. 아무래도 자신과 양아버지가 페이한테 품고 있는 이미지는 상당히 가까운 모양이다.

"가슴이나 속옷이 보여도 부끄러워하지 않는다는 건 언어도단입니다. 도련님께 질 좋은 수줍음을 제공하기 위해, 다름 아닌 도련님의 손으로 페이 님께 자신이 암컷임을 새겨 넣어 주셨으면 했던 겁니다."

마이라는 주먹을 꽉 쥐고는 말했다. 변변치 않은 주장이지만.

"멋져, 마이라, 퍼펙트, 퍼펙트야. 양배추밭이나 황새를 믿고 있는 여자애한테 무수정 포르노를 보여주는 것만 같은 악독함이야. 그 상스러운 발상에는 구역질마저 나려고 해. 하지만, 그 부분이 좋아."

"무수정 포르노가 무엇인지 모르겠습니다만, 칭찬해 주셔서 지극히 기쁘게 생각합니다."

쿠로노가 양손을 맞부딪쳐 소리를 내자, 마이라는 스커트를 잡고 고개 숙여 인사했다.

"너희들, 마음이 맞는구만."

"세계가 달라도 남성분은 다 같다는 것이 아닐까 합니다."

양아버지가 어이없다는 듯이 말하자, 마이라는 자랑스러운 듯이 가슴을 폈다.

"그건 그렇다 치고 자기가 암컷임을 새겨 넣으라는 말을 용케 할 수 있구만."

"어머! 저는 주인님이 했던 말씀을 어레인지했을 뿐입니다만?"

"……그랬지."

마이라가 꾸며낸 티가 나는 태도로 말하자, 양아버지는 눈을 내리깔며 말했다.

오래 알고 지낸 사이면 여러 일이 있는 모양이다.

"그런데, 아버지와 마이라는……. 옛날에 사귀거나 했었어?"

"사귀지는 않았습니다만, 육체관계는 있었습니다."

양아버지한테 물어볼 생각이었는데, 대답한 건 마이라다. 양아버지는 얼굴을 찌푸리고 있다.

"용병단을 이끌고 있었을 무렵, 주인님은 아주 왕성했습니다만, 결혼하시고 나서는 완전히 차분해지고 말아서……. 저는 여자로서 물이 오를 대로 오른 몸을 주체하지 못하게 되었지요."

"인생 지키기에 들어간 거네."

"시끄러워. 젊을 때는 어차피 빨리 죽겠지 싶어서 무턱대고 마구 했던 거다."

쿠로노가 지적하자, 양아버지는 부루퉁해진 듯이 말했다.

"됐으니까 밥 먹어라. 오늘도 주둔지에 갈 거잖냐."

"잘 먹겠습니다."

쿠로노는 손깍지를 끼고 잘 먹겠다는 인사를 한 뒤 빵에 손을 뻗었다.

※

"잘 먹었습니다."

"변변찮은 식사라 죄송합니다."

쿠로노가 손깍지를 끼고 말하자, 마이라는 만족스러운 듯한 미소를 띠었다. 남아 있던 물로 우려낸 향차를 마시고 일어섰다. 그러자 양아버지가 이쪽을 봤다.

"조심해서 다녀와라."

"다녀오십시오."

"다녀오겠습니다."

쿠로노는 양아버지와 마이라에게 인사를 하고 식당을 뒤로했다. 복도를 지나 입구 홀을 빠져가 밖으로 나왔다. 이제부터 영내 순찰을 하러 가는 것이리라. 부하들이 정원에 정연히 늘어서 있다. 레이라는, 하고 시선을 이리저리 움직였다. 있다. 타이가와 협의를 하는 모양이다. 머잖아 협의가 끝나고, 레이라가 달려왔다. 쿠로노 앞에서 멈춰 섰다.

"좋은 아침입니다. 이미 준비는 갖추어져 있습니다."

"수고했어."

레이라의 어깨 너머로 정원을 보니 마차가 서 있었다. 마부석에는 사브, 짐칸에는 스노우가 타고 있다. 어젯밤에 어떤 식으로 접하면 좋을지 고민하고 있었는데, 가까이에 두고 접하는 방법을 모색하기로 한 모양이다. 마차 근처에는 페이, 알바, 그라브, 게이너의 모습도 있었다. 네 명 모두 말에 타고 있다. 한 마리만 아무도 타고 있지 않은 말이 있었다. 레이라의 말이다. 안장을 올려둔 걸 봐서 출발 준비는 다 된 모양이다.

"갈까?"

"네!"

쿠로노가 걷기 시작하자, 레이라는 약간 늦게 따라왔다.

"쿠로노 님, 늦는 것입니다!"

페이가 말 위에서 외쳤고, 쿠로노는 쓴웃음을 지었다. 양아버지와 대련하고, 욕실에서 쿠로노와 마주쳤음에도 불구하고 기운이 넘친다. 레이라가 작게 한숨을 내쉬었다. 아무래도 고민거리는 스노우만이 아닌 모양이다.

"""안녕하심까!"""

"안녕."

알바, 그라브, 게이너 세 사람이 위세 좋게 인사했고, 쿠로노도 인사해 주었다.

"스노우, 안녕."

"쿠로노 님, 안녕하세요."

인사를 나누고 마차 짐칸에 탔다. 그러자 레이라는 가볍게 고개 숙여 인사한 뒤 자기 말로 향했다. 가볍게 뛰어 올라탔다. 쿠로노는 말에 타는 것도 고생하는데, 이게 재능의 차이일까. 그런 생각을 하고 있자, 사브가 어깨 너머로 시선을 향했다.

"좋은 아침입다."

"좋은 아침이야, 사브. 오늘도 잘 부탁해."

"저야말로 잘 부탁드립다."

사브는 이를 드러내며 웃었고, 정면을 향해 돌아봤다. 짐칸에 앉자 레이라가 말에 탄 채 가까이 다가왔다. 조용히 입을 열었다.

"쿠로노 님, 괜찮으실까요?"

"괜찮아."

"그럼, 출발!"

레이라가 목소리를 높이자, 마차가 움직이기 시작했다.

※

마차는 마을을 통과하여 밭 주변 구역을 빠져나간 뒤, 곧장 주둔지로 향했다. 어제와 마찬가지로 진동이 전해져서 엉덩이가 아프다. 어째서 쿠션을 가지고 오지 않았던 걸까, 하고 쿠로노는 후회를 곱씹으며 짐칸에 몸을 기댔다. 그때——.

"저기저기, 쿠로노 님."

짐칸 뒤쪽에 앉아 있던 스노우가 말을 걸었다.

"뭔데?"

"어째서, 돌아가라는 말을 들었는데 또 주둔지에 가는 거야?"

쿠로노가 앉은 자세를 바로 하고 묻자, 스노우는 불만이 배어 나오는 기색으로 말했다. 어째서 주둔지에 가는 것인가. 물론, 답은 나와 있다. 그건——.

"일이기 때문이지."

"나, 그 여자랑 마주치기 싫어."

스노우는 부루퉁해진 듯이 입술을 삐죽 내밀며 말했다. 그 여자란 세실리를 말하는 것이리라.

"페이를 바보 취급했고, 날 벌레라고 부르면서 베려고 했는걸."

"마음은 이해하지만……."

솔직히 말하면 쿠로노도 만나고 싶지 않다. 비아냥이나 도발이라면 참을 수도 있지만, 그녀는 폭력을 쓰기 때문이다. 저쪽에서 먼저 손을 대면 이쪽도 가만히 있을 수 없다. 쿠로노는 부하를 지켜야만 하고, 부하—— 레이라를 비롯한 다른 이들도 쿠로노를 지켜야만 한다.

주둔지에서 칼부림 사태를 일으킬지도 모른다고 생각한 것만으로도 마음이 무거웠다. 당장의 적은 그녀가 아닐까 하는 생각마저 들었다. 측두부를 만졌다. 거기에는 탈—— 세실리한테 걷어차여 생긴 상처가 남아 있다. 이 대가는 언젠가 반드시, 라며 쿠로노는 주먹을 꽉 쥐었다.

갑자기 스노우가 일어섰다. 뭔가 있었던 것일까. 그녀는 쿠로노 옆으로 이동하고는 앉았다. 장난꾸러기 같은 미소를 띠며 쿠로노의 얼굴을 들여다본다.

"돌아가면 안 돼?"

"일이니까 안 돼."

쳇, 하고 스노우는 귀엽게 혀를 찼다.

"싫어도 일은 해야겠지."

"귀족은 좀 더 자유롭다고 생각했는데."

"의외로 부자유스러운 법이야."

"그렇구나, 귀족도 힘들겠네."

"그래요! 귀족도 힘든 것입니다!"

스노우가 절실히 느낀 어조로 말하자, 마차와 나란히 달리고 있던 페이가 큰 목소리로 동의했다.

"특히 궁정 귀족은 아주 힘든 겁니다. 당주가 죽으면 수입이 없어지는 것입니다."

"몰락 귀족인 페이는 쿠로노 님보다 힘들구나."

"큭……. 모, 모모, 몰락은 하지 않은 것입니다."

스노우가 불쌍히 여기는 것처럼 말했고, 페이는 신음했다. 수입이 끊긴 시점에서 완벽히 몰락한 거라고 생각하는데, 지적은 하지 않았다. 부하를 울리는 취미는 없다.

"집안이 몰락했다고 말하지 않았던가?"

"말하지 않은 것입니다! 몰락한 듯한 상황이라고는 했을지도 모르는 것입니다만……."

페이가 정색한 것처럼 말했고, 스노우가 귀엽게 고개를 갸웃했다.

"몰락한 거랑 몰락한 듯한 상황은 어떻게 달라?"

"그, 그건⋯⋯."

천진난만한 질문에 페이는 말을 머뭇거렸다. 순수함은 잔혹하군, 하고 절실히 느꼈다. 페이는 마차와 나란히 달리며 생각에 잠기는 것처럼 고개를 갸웃하고 있었다. 갑자기, 퍼뜩 생각났다는 듯 고개를 들었다.

"그건 가문을 다시 일으켜 세울 기회의 유무인 것입니다!"

"그래도, 그때는⋯⋯."

스노우는 입을 다물었다. 페이가 울상이 되어 있다는 걸 알아차렸기 때문이리라.

"응, 페이의 집안은 몰락하지 않았네."

"그, 그런 것입니다! 몰락하지 않은 것입니다!!"

스노우가 앞서 했던 말을 뒤집자, 페이는 기쁜 듯이 말했다. 어느 쪽이 연하인지 모르겠다.

"어떻게 해서, 집안을 다시 일으켜 세울 거야?"

"물론 무훈을 세우는 것입니다!"

므훗―, 하고 페이는 거친 콧김을 뿜어내며 말했다. 하지만 집안을 다시 일으켜 세우는 것과 무훈이 어떻게 이어지는지 알 수 없는 것이리라. 스노우는 의아하다는 듯이 고개를 갸웃했다. 어쩔 수 없다.

"귀족은 무훈을 세우면 논공행상으로 돈이나 영지를 받을 수 있어."

"그렇구나, 쿠로노 님도 공훈을 세워서 영지를 받았었지."

쿠로노가 설명하자, 스노우는 납득이 되었다는 듯이 고개를 끄덕였다.

"높은 사람이 얼굴을 기억해 주면 대대장에 임명되는 경우도 있고, 그렇게 되면 각 방면에 연줄이 생기고, 하기에 따라서는 급료 이상의 돈을 벌 수 있어."

"알아. 그거 뇌물이라는 거지? 슬럼에 있었을 때, 경비병이 돈을 받고 소매치기를 봐주거나 했는걸."

"저는 그런 짓을 하지 않는 것입니다."

페이는 발끈한 듯이 말했지만, 그러는 사람도 있다는 말이다. 이전에 케인한테서 들었던 이야기에 의하면 치안이 나쁜 지역에서는 관리가 뇌물을 받고 범죄를 묵인하는 케이스가 많다는 듯하다. 그 돈은 상관에게 주는 뇌물이 된다고 한다.

"쿠로노 님은 뇌물 안 받아?"

"토탈로 마이너스가 되니까 안 받아."

"토탈로 마이너스?"

스노우가 앵무새처럼 따라 하듯이 중얼거렸다.

"당연한 거지만, 범죄를 봐주면 치안이 나빠져. 그리고 치안을 회복시키기 위해서는 엄청난 수고가 들지. 봐, 전체로 보면 손해 보고 있잖아?"

"쿠로노 님은 대단해."

"겉멋으로 1년 이상 영주를 한 게 아니니까 말이지."

스노우가 눈을 반짝이며 말했고, 쿠로노는 가슴을 폈다. 상인이 주는 뇌물에 관해서도 설명할까 생각했지만, 지식이 얕다는 게 드러나고 말 것 같기에 그만뒀다.

"정말로 대단해, 쿠로노 님은 밝히기만 할 뿐인 사람이라고 생각했는데."

"스노우!"

"——!!"

뒤에서 레이라의 목소리가 났고, 스노우는 목을 움츠렸다. 쿠로노도 깜짝 놀랐지만, 평정을 가장하며 몸의 방향을 바꿨다. 그러자 레이라가 마차와 나란히 달리고 있었다.

"그치만, 매일 밤 매일 밤 아인을 침대로 끌어들인다고 들었고."

"저는 그 소문을 듣고 이동(異動)을 결의한 것입니다."

사이먼한테서 들었지만, 상상 이상으로 소문이 퍼져 있다. 그때는 알고 있으면 대미지가 적을 거라고 생각했는데, 조금 풀이 죽었다. 쿠로노의 마음을 아는지 모르는지 스노우는 뺨을 빨갛게 물들이며——.

"엄마나 아리데드 백부장, 데네브 백부장을 불러내고 있는 것 같고."

"강제한 적은 없어."

"엘레나 님은 쿠로노 님이 베개를 돌려주지 않으니까 어쩔 수 없다고 말했던 것입니다."

"그건 플레이의 일환이니까."

"플레이의 일환? 즉, 밀고 당기기라는 것이로군요. 과연인 것입니다."

페이는 의아하다는 듯이 고개를 갸웃했다가, 이내 납득이 되었다는 것처럼 고개를 끄덕였다.

조금 지나서 레이라가 크흠, 하고 헛기침을 했다.

"스노우, 저는 제 의사로 밤 시중을 맡고 있습니다. 그건 다른 분들도 마찬가지예요."

"그렇구나. 쿠로노 님은 인기가 많네."

레이라가 뺨을 빨갛게 물들이며 말하자, 스노우는 감탄한 것처럼 말했다.

"그래도, 쿠로노 님은 엄마의 어디가 좋은 거야? 엄마는 하프엘프인걸?"

"대답하지 않으셔도 괜찮습니다."

"……처음에는 오해라든가, 기세 같은 게 있었다고 생각해."

약간 뜸을 두고 대답했다. 쿠로노가 군에 남도록 설득했을 때, 레이라는 애정 때문이라고 오해했다. 원래라면 오해를 풀려는 노력을 해야 했으리라. 하지만 쿠로노는 그 자리의 기세로 병실에 숨어 들어온 레이라를 안고 말았다. 이런 불성실한 짓을 해도 괜찮은 건가 하고 후회도 했지만, 지금 와서 생각해 보면 그걸로 괜찮았던 것 아닐까 하는 기분도 든다. 그런 형태로 맺어지지 않았다면 레이라를 안을 수는 없었을 것이다.

"티리아한테는 신분 차이가 나는 사랑은 좋지 못하다는 말을 들었지만……. 그래도 레이라는 무척 필사적이어서, 믿고 싶다고 생각했어."

"쿠로노 님은 황녀 전하한테 거스르고 사랑을 관철한 것이로군요!"

"……쿠로노 님."

페이가 강한 어조로 말하자, 레이라는 몹시 감동한 것처럼 눈에 눈물이 글썽글썽해졌다. 그때, 마차가 속도를 낮췄다. 주둔지가 가까운 모양이다. 정면으로 시선을 향했다. 조니가 잘 해줬는지, 에크론 남작령 자경단은 없었다. 그 대신인 건 아니지만, 병사들이 공터에서 훈련하고 있었다.

주둔지 근처에서는 대련을 하고 있었다. 맨손으로 서로 때리는 사람도 있지만, 목검이나 나무 창을 사용하는 사람도 있다. 가우르의 모습을 찾아 시선을 이리저리 움직였지만, 보이지 않았다.

잠시 후 흙먼지가 일어나고 있는 것을 알아차렸다.

기병도 있구나, 하고 쿠로노는 그곳을 바라보았다. 시선 끝에서는 기병이 훈련용 랜스를 들고 대지를 달리고 있었다. 갑옷 형상으로 봐서 여성인 듯했다. 세실리일까. 기병은 일직선으로 표적을 향했다. 목재를 조립하여 만든 표적이다. 거대한 십자가처럼 보인다.

랜스가 표적—— 횡목(橫木) 끝부분과 부딪쳤다. 부러지려나 싶었지만, 그렇게는 되지 않았다. 횡목이 회전한 것이다. 간단해 보이지만, 실제로는 상당히 어렵다. 중심부를 맞히지 않으면 횡목이 회전하지 않아 랜스가 부러지든가 반동으로 낙마하기 때문이다.

갑자기 마차가 흔들렸다. 사브가 마차를 세운 것이다. 쿠로노가 마차에서 뛰어내리자 스노우도 뒤따랐다. 약간 늦게 레이라와 페이가 말에서 내렸고, 사브가 입을 열었다.

"저희는 여기서 기다리고 있으면 되겠슴까?"

"그래. 아, 아니다. 잠깐 기다려."

어쩌지? 하고 쿠로노는 팔짱을 끼고 생각했다. 대기해도 지장은 없지만, 사브와 부하들은 우수한 용병이다. 특히 사브는 교섭력도 뛰어나다. 아무것도 시키지 않고 가만히 두기에는 아깝다.

"정보 수집을 부탁할 수 있을까? 가우르 경의 인품이나 주둔지 상황을 알고 싶어."

"예입, 알겠슴다."

사브는 고개를 끄덕이고 시선을 움직였다. 뭔가 신경 쓰이는 것이라도 있는 걸까.

"레이라 아가씨와 스노우한테 협력을 받아도 괜찮겠슴까?"

"레이라와 스노우한테?"

쿠로노는 앵무새처럼 반복하듯이 중얼거리고는 시선을 움직였다. 대충 본 한에서는 주둔지 병사는 인간보다도 아인 쪽이 많은 것 같다.

"확실히 둘에게 협력을 받는 편이 좋아 보이네."

"역시나 쿠로노 님입다. 이야기가 빠름다."

"레이라와 스노우는 사브한테 협력해 줘."

"넵, 알겠습니다."

"……알겠어요."

쿠로노의 말에 레이라는 즉답했고, 스노우는 약간 뜸을 두고 대답했다.

"알바, 그라브, 게이너는 여기서 대기시켜도 괜찮겠슴까?"

"맡길게."

"헤헤, 감사함다."

사브는 손등으로 코 밑을 문지르고는 마부석에서 뛰어내렸다.

"알바, 그라브, 게이너! 너희는 여기서 대기다!"

"""엡!"""

사브가 큰 목소리로 말했고, 알바, 그라브, 게이너 세 사람이 위세 좋게 대답했다.

"자, 두 사람 다 가십죠."

"잘 부탁합니다."

"부탁합니다~."

사브가 주둔지를 향해 걷기 시작했다. 훈련에 힘쓰고 있는 병사가 아니라, 대기 중인 병사한테서 이야기를 들을 생각인 듯하다. 쿠로노와 같은 결론에 다다른 모양이라, 레이라는 곧바로 사브를 쫓았다. 스노우는 망설이는 듯한 기색을 보인 뒤에 따라갔다.

"저희는 어떻게 하는 것입니까?"

"가우르 경을 찾자."

"알겠습니다인 것입니다."

쿠로노는 대련 중인 병사들이 있는 곳으로 갔다. 페이와 나란히 걸으며 가우르의 모습을 찾아 헤맸다. 수상쩍어하는 시선으로 쳐다보는 사람도 있었지만, 문제를 일으키고 싶지 않은 것이리라. 그 이상의 일은 하지 않는다.

"그다지 의욕이 없는 듯한 것입니다."

"용케 알 수 있네."

"소리나 열기가 다른 것입니다."

므후, 하고 페이는 득의양양하게 콧소리를 냈다. 소리는 모르겠지만, 열기는 알겠다. 팽팽하게 긴장된 분위기가 없는 것이다. 당연한가. 주둔지 병사는 야만족과 싸우고 있지 않은 것이다.

치세에도 난세를 잊어서는 안 된다(치이불망난, 治而不忘亂)── 평화로운 때이더라도 대비를 소홀히 해서는 안 된다고는 하지만, 아무 일도 없으면 인간은 긴장이 풀리는 법이다.

게다가, 하고 쿠로노는 걸으면서 시선을 움직였다. 만족스럽게 먹지 못하고 있는 것이리라. 수인의 털 상태가 좋지 않았다. 평화로운 데다 공복이라면 훈련에 열중하지 못하는 것도 당연했다. 더욱이 야만족 토벌은 가우르의 공명심에서 나온 것이기에 반감을 사고 있을 가능성이 컸다.

하지만 신경 쓰이는 점도 있다. 가우르는 감정적인 부분이 있지만, 좋은 의미에서건 안 좋은 의미에서건 겉과 속이 다르지 않은 성격이다. 그런 인물이 부하를 만족스럽게 먹이지 못하고 있는 상황을 좋게 여기지는 않을 거다. 전임자한테서 인계받은 내용을 자세히 조사하지 않은 것일까.

"……있을 법하군."

가우르는 부대 운영에 밝아 보이지는 않고, 부관은 세실리다. 두 사람 다 문제를 시정할 수 있을 것 같지 않다. 불현듯 페이가 입을 열었다.

"누군가 온 것입니다."

"세실리 아니야?"

페이가 보고 있는 방향을 보니, 기병이 접근하는 참이었다. 얼굴을 전부 가리는 투구를 쓰고 있지만, 그녀 말고는 생각할 수 없다. 페이가 쿠로노를 감싸듯이 앞으로 나섰다. 그러자 기병은 말을 멈추고, 바이저를 쳐서 올렸다.

"어~머, 페이 씨 아닌가요?"

역시 세실리였어, 하고 쿠로노는 깊은 한숨을 내쉬었다. 그게 마음에 들지 않았던 것이리라. 그녀는 눈초리를 치켜올렸다.

"오늘도 군복 차림인가요?"

"가우르 경을 만나러 왔기에 갑옷은 필요 없는 것입니다."

"사실을 말해도 괜찮답니다?"

"사실 말인 것입니까?"

"네, 지급된 갑옷이 초라해서 입고 올 수 없었다고 말이죠."

페이가 되묻자, 세실리는 깔보는 듯한 미소를 띠었다.

"실례인 것입니다. 골디 경이 만들어 주신 갑옷은 초라하지 않은 것입니다."

"아아, 그러고 보니 요전에 같이 있었을 때, 에라키스 후작은 브레스트 아머를 입고 있으셨죠. 만약 페이 씨가 말하는 초라하지 않은 갑옷이 브레스트 아머라면 불쌍하다고밖에 말할 도리가 없겠네요. 기사의 갑옷은 플레이트 아머 말고는 있을 수 없는걸요."

페이는 말없이 쿠로노 뒤에 숨었다. 받아쳐 줬으면 하는 것입니다, 라고 말하는 것처럼 쿠로노의 군복을 잡았다. 말싸움은 페이의 패배인 듯하다.

"일부러 비아냥대러 왔어?"

"비아냥이라니 당치도 않아요. 저는 인사를 하러 온 것뿐이랍니다."

"흐음~, 나는 '좋은 아침이에요'도 '수고가 많으세요'도 듣지 못했는데?"

"귀가 어두운 것 아닌가요?"

"그럴지도 모르겠네. 그럼, 다시금 인사를 해주지 않겠어?"

"어째서 제가 그런 짓을 해야만 하는 거죠?"

"인사하러 온 거잖아?"

쿠로노가 받아치자, 세실리는 얼굴을 찌푸렸다.

"……안녕하신가요, 에라키스 후작."

"안녕, 세실리. 말에서 내려 주면 더욱 좋았을 거야. 그러고 보니 마르카브로 가는 도중에 화살로부터 감싸줬을 때의 감사 인사를 아직 듣지 못했네."

"——!!"

세실리는 귀신 같은 형상으로 노려봤다. 썰물이 지는 것처럼 병사들이 쿠로노 일행에게서 거리를 뒀다. 유혈 사태를 예상한 것이리라. 쿠로노도 세실리가 베고자 달려드는 것 아닐까 싶었지만, 그렇게 되지는 않았다. 갑자기 세실리가 말머리를 돌린 것이다. 등을 향하고는, 기병들이 있는 곳으로 갔다. 그때, 페이가 뛰쳐나왔다.

"세실리 경! 감사 인사가 아직인 것입니다!"

"입 다무세요! 이 말똥녀!"

페이가 소리치자, 세실리는 등을 향한 채로 맞서 외쳤다. 풉, 하는 소리가 울렸다. 주위 병사가 웃음을 참지 못하고 터뜨린 것이다.

"말똥녀가 아닌 것입니다!"

페이가 새빨개져서 소리쳤지만, 세실리는 무시하고 가 버렸다. 큭, 하고 분한 듯이 신음했지만, 그 이상의 일은 할 수 없는 모양이다. 쿠로노는 그녀의 어깨를 두드린 뒤 걷기 시작했다.

"페이, 갈까."

"……말똥녀가 아닌 것입니다."

페이는 옆을 걸으며 나직이 중얼거렸다.

"세실리는 항상 저런 느낌이었어?"

"더 지독한 것입니다. 말똥녀라느니, 굼벵이라느니 하는 말을 자주 들었던 것입니다. 그래도, 견딜 수 있었던 건……."

"물리파인 가를 다시 일으킨다는 목적이 있었기 때문이지."

"언젠가 굴욕을 맛보여주고 싶다고 생각했기 때문인 것입니다!"

페이는 주먹을 꽉 쥐며 말했다. 마음은 이해하지만——.

"거기서는 물리파인가를 다시 일으키기 위해서라고 말하자고."

"그건 그거, 이건 이거인 것입니다. 쿠로노 님, 야만족을 토벌해서 세실리 경에게 굴욕을 맛보여줬으면 하는 것입니다!!"

"아니, 그들과 싸우는 것 말고 다른 길은 없어?"

"어째서 그런 말을 하는 것입니까?"

페이는 쿠로노의 말을 가로막고 말했다. 믿기지 않는다는 것만 같은 표정을 짓고 있다.

"싸우면 희생이 나오고, 야만족이라고 해도 같은 인간이니까."

"그래서는 전공을 세울 수 없는 것입니다."

"뭐어, 그렇긴 한데……. 민족을 전멸시킨 남자로 역사서에 남는 건 피하고 싶네."

"역사서에 남는 건 영예로운 일이라고요?"

쿠로노가 나직이 중얼거리자, 페이는 의아하다는 듯이 고개를 갸웃했다.

"지금은 그걸로 괜찮을지도 모르지만, 수백 년 후에도 그럴 거라는 보장은 없어."

"수백 년 후……. 과연인 것입니다."

페이는 복잡한 듯이 미간을 찡그리고는 고개를 끄덕끄덕했다.

아무래도 납득해 준 모양이다.

"음?! 저쪽에서 좋은 소리가 난 것입니다!"

갑자기 페이가 방향을 전환하여 걷기 시작했다. 좋은 소리라 해도 이곳저곳에서 목검이나 나무 창을 맞부딪치는 소리가 울리고 있다. 이런 상황에서 소리 구별이 되는 것일까. 하지만, 달리 어디로 가야 할지 짐작 가는 곳도 없다. 페이 뒤를 따라갔다.

잠시 후 그녀가 걸음을 멈췄고, 쿠로노는 눈을 휘둥그레 떴다. 정말로 가우르가 있었던 것이다. 그는 목검을 한 손에 들고 소년과 싸우고 있었다. 아니, 검술 지도를 해주고 있었다고 해야 하려나.

소년은 야압! 하는 기합을 내지르며 목검을 휘둘렀지만, 가우르는 철저히 방어에 전념하고 있다. 소년의 기량은 서툴렀으나, 가우르의 표정은 진지하다. 진지하게 마주하고 있다. 호감도가 꽤 올랐다. 그건 제쳐 두고——.

"이게 좋은 소리야?"

"그런 것입니다. 기합이 들어간 좋은 소리인 것입니다."

페이는 만족스러운 듯이 고개를 끄덕였다. 솔직히 차이를 모르겠다. 하지만 그녀가 좋은 소리라고 한다면 그런 것이리라. 체력이 다했는지, 소년이 움직임을 멈췄다.

"니아, 이제 쉬어라."

"아직…… 아직, 괜찮습니다."

가우르가 부드럽게 말을 건넸지만, 소년—— 니아는 발끈한 것처럼 목검을 들었다.

"야아아압!"

니아가 큰 소리를 지르며 돌진했다. 가우르는 작게 한숨을 내
쉬었고, 최소한의 움직임으로 공격을 피했다. 가볍게, 정말로 가
볍게 발끝을 내밀었다. 발끝이 니아의 정강이에 닿았다. 아마도
평소라면 피하거나, 피하지 못했다고 하더라도 자세를 다시 바로
잡을 수 있었을 것이다.

하지만 체력이 다한 니아한테는 불가능했다. 균형이 무너지고,
어떻게든 다시 자세를 바로잡으려 했지만 그러지 못하고 넘어지
고 말았다. 일어서려고 했으나——.

"승부는 났다."

가우르는 목검 끝을 니아의 목에 들이밀었다.

"반론은?"

"……없습니다."

니아는 일어서서 가우르에게 깊이 머리를 숙였다.

"다음은——."

"저인 것입니다!"

누구지? 라고 말하려 한 것이리라. 하지만 가우르의 말은 페이
한테 가로막혔다. 그는 쿠로노 쪽을 보고는 불쾌한 듯이 얼굴을
찌푸렸다.

"다음은 누——."

"저인 것입니다! 저인 것입니다!!"

무시하기로 한 것이리라. 가우르는 고개를 돌리고 입을 열었지만, 재차 페이한테 말을 가로막혔다. 분노 때문인지 얼굴이 시뻘겋다.

"대련을 부탁하는 것입니다!"

"니아, 목검을 빌려줘라."

"네, 알겠습니다."

무시해도 헛수고임을 깨달았는지, 그게 아니면 혼쭐을 내줘서 입을 다물게 하고자 생각했는지, 가우르는 턱짓하여 지시했다. 니아가 페이에게 다가가 목검을 내밀었다.

"감사히 쓰겠다는 것입니다."

"아, 네, 여기요."

페이는 머리를 꾸벅 숙이고 목검을 받아들었다. 상태를 확인하는 것처럼 한 번 휘둘렀다. 그리 힘을 준 것처럼 보이지는 않았지만, 바람을 가르는 예리한 소리가 울렸다. 호오, 하고 가우르는 감탄한 듯한 목소리를 냈다. 표정이 바싹 다잡아졌다. 페이의 실력을 인정한 것이리라.

"이름을 들어 두지."

"페이 물리파인 것입니다!"

"그런가. 알고 있다고 생각하지만, 나는 가우르다. 가우르 엘나스."

페이가 목검을 중단 자세로 들자, 가우르도 중단 자세를 취했다. 쿠로노는 내심 고개를 갸웃했다. 저 축복받은 체구를 유효하게 활용할 거라면 상단 자세를 취해야 한다고 생각하는데, 다른 의도가 있는 모양이다. 두 사람은 대치한 채 움직이지 않는다. 고도의 눈치 싸움이 이루어지고 있을 터이지만, 쿠로노로서는 알 수 없다. 바람이 불고, 페이가 움직였다. 단숨에 거리를 좁혀 찌르기를 내질렀다. 노리는 건 목이다.

하지만 목검은 허공을 꿰뚫었다. 가우르가 측면으로 돌아 들어 갔기 때문이다. 그대로 목검을 내리쳤다. 깡, 하는 소리가 울렸다. 페이가 목검을 튕겨낸 것이다. 지금의 그녀는 신위술을 쓰고 있지 않다. 체격 차이를 생각하면 튕겨내는 건 어려울 터인데, 쿠로노가 모를 뿐이고 어떠한 의도가 있는 것이리라. 두 사람은 뒤로 뛰어 물러나 거리를 벌렸다.

"제법 하는군."

"그쪽이야말로 꽤 하는 것입니다."

두 사람은 실력을 서로 인정했다. 미소를 띠고 있지만, 희미하게 오싹한 것을 느꼈다. 아슬아슬한 부분에서 사나움을 숨기고 있다. 그런 식으로 느껴진다. 페이가 목검을 하단 자세로 들고, 가우르가 상단으로 들었다. 이번에는 가우르가 먼저 움직였다. 눈 깜짝할 사이에 거리가 줄었다.

가우르가 목검을 내리쳤다. 바람을 가르는 소리가 소름 끼쳤다. 이번에는 페이도 목검으로 튕겨내려고는 하지 않았다. 페이는 땅을 크게 박차고 공격을 피해 측면으로 돌아 들어갔다.

양아버지와 대련했을 때, 쿠로노도 같은 수를 썼다. 그때는 첫 공격을 피하긴 했지만, 직후에 몸통 박치기를 당했다. 자, 가우르는 어떻게 할 것인가. 그는 목검을 완전히 휘두른 자세에서 즉각 다음 공격을 펼쳤다. 옆으로 후려쳐 넘기는, 아니, 건져 올리는 듯한 일격이었다. 반응속도로 보아 첫 번째 공격을 피할 걸 예상한 모양이었다.

페이는 무릎을 살짝 굽혀서 두 번째 공격을 넘겼다. 엄청난 검압에 머리카락이 흔들렸다. 쿠로노가 기회라고 생각한 순간, 가우르의 세 번째 공격이 날아들었다. 거리를 좁히고, 칼자루 끝으로 내리쳤다. 처음 일격을 피했을 때와 마찬가지로 페이는 지면을 박차 가우르 측면으로 돌아 들어갔다. 그대로 목검을 위로 휘둘렀다.

하지만 목검은 허공을 베었다. 가우르가 뒤로 뛰어 피한 것이다. 그의 자세가 살짝 무너졌다. 일부러 그런 것 같진 않지만, 타이밍을 생각하면 공격을 유도하려는 속임수일 수도 있다. 페이는 망설이지 않고 뛰쳐나갔다. 올바른 판단일까. 깡, 하는 소리가 울렸다. 목검이 서로 맞부딪치는 소리다. 가우르는 페이의 공격을 목검으로 막아냈다. 아무래도 유도한 게 아니라 정말로 자세가 무너졌던 모양이다.

가우르가 목검을 휘두르자, 페이는 매우 쉽게 날아가 버렸다. 체격 차이를 생각하면 부자연스러운 일은 아니다. 가우르는 기회를 놓치지 않겠다는 듯이 돌진하여 목검을 내리쳤다. 목검이 페이를 양단했다. 아니, 다르다. 페이가 아슬아슬한 타이밍에 목검을 피한 탓에 양단된 것처럼 보인 것이다.

페이가 목검을 내찔렀고, 가우르는 몸을 비틀어 피했다. 두 사람이 움직임을 멈췄다. 쿠로노는 내심 고개를 갸웃했다. 가우르는 자세가 무너져 있다. 현 상황에서는 페이가 우위다. 다만 가우르가 어쩌냐에 따라서 역전할 가능성도 있을 것이다.

"……내 패배다."

"대련해 주셔서, 감사한 것입니다."

가우르가 패배를 인정하자, 페이는 등을 곧게 쭉 펴고는 머리를 숙였다. 좀 부족한 감이 있지만, 결판이 난 모양이다. 같은 가치관을 지닌 사람끼리의 암묵적인 양해 같은 것이 있는 걸까.

"하핫, 생각보다 강하군."

"칭찬해 주셔서 매우 기쁜 것입니다."

가우르가 쾌활하게 웃었고, 페이는 자랑스럽게 가슴을 폈다.

"어떠냐? 내 부하가 되지 않겠나?"

"잠깐! 남의 부하를 스카우트하지 마시죠!!"

"칫, 있었던 거냐."

쿠로노가 잰걸음으로 다가가자, 가우르는 지긋지긋하다는 듯이 혀를 찼다.

"그래서, 어떻지? 네 녀석이라면 금방 부관이 될 수 있다."

"아무 일도 없었던 것처럼 스카우트를 재개하지 마세요!"

"이건 나와 페이의 문제다."

사이에 끼어들자, 가우르는 넌덜머리가 난 듯이 말했다.

"아니거든요! 제 문제이기도 하거든요!"

"짜증 나는 녀석이군."

"말씀은 기쁜 것입니다만——."

"이 배신자가!"

"진정하셨으면 하는 겁니다! 빈말인 것입니다!"

쿠로노가 페이 쪽을 향해 돌아서서 소리치자, 페이는 쿠로노를 타이르는 것처럼 이쪽에 손바닥을 향했다.

"빈말이라는 건 내 부하가 될 생각은 없다는 거군? 이런 방식은 그다지 좋아하지는 않는다만, 엘나스 백작가는——."

"자기 힘을 시험해 보고 싶다든가 멋있는 말을 하면서 야만족 토벌에 지원한 주제에 본가의 힘을 쓰지 않았으면 합니다만!"

쿠로노가 가우르의 말을 가로막으며 외쳤다. 그러자 그는 깜짝 놀란 표정으로 이쪽을 봤다. 어째서 그걸 알고 있냐고 말하는 것만 같은 표정이다. 하지만 캐물어도 별수 없다고 판단한 것이리라. 페이 쪽을 향해 돌아봤다.

"알코르 재상에 의한 개혁 이후로 제후의 힘은 다들 저하되고 있지만, 엘나스 백작가는 나름대로 영향력을 유지하고 있다. 네 녀석이 위를 목표로 한다면 크로포드 남작가보다 힘이 될 수 있을 터다. 이래도, 마음은 변하지 않나?"

"……그렇게까지 평가해 주시니——."

"어째서 즉답하지 않는 거야?"

"즉답하면 실례인 것입니다, 실례."

쿠로노가 이유를 묻자, 페이는 작은 목소리로 말했다.

"평가해 주시니 감사한 일입니다만, 쿠로노 님은 무엇을 할 수 있을지도 알 수 없는 저를 따뜻하게 맞아들여 주신 분인 것입니다. 그런 분을 배신하면 벌을 받는 것입니다."

"그런 겁니다!"

"그렇게까지 의리를 지킬 만한 남자인가?"

쿠로노가 득의양양한 얼굴로 말하자, 가우르는 시시한 것이라도 보는 듯한 시선으로 쳐다봤다.

"확실히 조금 유감스러운 점이 있기는 한 것입니다…… . 남자 중의 남자인 것입니다."

"호오, 네 녀석이 그렇게까지 말할 정도라니……."

페이가 가슴을 펴고 있자, 가우르는 감탄한 것처럼 말했다. 이쪽을 보며 복잡한 듯이 미간을 찡그리고는 설마, 라고 말하는 듯한 표정을 띠었다. 은근히 상처받는다.

"그래서, 오늘은 뭘 하러 왔지?"

"일입니다, 일. 가우르 경을 지원하는 것 말입니다."

"필요 없다고 했을 터다. 페이를 두고 돌아가라."

"군무국에서 내려온 정식 명령입니다만?"

"그러면 내가 손수 한 통 써주지. 그러니 페이를 두고 돌아가라."

"모든 책임을 져 준다면 못 따를 것도 없습니다만, 그래도 가우르 경의 독단으로 돌아갈 수는 없습니다. 군무국의 판단을 물어보지 않으면."

"순순히 돌아갈 생각은 없다는 건가."

"정식 명령이 나오면 돌아가겠습니다."

"……그래서, 네 녀석은 몇 명 정도 병사를 이끌고 왔지?"

가우르는 약간 뜸을 두고 말했다. 넌덜머리가 난 듯한 어조지만, 병사 인원수를 물어본다는 것은 흥미를 가져 준 것이리라.

"기병 다섯, 보병 41, 궁병 10, 마부 한 명입니다."

"고작 그 정도로 무슨 도움이 된다는 거냐."

쿠로노가 인원수를 말하자, 가우르는 어처구니없다는 듯이 말했다. 참고로 레이라는 기병, 타이가는 보병으로 카운트했다.

"어디까지나 지원이 임무이므로. 아아, 그래도 부대 운영에는 도움이 될 수 있으리라고 생각합니다."

"그러고 보니 원정 때 네 녀석이 군량 관리를 맡았었지."

"용케 기억하고 계시는군요."

"나는 바보가 아니다."

가우르는 발끈한 듯이 말했다. 부대 운영인가, 라고 중얼거리고는 생각에 잠기는 것처럼 팔짱을 꼈다.

"……알았다. 네 녀석의 실력을 보도록 하마."

"그러면 물자 납입 상황에 관해——."

"잠깐, 훈련이 아직 끝나지 않았다."

가우르는 손바닥을 이쪽으로 향하고는 말했다. 얼른 업무에 착수하고 싶지만——.

"그럼 훈련이 끝날 때까지 기다리겠습니다."

"뭐냐, 네 녀석은 참가하지 않는 거냐."

"부상을 입어 지원 업무에 지장을 초래하고 싶지 않기에."

"그런 짓은 하지 않는다."

가우르는 발끈한 듯이 말했다. 아무래도 자신이 직접 상대할 생각이었던 모양이다.

깊은 한숨을 내쉬고, 턱짓하여 주둔지를 가리켰다.

"뭐, 됐다. 문 쪽에서 기다리고 있어라. 일단락되면 가겠다."

"감사합니다. 페이, 가자."

"알겠습니다인 것입니다."

페이를 두고 가라는 말을 들으려나 싶었는데, 가우르는 아무 말도 하지 않았다. 쿠로노는 페이를 데리고 주둔지 문으로 향했다. 거기서는 정보 수집을 끝낸 레이라 일행이 기다리고 있었다.

"쿠로노 님, 수고하셨습다."

"그쪽이야말로 수고했어."

사브가 고개를 꾸벅 숙이며 말했고, 쿠로노는 치하의 말을 건넸다.

"결과는 어땠어?"

"잘 풀렸습다. 보고는 레이라 아가씨에게 부탁드려도 괜찮겠습까?"

"괜찮아."

쿠로노가 시선을 향하자, 레이라가 걸어 나왔다.

"가우르 경의 평판은 어땠어?"

"야만족 토벌에 관해서는 부정적인 의견이 많았습니다만, 가우르 님의 평판은 그렇게 나쁘지 않았습니다. 저번 정찰에서 부하를 지키기 위해 단신으로 야만족에게 덤빈 것으로부터 믿음직하다는 평가를 받은 모양입니다."

"그래도, 다들 배불리 먹고 싶어 하는 것 같아. 내가 쿠로노 님 밑에서 일하면 하루 세 끼 배불리 먹을 수 있다고 말했더니 부러워하는 것처럼 보였는걸."

레이라가 가우르의 평가를, 스노우가 병사들의 불만을 보고했다. 평가야 어쨌건, 병사의 불만은 예상대로였다. 가우르도 그걸 알아차리고 있었기에 '네 녀석의 실력을 보도록 하마'라고 말한 것이겠지만——.

"세실리에 관해서는 어땠어?"

"좋은 소문은 듣지 못했습니다. 듣자니 기병만 우대한다고."

쿠로노가 묻자, 레이라는 망설이면서 대답했다. 므후——, 하는 소리가 울렸다. 콧김일까. 소리가 난 쪽을 보니 페이가 콧방울을 벌름거리고 있었다.

"왜 그래?"

"아무 일도 아닌 것입니다."

웃음을 참고 있는 것이리라. 페이는 뺨을 씰룩거리며 대답했다.

※

점심—— 훈련이 끝나고 병사들이 주둔지로 돌아갔다. 불만은 입에 담고 있지 않지만, 표정은 어둡고, 발걸음은 무거웠다. 쿠로 노는 코를 쿵쿵거렸다. 점심때임에도 불구하고 구수한 냄새가 감돌지 않았다. 군량이 부족해서 1일 2식만 하는 모양이었다. 그런 생각을 하고 있자, 가우르가 의기양양하게 다가왔다. 쿠로노 일행 앞에서 멈춰 섰다.

"기다리게 했군."

"지금 온 참입니다."

"금방 들통날 거짓말을 하지 마라."

농담 삼아 한 말이었는데, 가우르는 발끈한 듯이 말했다.

"부대 운영에 도움이 되겠다고 했는데, 무엇부터 시작할 생각 이지?"

"우선 물자 납입 상황을 확인하고 싶습니다."

"즉?"

"서류를 확인하게 해주십시오."

"알았다. 따라——."

"잠깐 기다려 주십시오!"

"뭐지?"

그는 멈춰 서서 이쪽을 향해 돌아봤다.

"먼저 부하에게 지시를 내리게 해주십시오."

"······네 말대로군. 미안했다."

가우르는 머리는 숙이지 않았지만, 자신의 잘못을 인정했다.

놀라서 눈을 살짝 크게 떴다. 불만을 들을 거라고 생각했는데, 첫 인상이 최악이었던 것뿐이고 나쁜 인물은 아닌 것일까.

"레이라는 내 서포트를 부탁해."

"네, 알겠——."

잠깐, 하고 가우르가 레이라의 말을 가로막았다.

"하프 엘프가 업무를 도울 수 있는 거냐?"

"레이라한테는 교양이 있고, 실제로 부대 운영에 관여하고 있습니다."

쿠로노는 평정을 가장하며 대답했다. 약간 발끈했지만, 가우르는 레이라를 바보 취급하고 있는 게 아니다. 제국의 식자율은 낮다. 교양은 한정된 인간만이 지니는 것이다. 그걸 생각하면 가우르의 말투는 당연하다.

"그렇다면 문제없다. 지시를 중단시켜 미안했다."

"그러면, 다시금 레이라는 서포트를 부탁해. 페이, 스노우, 사브, 알바, 그라브, 게이너는 여기서 대기."

"알겠습니다."

"분부대로 하는 것입니다."

"응, 알았어."

"""""옙!"""""

레이라, 페이, 스노우, 사브, 알바, 그라브, 게이너가 대답했다.

"이걸로 문제없군. 따라와라."

가우르가 걷기 시작했고, 쿠로노와 레이라는 뒤를 쫓았다. 안

내받아 도착한 곳은 카난과 로버트가 있던 건물이다. 안으로 들어가자 커다란 테이블이 있었다. 어제는 가우르와 세실리의 책상밖에 없었기에, 새로 반입한 것이리라.

"거기 있는 테이블을 써라."

가우르는 테이블을 가리키고는 자기 책상으로 향했다. 쿠로노가 자리에 앉자, 약간 늦게 레이라가 자리에 앉았다. 곧바로 가우르가 상자, 아니, 책상 서랍을 들고 다가왔다. 텅, 하고 테이블 위에 올려놓았다. 쿠로노는 서랍을 들여다보고 얼굴을 찌푸렸다. 양피지가 난잡하게 처박혀 있었기 때문이다. 자기도 모르게 가우르를 봤다.

"그런 눈으로 보지 마라. 나 역시 바람직한 상황이라고는 생각하고 있지 않다."

"그렇습니까."

가우르가 변명하는 것처럼 말했고, 쿠로노는 작게 한숨을 내쉬었다. 하지만 한탄하고 있어도 소용없다. 서류를 정리하여 상황을 파악해야 한다. 서류를 손에 들고 내용을 확인했다. 아무래도 납품서인 듯하다. 레이라가 쭈뼛쭈뼛 입을 열었다.

"어떻게 할까요?"

"일단 날짜순으로 다시 늘어놓자."

쿠로노는 납품서를 꺼내어 자기와 레이라 앞에 놓았다. 분담하여 납품서를 날짜순으로 늘어놓기 시작했다. 재정렬은 생각했던 것보다도 빨리 끝났다.

"쿠로노 님, 여기 있습니다."

"고마워."

레이라한테서 납품서를 받아들고 하나로 모은 그때, 달칵 하는 소리가 울렸다. 반사적으로 고개를 들자 세실리가 문을 연 자세 그대로 서 있었다. 표정이 일그러졌다.

"나 참, 미천한 것들은 벌레랑 똑같네요. 깨닫고 보면 섞여 들어와 있는걸요."

"쿠로노 님, 저는——."

"아니, 그럴 필요 없어."

레이라가 일어서려고 했으나, 쿠로노는 그 자리에 그대로 있으라고 말했다. 레이라는 망설이는 듯한 기색을 보이고는 의자에 다시 앉았다. 세실리의 표정이 한층 일그러졌다. 원래부터 단정한 용모를 지닌 만큼 박력을 느끼게 한다.

하지만 물러날 수는 없는 노릇이다. 쿠로노는 명령을 받아 이곳에 있다. 그리고 명령을 수행하기 위해 레이라의 힘이 필요하다고 판단했다. 비아냥을 들은 정도로 레이라를 퇴실시킬 수는 없다. 게다가 여기서 감싸지 않으면 신뢰를 잃고 만다. 상사로서 그것만큼은 피해야만 한다.

"나가지 않는다면——."

"그만둬라, 세실리."

세실리가 검에 손을 뻗자 가우르가 입을 열었다.

"어째서죠? 가우르 대장도 어제는 돌아가라고 말씀하셨지 않나요. 그런데도 저를 제지하다니 이해할 수 없어요."

"어제와는 상황이 달라졌다. 두 사람에게 힘을 빌려주었으면 한다고 내가 부탁했다."

"그렇다면 다른 장소에서 하면 되는 것 아닌가요? 저는 미천한 것들과 같은 방에 있으면 구역질이 난답니다."

"그런가, 몸이 안 좋다면 자기 방에서 누워 있어라."

"──!!"

분노 때문이리라. 세실리의 뺨이 빨갛게 물들었다. 하지만 가우르는 태연했다.

"한 번 더 말하지. 이 두 사람에게는 힘을 빌려주었으면 한다고 내가 부탁했다. 같이 있고 싶지 않다면 네 녀석이 나가라."

"──!! 실례하겠어요!"

세실리는 분한 듯이 이를 갈고는 난폭하게 문을 닫았다.

"미안했다."

"아니요, 감사합니다."

쿠로노는 감사 인사를 한 뒤 납품서로 시선을 떨궜다. 내용을 확인했다. 납품자는 베일리 상회 부르크마이어 백작령 지점으로 되어 있다. 날짜를 보는 한, 매월 정해진 날에 오고 있는 듯하다. 품목과 수량을 확인하고, 어떤 점을 알아차렸다.

"가우르 경, 주둔지 병사는 1천 명입니까?"

"그래, 보병과 궁병이 900이고, 기병이 100이다. 무슨 문제가 있나?"

쿠로노가 확인하자, 가우르는 의아한 표정을 띠었다.

"병사는 하루에 밀 1,000g, 고기 150g, 소금 12g, 말은 보리 5,000g, 건초와 짚을 4,000g씩 소비한다고 합니다."

"재지 말고 결론을 말해라."

쿠로노가 군량 소비량에 관해 설명하자, 가우르는 짜증이 난 듯이 말했다.

"밀을 시세보다 비싼 금액으로 매입하고 있는 탓에 필요 수량의 8할밖에 사지 못하고 있습니다."

"어째서 그렇게 된 거지?"

"거기까지는 알 수 없습니다."

가우르는 미심쩍은 표정을 띠었지만, 납품서에서 이 이상의 정보를 읽어낼 수는 없다. 생각할 수 있는 가능성은 몇 가지 있지만, 전부 추측의 영역을 벗어나지 않는다.

"에라키스 후작, 어떻게 하면 되지?"

"다른 상회에 견적을 부탁해서, 베일리 상회와 가격 인하 교섭을 합시다."

"교섭에 응하지 않으면?"

"거래를 끊을 뿐입니다."

가우르의 물음에 쿠로노는 즉답했다. 대대장에게는 어느 상회와 거래할지를 정할 권한이 있다. 그걸 행사할 뿐이다. 망설일 것까지도 없다.

"지금까지의 부족분을 징수하는 것은 가능한가?"

"이미 납품서에 서명하였기에 무리라고 생각합니다."

"그런가. 하지만, 문제가 있다. 내게는 연줄이 없다."

가우르는 고개를 끄덕인 뒤, 가라앉은 어조로 말했다. 쿠로노한테도 연줄은 없지만——.

"그 부분은 클로—— 아버지의 힘을 빌릴 것이니 안심하시기를."

"그래도 괜찮은 거냐?"

"저희는 부자 사이가 양호하기에."

"······그럼, 부탁하지."

야유당했다고 느낀 것이리라. 가우르는 얼굴을 찌푸렸다. 하지만 그것도 몇 초 정도다. 몇 초 뒤에는 진지한 표정으로 머리를 숙였다. 이것에는 조금 놀랐다.

"주제넘은 말인 것 같습니다만, 이제부터는 납품에 입회하여 숫자에 강한 부하에게 군량을 관리시켜야 한다고 생각합니다."

"숫자에 강한 부하인가."

쿠로노가 제안하자, 가우르는 난처한 듯이 미간을 찌푸렸다. 안 좋은 예감이 든다.

"레이라를 빼가려고 하지 말아 주십시오."

"······알고 있다."

기선을 제압하고 말하자, 가우르는 약간 뜸을 두고 대답했다.

"레이라도, 페이도 우리 사관후보생으로 한창 교육을 받는 중입니다."

"그건 자기 영지에서 교육하고 있다는 말인가?"

"예, 군사 학교에서 근무하시던 분을 교사로 초빙했습니다."

호오, 하고 가우르는 감탄한 듯한 목소리를 냈다.

"네 녀석은 부하를 키우고 있는 것이로군."

"교양 있는 사람을 찾아서 고용하는 건 현실적으로 어려우니까요. 그래서, 숫자에 강한 부하로 짐작 가는 사람은 있습니까?"

"짐작 가는 녀석은 있지만──."

"예, 결정! 그 사람한테 맡깁시다!"

"내 이야기를 끝까지 들어라."

쿠로노가 말을 가로막자, 가우르는 발끈한 듯한 표정을 띠었다.

"짐작 가는 녀석은 있지만, 문제가 있다. 니아는 심약하다."

니아? 하고 쿠로노는 고개를 갸웃했다. 그러고 보니 연병장에서 가우르와 대련하던 소년이 그렇게 불리고 있었다. 가우르와 대련하는 시점에서 상당한 담력의 소유자라고 생각하는데, 신뢰 관계가 있었으니까 가능했다고 봐야 할까.

"심약한 교섭 담당 같은 건 말도 안 되지 않나?"

"가우르 경이 뒤에 서 있으면 되는 것 아닌지?"

"과연, 그 방법이 있었나."

가우르는 감탄한 것처럼 말했다.

"일단 오늘 할 수 있는 건 여기까지네요. 납품서를 빌려도 괜찮겠습니까?"

"그래, 문제없다. 그게 없으면 견적을 낼 수가 없을 테니까 말이지."

"감사합니다."

쿠로노는 납품서를 파우치에 넣고 일어섰다. 약간 늦게 레이라도 일어섰다. 문득 에크론 남작령 자경단이나 야만족 건이 뇌리를 스쳤다. 가능하면 이야기를 하고 싶지만, 지금은 어려우리라. 우선은 가우르에게 신뢰를 얻어 내야만 한다.

"그러면, 실례하겠습니다."

"다음은 언제 올 거지?"

"견적 여하에 따라서겠네요."

그런가, 하고 가우르는 고개를 끄덕였다. 쿠로노는 레이라에게 눈짓하고 건물에서 나갔다. 문으로 나오자 페이와 스노우가 달려왔다.

"쿠로노 님, 수고하신 것입니다."

"수고하셨어요."

"페이, 스노우……. 다들, 기다리게 해서 미안했어."

페이와 스노우를 쳐다보고, 그리고 나서 사브와 부하들에게 시선을 향했다.

"결과는 어땠던 것입니까?"

"그럭저럭이야."

"그건 다행인 것입니다."

"갈까."

페이가 가슴을 쓸어내렸고, 쿠로노는 마차를 향해 걷기 시작했다. 레이라와 페이는 자기 말이 있는 곳으로 갔다. 짐칸에 다리를 올리자, 사브가 뒤돌아봤다.

"수고하셨슴다. 크로포드 저택으로 돌아가면 되겠슴까?"

"응, 잘 부탁해."

예입, 하고 사브는 고개를 끄덕인 뒤 정면을 향해 돌아봤다. 쿠로노가 앉자, 스노우가 짐칸에 올라왔다. 네발로 기는 자세가 되어 다가온다. 제복 가슴께에 여유가 있어서—— 헉, 안 되지, 안돼. 이런 어린 소녀의 가슴을 쳐다보다니.

"저기저기, 쿠로노 님. 오늘도 자전거 빌려도 돼?"

"괜찮아."

"에헤헤, 고마워."

쿠로노가 가슴을 보지 않도록 하며 말하자, 스노우는 미소 지었다. 천진난만한 미소지만, 계산된 것 아닐까 하는 의심이 생겨난다. 아니, 지나친 생각인가. 경계심 없이 다가오는 소녀의 가슴을 보고 마는 더러워진 마음이 그렇게 생각하도록 만들고 있는 것이다.

"오늘은 혼자서 괜찮겠어?"

"응, 이제 탈 수 있게 됐고."

스노우가 쿠로노 옆에 앉았고, 마차가 천천히 움직이기 시작했다.

※

해가 서쪽 하늘로 크게 기울기 시작했을 즈음, 쿠로노 일행은 크로포드 저택에 도착했다. 문을 지나 정원을 나아갔다. 타이가 와 부하들(이라고 해도 타이가는 돌아다니며 지도하고 있었지만) 은 두 사람이 한 조가 되어 대련하고 있었다. 타이가가 경례하려 고 했지만, 손으로 제지했다. 마차가 정원 한구석에 멈췄고, 사브 가 뒤돌아봤다.

"도착했슴다."

"고마워, 사브."

쿠로노는 고맙다고 말하고는 일어섰다. 계속 앉아 있었던 탓에 이곳저곳이 아팠다. 짐칸에서 뛰어내려 가볍게 스트레칭을 했다. 뚜둑, 뚜둑 하는 소리가 울렸다.

자, 아버지가 있는 곳으로 가야지, 하고 생각하며 현관으로 향 했다. 갑자기 문이 열렸다. 저택에서 나온 건 마이라였다. 무슨 일이 있는 것일까. 의아해하고 있자, 마이라가 다가왔다. 쿠로노 앞에 멈춰 서서 머리를 깊이 숙였다.

"어서 돌아오십시오."

"다녀왔어. 무슨 일 있었어?"

"주인님을 못 보셨습니까?"

"방금 막 돌아온 참이라서."

"칫, 또 농땡이를 피우고."

마이라는 혀를 차며 거칠게 내뱉듯이 말했다.

"그런데 일은 어떠셨습니까?"

"뭐어, 그럭저럭."

"그건 다행입니다."

쿠로노가 파우치에 손을 대며 말하자, 마이라는 쿡 웃었다.

"그러고 보니 베일리 상회라고 알아?"

"네, 알고 있습니다. 베일리 상회는 부르크마이어 백작령에 지점을 둔 그럭저럭 큰 상회입니다. 그럭저럭, 큰."

마이라는 '그럭저럭'과 '큰' 부분을 강조하는 것처럼 말했다.

"혹시, 베일리 상회를 싫어해?"

"죽으면 좋겠다고 생각하고 있습니다. 그것이 무슨 문제라도?"

마이라는 진지한 얼굴로 되물었다. 너무 파고들지 않는 편이 좋으려나? 싶어 마구간 쪽을 봤다. 거기서는 레이라와 페이가 말에서 안장을 내리고 있었다. 저쪽으로 가자. 여기는 위험하다. 그렇게 생각하여 발을 내딛자, 마이라가 앞으로 돌아 들어왔다. 뭔가 말하고 싶어 하는 눈을 하고 있다. 틀렸다. 파고들지 않을 수 없다.

"무슨 일 있었어?"

"예! 그야 아주! 심혈을 담아 키운 농작물을 싼값에 후려치기 당했습니다! 금액이 불만이라면 다른 곳에 가도 상관없습니다, 라면서 위에서 내려다보는 시선으로……. 뭐! 개척이 궤도에 오르고 나서부터 다른 상회로 갈아탔지만요! 그때의 담당자 얼굴이란……. 으하하하하! 꼴 좋다아아아아아!"

마이라는 입을 크게 벌리고 웃었다. 정말로 즐거워 보인다. 이

성공── 꼴 좋다 체험을 말하지 않고는 있을 수 없었던 것이리라. 뭐, 기분은 이해한다.

"그래서, 베일리 상회가 어떻게 됐는지요?"

"아, 응, 실은──."

"그런 것이라면 협력은 아끼지 않겠습니다."

쿠로노가 사정을 설명하자, 마이라는 맡겨 달라고 말하는 것처럼 가슴을 두드렸다.

"아마도 가우르 님의 전임자는 밀 가격을 높게 설정함으로써 리베이트를 받고 있었던 게 틀림없습니다. 군비 횡령은 죽어 마땅한 죄이기에──."

"스톱! 그렇게까지 안 해도 되니까!"

"그러면, 뭘 위해 제게 상담하신 겁니까?"

쿠로노가 말을 가로막자, 마이라는 진지한 얼굴로 고개를 갸웃했다. 정말로 모르고 있는 듯해서 무섭다.

"다른 상회에 견적을 내 달라고 하는 거면 충분해."

"그래서는 베일리 상회 인간이 죽지 않습니다만?"

"안 죽어도 되니까!"

"도련님, 도련님이 온건히 수습하고자 해도 베일리 상회의 악덕 상인들은 도련님이 횡령 증거를 쥐고 있다고 판단하겠지요. 방어만 해서는 이길 수 없습니다. 선수필승입니다."

마이라는 미소를 띠고는 엄지로 목을 베는 제스처를 취했다. 눈이 진심이다. 그녀의 눈을 보고 있으면, 그것도 그럴지도 모르겠다는 듯한 기분이 들기 시작한다. 하지만——.

"내 일은 지원이니까 말이야. 판단은 가우르 경에게 맡기겠어."

"훌륭합니다. 공로를 양보하는 모양새를 취해 가우르 경을 전면에 세우는 무도함. 이 마이라, 감복했습니다. 역시나 크로포드 남작가의 적남입니다."

"그런 건 요만큼도 생각하고 있지 않은데……."

"하! 농담을."

마이라는 코웃음을 쳤다. 어떻게 하면 믿어줄 수 있을까. 갑자기 마이라의 귀가 쫑긋 움직였다. 시선이 쿠로노 뒤로 향했다. 양아버지를 발견한 것일까. 뒤돌아보니 말이 달려 들어오는 참이었다. 물론 사람이 타고 있다. 그 인물은——.

"안주인?!"

자기도 모르게 큰 목소리를 냈다. 하지만 들리지 않았던 것이리라. 여주인은 그대로 말을 몰아 쿠로노 앞에서 말머리를 돌렸다. 마치 브레이크 턴*이다. 여주인은 말에서 뛰어내리더니 이쪽으로 달려왔다. 말에 타고 온 탓일까. 복장이 상당히 흐트러져 있다.

"다행이야. 엇갈리나 싶어서 조마조마했어."

"조마조마했다니……. 무슨 일 있었어?"

"자경단 녀석들이 제국군을 몰아내겠다는 말을 하기 시작했어."

조니, 이 자식……. 쿠로노는 신음했다. 그렇게 기대하고 있던 건 아니지만, 어제오늘로 일이 그렇게 될 줄이야.

---

*달리는 오토바이를 180도 회전하면서 멈추는 스킬.

여주인은 초조한 듯이 머리를 쥐어뜯었다.

"나 참, 카난도 로버트도 단호하게 말하면 되는 것을."

"안주인, 질문해도 돼?"

"뭐야? 이쪽은 서두르고 있다고."

"카난 씨는 안주인의 여동생이야?"

"——!!"

여주인은 놀라서 눈을 휘둥그레 떴다가, 어색한 듯이 시선을 피했다. 그만큼 닮았으면 혈연관계를 의심해도 당연하다고 생각하는데——.

"여동생이라고 할지, 그게——."

"네, 이쪽은 전 에크론 남작의 따님인 세라 님입니다."

여주인이 우물우물 중얼거렸고, 마이라가 한숨을 섞으며 중얼거렸다.

"잠깐! 말 안 하겠다는 약속이었잖아?!"

"세라 님한테 어울려 주고 있어서는 이야기가 진전되지 않습니다. 귀족이라는 걸 들키면 관계가 망가진다는 소녀 같은 생각을 하고 계셨던 것일지도 모르겠습니다만……."

"그렇지는 않아, 그렇지는……."

마이라가 한숨을 내쉬며 말하자, 여주인은 삐친 듯한 어조로 말했다.

"그래서, 안주인은 내가 어떻게 해줬으면 하는데?"

"자경단 녀석들을 어떻게든 멈춰 줬으면 해."

"멈춰 줬으면 한다니, 이미 늦은 거 아닌가……."

"카난이 시간을 벌 테니까 아직 괜찮을 거야. 그러니까 도와줘."

"알았어."

"정말이야?!"

저버릴 거라고 생각하고 있었던 것일까. 여주인의 눈이 몹시 휘둥그레졌다.

"신귀족은 미움받고 있으니까 말이지. 자경단원이 주둔지 병사를 다치게 하면 구귀족한테 파고들 여지를 주게 돼. 그것만은 피하고 싶어. 다만, 할 수 있는 최대한의 일은 하겠지만, 자경단원의 안전은 보증할 수 없어. 최악의 경우 모두 죽여야 할 거야."

"그건——."

"알아. 나도 가능하면 죽이고 싶지 않아."

쿠로노는 여주인의 말을 가로막았다. 그녀의 마음은 이해한다. 몇 년이나 떨어져 있었다고는 해도 동향 사람이다. 죽길 원하지 않는 것이리라. 하물며 그녀는 전 영주의 딸이다. 하지만 대를 구하기 위해 소를 죽이는 결단을 해야만 할 때도 있다. 그것이 남들 위에 선다는 것이다.

"아슬아슬, 정말로 아슬아슬할 때까지 버텨 보겠어. 하지만, 각오는 해 둬."

"알았어."

여주인은 고개를 끄덕이고는 쥐어짜 내는 듯한 목소리로 말했다.

"레이라, 페이, 타이가! 에크론 남작령 자경단이 주둔지로 향하고 있다! 이제부터 요격하러 간다! 곧바로 준비를!"

""""옙!""""

쿠로노가 명령을 내리자 레이라, 페이, 타이가 세 사람은 큰 목소리로 대답했다. 세 사람이 상세한 명령을 내리자, 부하들이 분주하게 움직이기 시작했다. 준비가 갖추어질 때까지 시간이 있다. 이 사이에 계책을 짜야 한다──. 여주인에게 시선을 향했다.

"안주인, 자경단의 진행 경로는?"

"그건 의논하고 왔어. 완벽해."

"그러면 앞질러 갈 수 있겠네."

쿠로노는 팔짱을 끼고 계책을 짰다. 앞지르는 건 가능하다. 나머지는 매복인데, 부하는 괜찮다고 쳐도 쿠로노는 아니다. 부하만큼 능숙하게 몸을 숨길 자신이 없다. 아니, 그 마술을 쓰면 모습을 숨길 수 있다. 결점도 페이와 레이라가 있으면 보완할 수 있다. 설마 엘레나를 놀래주기 위해 익힌 마술이 이런 곳에서 도움이 되리라고는 생각지 않았지만──.

매복도 어떻게든 된다. 하지만 그 후에는 어떻게 하면 좋은가. 자경단 녀석들은 서로 죽고 죽이는 싸움이라는 것을 잘 모른다. 위협한 정도로는 물러나지 않을 터다. 한 명을 무참하게 죽여서 경고하는 방법도 있지만, 패닉에 빠져 달려들어도 곤란하다. 문득 카난과 로버트의 모습이 뇌리를 스쳤다.

"안주인, 카난 씨와 로버트 씨는 이번 건을 온건하게 끝내고 싶어 하는 거지?"

"당연하지!"

"그렇다면……."

어떤 아이디어가 번뜩여서, 쿠로노는 페이에게 시선을 향했다. 그녀는 말── 흑왕에 안장을 다시 달고 있다. 실현 가능한지 자문했다. 불가능하지는 않지만, 거기까지 어떻게 끌고 갈 것인지가 문제다. 쿠로노가 주도해도 자경단 녀석들은 따르지 않을 터다. 그 자리에서 따른다고 해도 바라지 않는 결말이 되면 불만을 늘어놓을 게 뻔하다.

카난이 이쪽 의도를 헤아려 준다면 좋겠지만, 사전에 아무런 협의도 한 적 없는 실전에서 거기까지 요구하는 건 가혹하다. 로버트가 도와준다면, 하고 생각했지만 불안 요소가 크다. 다른 아이디어는, 하고 이리저리 생각해 봤다. 하지만 쉽게 떠오르면 고생하지 않는다. 시간이 필요하다. 시간이 있으면 좋은 아이디어를 떠올릴 수 있겠지만, 그 시간이 없다. 이렇게 망설이는 사이에도 시간은 지나간다. 그때──.

"어째서, 이렇게 되어 버린 건지."

여주인이 나직이 중얼거렸다.

※

어째서, 이렇게 된 거지── 하고 카난은 말 위에서 하복부를 눌렀다. 위가 아프다. 구역질이 난다. 꾸르륵꾸르륵하는 기분 나쁜 소리가 하복부에서 울리고 있다. 자신의 저택을 나왔을 때부터 쭉 그렇다. 집에 돌아가서 침대에서 쉬고 싶다.

하지만 그럴 수는 없다. 카난은 의지할 수 있는 누님으로 통하고 있다. 적어도 원숭이들은 그렇게 인식하고 있다. 배가 아프니까 집에 돌아가겠다고 말하면 어떻게 될까. 뻔하다. 신용을 잃는다. 그것뿐이라면 그나마 낫다.

만약 얕보이면——. 제국군한테 해 온 짓이 자기한테 일어날 가능성이 크다. 생각한 것만으로도 토할 것 같다. 그러니 지옥이 기다리고 있다고 하더라도 이 길을 나아갈 수밖에 없다. 카난이 이렇게나 괴로워하고 있는데도 원숭이들은——.

"헤헤, 제국군 녀석들한테 본때를 보여주겠어."

"우리 힘을 보면 금방 항복할 거라고."

"항상 잘난 척해대고 말이야."

"조니의 원수를 갚아 주자고."

그런 태평한 대화를 하고 있었다. 분명 제국군을 상대로 대판 싸움을 벌이는 자신을 몽상하고 있을 게 틀림없다. 머리가 이상한 것 아닌가 하고 생각한다. 상대는 프로다. 아버지와 같은 험한 일의 전문가다. 멧돼지나 곰한테조차 겁을 먹고 우왕좌왕 도망치는 원숭이가 어찌 이길 수 있을까.

"그래도, 상대는 천 명이나 있다고요?"

손에 힘을 준 그때, 조니가 쭈뼛쭈뼛 입을 열었다. 카난은 마음속으로 쾌재를 불렀다. 좋아, 원숭이들의 전의를 깎아 주라고.

"그만두는 편이 좋지 않겠슴까."

"어이어이, 조니. 인제 와서 뭘 겁먹는 거야?"

"걷어차여서 불알 떨어뜨려 버렸냐?"

"한 사람당 20명 해치우면 주둔지 정도는 함락시킬 수 있다고."

"게다가 우리한테는 로버트 씨가 있잖냐."

"그, 그것도 그러네요!"

이 쓸모없는 자식! 하고 마음속으로 악다구니를 내뱉었다. 어째서 그렇게 쉽게 포기하는 것인가. 무리해서라도 좋으니까 좀 더 버티라고 말하고 싶다. 그건 제쳐 두고, 원숭이들이 묘하게 드센 태도다 싶더니만 로버트의 존재가 컸던 모양이다. 그야말로 호가호위다. 다른 사람의 힘에 기대어서 어쩌자는 것인가. 하지만, 아무리 로버트가 강하다고 해도 결국은 수 앞에 장사 없다. 한 명이 1천 명을 상대할 수 있을 리가 없다. 싸우기는커녕 갑자기 항복할 가능성도 있다.

그렇게 되면 원숭이들은 전부 다 죽을 게 분명하다. 그건 괜찮다. 어쩔 수 없다. 하지만 자신은 어떻게 될 것인가. 우선 사로잡히는 건 틀림없다. 그리고 지하 감옥에 갇혀 꾀죄죄한 간수들한테서 죽기 전에 즐기게 해주지, 라는 말을 듣고 번갈아 가며 범해질 게 분명하다.

언니, 빨리 구하러 와줘요, 하고 카난은 울상이 되어 기도했다. 문득 언니가 쿠로노를 설득할 수 있을지 걱정되었다. 에크론 남작가의 자경단이 주둔지를 습격하는 사태가 벌어지면 다른 가문도 불이익을 입는다. 이해관계를 생각하면 설득에 응해 줄 터다. 하지만 인간은 반드시 이해만으로 움직이는 건 아니다. 처음 봤을 때 무례를 저지르고 만 것이 후회된다. 하다못해 사과해뒀으면 좋았을 것을.

아아, 어째서 나는 이럴까, 하고 한숨을 내쉰 그때——.

"아, 누님!"

"응? 뭐야?"

말머리를 돌려 뒤돌아봤다. 그러자 조니는 말 위에서 하복부를 누르고 있었다.

"똥이냐?"

"그, 그렇습다."

"어쩔 수 없네. 기다려 줄 테니까 그 주변의 풀숲에서 싸고 오라고."

"죄송함다."

조니는 말에서 내리고는 가도를 따라 난 풀숲에 뛰어들었다. 후우, 하고 한숨을 내쉬었다. 똥이라니, 더러운 말을 쓰고 말았다. 싫어진다. 하지만, 이걸로 조금은 시간을 벌 수 있을 터다.

"조니가 돌아올 때까지 휴식이야, 휴식!"

"누님의 명령이다! 휴식!"

"휴식이라고! 휴식!"

"뭐? 어째서?"

"조니가 똥 누고 있다고, 똥."

"그럼 난 오줌."

카난이 외치자, 로버트가 뒤따랐다. 그 후, 원숭이 몇 마리가 말에서 내려 풀숲으로 향했다. 풀숲 바로 앞에서 멈춰 서서 오줌을 눈다.

잠시 후 오줌을 다 눈 원숭이가 말에 뛰어 올라탔지만, 조니는 아직 돌아오지 않았다. 이 상태로 시간을 벌었으면 했지만, 한층 시간이 지나고——.

"조니 녀석, 늦지 않냐?"

"설사겠지, 설사."

"그렇다고 쳐도 말이야."

"그럼 네가 보고 와."

"왜 내가. 싫다고, 똥 싸는 조니를 보는 건."

"나도 싫어."

제아무리 원숭이들이라도 술렁이기 시작했다. 하지만 본격적으로 시끄러워질 때까지 시간이 있을 터다. 그때까지는 버틴다. 누가 뭐라고 하건 버틴다. 여기서 버티는 거다. 그런 생각을 하고 있자, 로버트가 말을 가까이 붙였다. 그리고 카난에게만 들리는 목소리로 중얼거렸다.

"아가씨, 포위당했습니다."

"설마, 제국군?!"

"알 수 없습니다."

카난은 시선을 이리저리 옮겼다. 가도를 따라 난 풀이 흔들리고 있다. 그뿐이다. 식은땀이 등을 타고 흘러내린다. 포위당했다는 걸 알아도 발견할 수 없다. 그만한 실력을 지녔다는 말이다. 상대가 그럴 마음이 들면 손 쓸 도리도 없이 살해당한다. 되돌아가야만 할까. 아니, 방향을 전환하는 사이에 공격당하는 게 뻔한 결말이다. 그렇다면——.

"말을 몰아서——."

"정면에도 적이 있습니다."

로버트가 말을 가로막았다. 카난은 말머리를 돌려 정면을 향했다. 가도가 똑바로 뻗어 있지만, 역시 적의 모습은 보이지 않는다.

정말로 있는지 미심쩍어하고 있자, 로버트가 입을 열었다.

"아마도 개양회랑(開陽回廊)입니다."

"개양회랑?"

"에릴 살드멜리크 자작이 개발한, 모습을 보이지 않게 만드는 마술입니다."

카난이 앵무새처럼 반복하며 중얼거리자, 로버트는 마술에 관해 해설해 주었다. 역시나 전 제국군 군인인 만큼 마술에 밝다.

"약점은?"

"모습을 지우는 대신 아무것도 보이지 않게 된다고 들은 적이 있습니다."

"결함 마술이잖아."

"원래부터 개양회랑은 다른 마술로 시각을 보완하거나, 다른 병사와 연계하여 사용하는 것입니다. 그러니 결함이라고는 단정할 수 없습니다. 뭐, 적이라면 범위 공격으로 날려 버리는 것도 가능합니다만……."

"그런 짓 못 해."

카난은 작게 중얼거렸다. 언니가 쿠로노를 데리고 돌아왔다고 믿고 싶지만, 그렇지 않을 가능성도 있다. 그렇다고 한다면 최악이다. 지하 감옥에 갇혀 시큼한 냄새가 나는 간수한테서 같은 냄새가 나게 만들어 주마, 라는 말을 들으며 범해진다. 쿠로노인지 어떤지 확인할 필요가 있다.

"정체는 알고 있다! 숨어 있지 말고 나와!"

카난이 목소리를 높여 외치자, 20m 정도 앞 공간이 일그러졌다. 아지랑이 같다. 일그러짐은 조금씩 커져서, 이윽고 터졌다. 그곳에 있던 건 세 명의 남녀였다. 한 명은 남자——쿠로노였다. 나머지 두 명은 여자다. 한쪽은 활을 들었고, 다른 한쪽은 하얀 군복을 입고 있었다.

아무래도 언니가 쿠로노를 데리고 와 준 모양이다. 물론 방심은 할 수 없다. 그가 아군인지 어떤지 아직 모르는 것이다. 그때, 사삭 하는 소리가 울렸다.

"우왓! 적이다!!"

"포위됐어!"

"젠장! 제국군 녀석들, 매복하다니!"

원숭이들이 소리쳤다. 시선을 움직이자, 수인이나 엘프가 풀숲에서 모습을 드러냈다. 50명 가까이 될까. 존재는 알고 있었지만, 이렇게나 있으리라고는 생각지 않았다. 어린 소녀도 있지만, 원숭이들보다는 강할 게 틀림없었다.

"우리는 제국군이다! 에크론 남작령 자경단은 신속히 물러나라! 권고에 따르지 않으면 실력 행사로 나서겠다!"

네! 기꺼이!! 라고 카난은 외치고 싶었다. 하지만 꾹 참았다. 원숭이들에게 약한 모습을 보일 수는 없는 노릇이다. 그런 카난의 마음을 무시하고──.

"여긴 에크론 남작령이다! 제국군 명령에는 따르지 않는다!"

"횡포다! 횡포!!"

원숭이들이 제각기 소리쳤다. 쿠로노는 말없이 한쪽 손을 들었다. 그러자 그의 옆에 있던 여자가 화살을 발사했다.

화살이 지면에 꽂히고, 원숭이들이 술렁거렸다. 또 뭔가 말하려나 싶었지만, 입을 다물고 말았다. 화살 사격을 받아 겁을 먹은 것이다. 무리도 아니다. 그들은 외지인을 위협하는 짓밖에 하지 못하는 얼간이인 것이다. 그렇다고는 해도 낙담과 비슷한 감정을 품었다. 아마, 마음속 어딘가에서 여차할 때는 남자답게 싸울 거라고 기대하고 있었던 것이리라.

"누님! 받아쳐 주십쇼!"

"평소처럼 따끔하게 한마디 해주십쇼!"

원숭이들이 작은 목소리로 말했고, 카난은 한숨을 내쉬었다. 정말이지, 한심하다.

"물러나 달라는 말을 듣고 예, 그렇습니까, 하고 물러날 수는 없는 노릇이라고!"

"그래, 그래!"

"우리는 물러나지 않아!"

"누님과 마지막까지 싸울 거다!"

"시끄러워! 내가 말하는 중이니까 입 다물고 있어!!"

카난이 호통치자, 원숭이들은 입을 다물었다.

"어떻게 하면 물러나 주겠습니까?"

"어떻게 하면……."

카난은 앵무새처럼 반복하며 중얼거렸다. 어떻게 하면, 이라는 말을 들어도 곤란하다. 오히려 쿠로노가 조건을 제시해야만 하는 것 아닐까. 하지만 그런 말을 할 수 있을 리도 없다. 어떻게 하면, 하고 자문한 그때, 로버트가 이쪽에 시선을 보냈다.

그걸로 번뜩인 것이 있었다. 결투다. 로버트를 대리로 세워, 지면 물러나겠다는 조건으로 결투를 하는 것이다. 이쪽에서 제안하면 원숭이들도 비겁하다고는 말하지 않을 테고, 져도 약속을 지켰다고 체면을 유지할 수 있을 터다. 과연, 좋은 생각이다. 문제는 사전에 협의를 전혀 하지 않았다는 점이다.

게다가, 하고 카난은 쿠로노 옆에 있는 하얀 군복을 입은 여자를 쳐다봤다. 눈이 형형하게 빛나고 있다. 싸우고 싶어서 견딜 수 없다는 눈이다. 분위기를 파악하지 않고 전력으로 덤벼올 것 같은 무서움이 있다. 하지만 지금은 이 흐름에 탈 수밖에 없다.

"결투다! 로버트, 때려눕혀 줘라!"

"페이, 맡긴다!"

카난이 소리치자, 쿠로노가 기다렸다는 듯 말했다.

※

"결투다! 로버트, 때려눕혀 줘라!"

"페이, 맡긴다!"

좋아! 하고 쿠로노는 주먹을 꽉 쥐었다. 의도를 파악해 주지 않으면 어쩌나 걱정이었지만, 첫 관문은 통과했다. 나머지는 싸워서 이기는 것뿐이다. 하지만 그 조절이 어렵다. 자경단원을 만족시키는 싸움을 연출해야만 한다. 아무런 협의 없이 그냥 부딪쳐서 할 수 있을까. 그런 불안이 솟아났지만, 뒤로 물러날 수는 없다. 이대로 나아갈 수밖에 없는 것이다.

페이가 걸어 나갔고, 로버트가 말에서 내렸다. 대수롭지 않게 거리를 좁히고, 걸음을 멈췄다. 거리는 5m 정도. 페이가 천천히 허리를 낮춰 검 자루에 손을 대자, 로버트도 마찬가지로 자세를 취했다. 페이한테서 검은빛이 연기처럼 피어오르고, 호응하는 것처럼 황색 빛이 로버트한테서 솟아났다. 긴장감이 높아진다.

슬금, 슬금 두 사람이 거리를 좁혔다. 아니, 거리를 좁히려 하고 있는 것만이 아니다. 자신에게 유리한 위치를 잡으려 하고 있는 것이다. 불현듯 움직임이 멈췄다.

""신이여! 제 칼날에 축복을!! 신위술 · 축성인!!!""

목소리가 겹쳤고, 두 사람은 지면을 박찼다. 눈 깜짝할 사이에 거리가 좁혀지고 빛이 내뿜어졌다. 두 사람이 동시에 검을 뽑아 휘두른 것이다. 검이 서로 부딪치고, 뇌명과도 비슷한 소리가 울려 퍼졌다. 다음 순간, 검이 튕겨 나갔고 두 사람은 검에 이끌려 휘청거렸다. 하지만 즉각 자세를 다시 바로잡고, 횡베기 일격을 휘둘렀다. 다시 검이 서로 맞부딪쳤지만, 이번에는 서로 칼날을 밀어내는 힘 싸움으로 이행했다.

로버트가 검을 밀었다. 체격 차이를 이용하여 짓누르려는 것이다. 페이는 필사적으로 도로 밀어내려 하고 있지만, 조금씩 검이 밀린다.

칼날이 군복에 닿은 다음 순간, 페이한테서 솟아오르는 빛이 강해졌다. 신체 능력을 한층 강화한 것이리라. 검을 도로 밀어냈다. 하지만 몇 cm 밀어내고 멈추고 말았다. 로버트도 신체 능력을 강화한 것이다. 또다시 밀린다. 그렇게 생각한 다음 순간, 로버트의 몸이 기울었다. 페이가 한쪽 다리를 축으로 삼아 반전하여, 로버트를 받아넘긴 것이다.

이건 예상 밖, 아니 예상했어도 어쩔 도리가 없었다. 로버트는 헛발을 디디며 무방비한 등을 노출했다. 일격을 먹일 수 있다면 승부가 난다. 하지만 페이는 뒤로 뛰어 물러났다. 조금 늦게 돌기둥이 지면에서 튀어나왔다. 쿠로노는 휴, 하고 안도의 한숨을 내쉬었다. 위험했다. 공격에 집착했다면 중상을 입었을 것이다.

페이를 멀리 떼어 놓는 데 성공하기는 했으나, 로버트는 아직 자세를 바로잡지 않았다. 페이가 발을 내디뎠고 로버트는 뒤돌아보면서 검을 휘둘렀다. 무의미한 일격이다. 점점 더 자세가 무너진다. 그때, 깡 하는 소리가 울렸다. 로버트의 검이 돌기둥을 때린 소리다. 돌기둥이 부서지고, 무수한 돌멩이가 되어 페이를 덮친다.

하지만 돌멩이는 페이를 상처 입히지 못했다. 홀연히 모습을 나타낸 빛의 벽에 막힌 것이다. 하지만 로버트한테는 그걸로 충분했다. 발을 묶고, 신위술을 쓰게 했다. 그 시간 동안 자세를 바로잡을 수 있었으니까.

로버트는 페이를 향해 돌아서고는 크게 발을 내디뎠다. 거리를 좁히고 횡으로 후려치는 일격을 내질렀다. 하지만 빛의 벽은 건재하다. 공격은 불발로 끝날 가능성이 컸다. 로버트의 검이 빛의 벽과 접촉했고, 유리가 깨지는 듯한 소리가 울렸다. 빛의 벽이 부서진 것이다. 벽 파편이 공기에 녹아드는 것처럼 사라진다. 로버트는 손바닥을 페이에게 향하고는——.

"신이여!"

짧게 외쳤다. 손바닥에서 무수한 돌멩이가 발사되었다. 페이는 옆으로 뛰어 돌멩이를 피했다. 하지만 전부를 피할 수는 없었다. 돌멩이가 위팔에 맞아 고통으로 표정이 일그러진다. 쿠로노라면 물러나 버렸을 것이다. 하지만 페이는 이것이 검사의 올바른 자질이라고 말하는 것만 같이, 파고들어서는 검을 내리쳤다. 칼날이 허공을 가른다. 로버트 또한 크게 파고들어 공격을 피한 것이다.

페이가 칼끝을 위로 쳐올렸다. 로버트는 검으로 막았지만, 자세가 불안정한 탓에 뒤로 물러났다. 페이의 공격은 멈추지 않았다. 상하좌우에서 참격을 펼친다. 노도와 같은 연격이었다. 로버트는 검으로 막아낸다. 일부 공격이 닿았지만 레더 아머에 살짝 흠집이 나는 정도였다. 그래도 페이는 한층 더 공격을 퍼부었다.

쿠로노는 위화감을 느꼈다. 공격을 펼치고 있는 페이 쪽이 여유가 없는 것처럼 보였다. 시간이 지나고, 위화감이 옳았다는 확신을 품었다. 페이는 노도 같은 연격을 퍼붓고 있지만 로버트는 여유를 되찾고 있었다. 확실하게 공격을 처리해 내고 있다.

새된 소리가 울렸다. 로버트가 검으로 공격을 막아낸 것이다. 페이가 검을 뿌리치다시피 하며 거리를 벌렸다. 움직임이 어색했다. 돌멩이를 맞은 팔을 감싸고 있기 때문이다. 페이는 위력을 낼 수가 없어서 속도로 밀어붙이려 했던 것이다. 결과는 보는 대로다. 그녀는 도박에 실패했다.

아니, 하고 쿠로노는 마음속으로 부정했다. 이건 페이가 이겨야만 하는 승부다. 도박에 실패하는 건 이상하다. 이만큼 화려하게 싸우면 자경단원도 납득할 터다. 로버트를 봤다. 진지한 표정으로 검을 들고 있다. 그 이상의 것은 알 수 없다. 페이가 이기도록 할 생각이 없는 것 아닐까 하는 의심이 솟아오른다.

생각해 보면 반드시 페이를 이기게 할 필요는 없다. 격전으로 지쳤다고 말하면 자경단원은 맥없이 물러날 것이다. 근본적으로 겁쟁이인 녀석들이다.

젠장! 하고 마음속으로 악다구니를 내뱉었다. 이러니까 협의 없이 그냥 부딪치고 보는 건 싫다.

로버트가 움직였다. 단숨에 거리를 좁혀 검을 내리쳤다. 페이는 몸놀림만으로 피했다. 한쪽 팔밖에 쓰지 못하는 상황이다. 힘싸움이 되면 불리한 건 부정할 수 없다. 자신의 우위를 확신하고 있기 때문이리라. 로버트는 잇따라 공격을 펼쳤다. 하지만 공격은 전부 허공을 갈랐다. 페이가 화려한 몸놀림으로 피했기 때문이다.

페이가 검을 휘둘렀다. 틈을 누비고 나아가는 것처럼 펼쳐진 공격이 레더 아머에 아주 작은 흠집을 남겼다. 이 정도 흠집 따위 문제없다는 듯이 로버트는 공격을 퍼부었다. 공격, 공격, 공격, 공격, 방어―― 페이한테 공격의 기회가 돌아오는 건 다섯 번에 한 번이었다. 하지만 그 한 번을 페이는 확실하게 챙기고 있었다. 로버트의 레더 아머에 흠집이 늘어났다. 대부분은 표면을 긁은 수준이었다.

공격, 공격, 공격, 공격――그리고, 페이가 반격한다.

로버트는 움직이지 않았다. 지금까지의 공방으로 페이의 공격 범위를 익힌 것이다. 그러나 검이 눈앞을 통과한 순간 로버트는 황급히 뒤로 물러났다. 피가 흘러 한쪽 눈을 가렸다. 눈꺼풀을 베인 것이다. 그가 실수한 게 아니다. 페이가 축성인으로 칼날을 형성하여 공격 범위를 늘린 것이다. 보통은 통하지 않겠지만 페이는 공방을 반복하여 상대가 방심하게 했다.

로버트가 횡베기 참격을 내질렀다. 공격을 당했지만, 그래도 자신의 우위는 흔들리지 않는다고 말하는 것만 같은 일격이다. 페이는 가벼운 백스텝으로 공격을 피하고, 로버트의 사각으로 파고들려 했다. 로버트는 사각으로 파고들 여지를 주지 않겠다는 듯이 몸의 방향을 바꾸었다.

로버트가 검을 내찔렀다. 하지만 칼끝은 허공을 꿰뚫었다. 그는 당황하지 않고 다음 공격을 이어갔다. 검을 내려치고, 올려 베고, 다시 사선으로 내려 베고——. 페이는 그의 모든 공격을 피하고 검을 휘둘렀다. 로버트가 뒤로 뛰어 물러났지만, 페이의 공격이 살짝 빨랐다. 그의 레더 아머가 갈라지며 피가 흘렀다. 제법 큰 상처였다.

그러나 로버트는 아무 일도 없었던 것처럼 다시 공세에 나섰다. 페이도 틈새를 누비는 것처럼 반격했다. 같은 영상을 반복해서 보고 있는 기분이었다.

둘의 양보 없는 공방이 이어지다가 양상에 변화가 생겼다. 페이의 반격이 점차 늘어나기 시작했다. 이윽고 공격 두 번에 한 번 반격할 무렵에는 로버트가 상처투성이로 변해 있었다.

로버트는 공격을 멈추고 지면에 검을 꽂았다. 호흡이 거칠었다. 그러나 페이는 주의 깊게 상태를 살폈다. 이윽고 발을 내디뎠다. 그 순간 로버트가 한쪽 무릎을 꿇었다.

"황토이자 풍양을 관장하는 모신이여!"

직후, 지면에서 폭발적인 기세로 돌기둥이 튀어나왔다. 돌기둥은 잇따라 튀어나와 페이를 덮쳤다. 옆으로 뛰어 피한다. 하지만 피하는 곳을 가로막는 것처럼 돌기둥이 튀어나왔다. 페이는 뒤로 뛰어 물러나 착지함과 동시에 몸을 돌려 달리기 시작했다. 그녀를 쫓는 것처럼 돌기둥이 지면에서 잇따라 튀어나왔지만, 거리는 벌어지기만 할 뿐이었다.

충분한 거리를 뒀다고 판단한 페이는 로버트를 향해 돌아섰다. 거리는 20m 정도. 무릎을 굽히자, 솟아오르는 빛의 광휘가 한층 강해졌다. 돌기둥이 튀어나올 새도 없이 거리를 좁힐 생각이리라. 지면을 박차고, 발사된 화살처럼 가속했다. 다음 순간, 돌기둥이 눈앞에 튀어나왔다. 쿠로노는 충돌을 예감했다.

"뭐 이런 것쯤! 인 것입니다!"

그러나 페이는 돌기둥을 달려 올라갔다. 돌기둥을 발판 삼아 한층 도약했다. 일직선으로 로버트가 있는 곳을 향했다. 이대로 거리를 좁힐 수 있다면, 하고 쿠로노는 주먹을 꽉 쥐었다.

"신이여!"

로버트가 외쳤고, 그를 감싸는 것처럼 돌기둥이 지면에서 튀어나왔다. 페이는 공중에 있다. 피할 수가 없다. 그런데 페이는 공중에서 몸을 움직이며 돌기둥을 피했다. 쿠로노는 눈이 휘둥그레졌다. 페이는 그 순간에 빛의 벽을 발판으로 삼아 방향을 전환한 것이다.

"큭, 신이여!"

로버트는 분한 듯이 신음하고는 재차 외쳤다. 돌기둥이 연달아서 지면에서 튀어나왔지만, 페이는 공중에 전개한 빛의 벽을 발판 삼아 어려움 없이 피했다. 그렇기는 해도 속도는 현격히 떨어졌다. 일직선으로 나아갈 수 없게 되었으니 당연했다.

하지만 페이는 빛의 벽이나 돌기둥을 박차며 로버트와의 거리를 좁혀 나갔다. 난립하는 돌기둥을 빠져나가 지면에 내려섰다. 한층 더 발을 내딛고자 하다가 앞으로 푹 고꾸라졌다. 발에 넝쿨이 휘감겨 있었다. 황토이자 풍양을 관장하는 모신은 대지의 신이다. 식물을 조종하는 것 따위 간단한 일이다.

그러나, 기껏해야 식물이다. 페이가 다리에 힘을 주자 매우 손쉽게 끊어졌다. 발을 묶어놓는 것밖에 되지 않지만, 그걸로 충분했다. 페이가 움직임을 멈추고 있던 시간은 수 초. 그 수 초 사이에 로버트는 페이에게 육박하고 있었다. 크게 발을 내디디며 검을 횡으로 휘둘렀다.

페이는 순간적으로 빛의 벽을 전개했지만, 쨍강 소리와 함께 깨졌다. 로버트가 검을 끝까지 휘둘렀고, 페이는 날아갔다. 돌기둥에 내동댕이쳐져 힘없이 지면에 낙하했다. 폭발이 연쇄적으로 일어나고, 튀어나온 돌기둥이 페이를 둘러쌌다.

"좋아! 로버트 씨의 승리다!"

"역시나 로버트 씨야!"

"봤냐?! 우리를 얕보지 말라고!"

자경단원의 말에 분노를 느꼈다. 누굴 위해 이런 무익한 싸움을 하는 건지 모르는 모양이다. 그냥 다 죽일까 하는 생각이 들었지만, 남변경을 위해서라고 되뇌며 분노를 억눌렀다.

페이, 하고 작게 중얼거린 그때, 돌기둥 틈새에서 빛이 넘쳐났다. 검은빛이었다. 돌기둥에 균열이 가고, 산산이 부서졌다. 빛이 사라지자 페이가 일어섰다. 어찌어찌 일어서기는 했지만, 휘청거리고 있다. 호흡도 거칠다. 심호흡을 반복하다가, 번뜩 정신이 든 표정으로 하늘을 올려다봤다. 그에 이끌려 쿠로노도 하늘을 올려다봤다. 그러자 그곳에 로버트가 있었다.

어떻게 하늘을 난 것인가. 시선을 내려 주위를 둘러봤다. 무수한 돌기둥이 지면에서 튀어나와 있다. 그중에 딱 하나 비스듬하게 나 있는 것이 있었다. 그런 건가. 로버트는 돌기둥이 튀어나오는 기세를 이용해서 하늘 높이 날아오른 것이다.

"우오오오오!"

"큭! 신이시여, 칼날에 축복을!"

로버트가 우렁차게 외치며 검을 내리쳤고, 페이가 검을 치켜들었다. 검이 서로 부딪치고, 검은색과 황색 빛이 폭발하여 충격이 단속적으로 밀려온다. 마치 천재지변이다. 그 중심에서는 페이와 로버트가 격렬한 힘 싸움을 벌이고 있었다. 상황은 일진일퇴하고 있지만, 힘 그 자체는 팽팽하게 맞서고 있는 것처럼 보였다.

하지만 형세는 서서히 로버트 쪽으로 기울었고, 그에 응하는 것처럼 황색 빛이 강해졌다. 페이는 어떻게든 밀어내려 하고 있지만, 마침내 무릎을 꿇었다. 로버트가 한층 더 검을 밀자, 검은 빛이 터졌다. 처음에는 파직파직했다가, 틈을 두지 않고 더욱 격렬해져서 검은 번개가 난무했다. 페이가 로버트를 도로 밀어냈다. 한순간, 움직임이 멈췄고——.

"타아아아아앗인 것입니다!"

페이는 단숨에 밀어냈다. 동시에 검은색과 황색 빛이 사라지고, 마치 그 힘을 한 몸에 받은 것만 같이 로버트가 날아갔다. 등부터 지면에 패대기쳐졌다. 갑자기 키잉, 하는 소리가 울렸다. 무슨 일인가 싶어 시선을 움직인 순간, 페이의 검이 중간부터 부러졌다. 부러진 칼날이 지면에 꽂힌다.

로버트가 피를 쿨럭 토하며 일어섰다. 피투성이가 되었지만, 아직 투지는 잃지 않았다. 그건 페이도 마찬가지다. 상처를 입고, 지친 상태다. 검도 부러졌다. 그러나 웃고 있다. 싸우는 것이 즐거워서 견딜 수 없다는 사나운 미소다.

로버트가 검을 짊어지는 것처럼 들었고, 페이는 부러진 검을 칼집에 넣었다. 무릎을 굽히고, 거합베기와도 비슷한 자세를 취했다. 축성인을 부러진 칼날 대신 쓸 생각일까.

"황토이자 풍양을 관장하는 모신이여."

로버트가 조용히 기도를 올렸다. 황색 빛이 솟아났고, 근육이 폭발적으로 팽창했다. 변화는 그것만으로 그치지 않는다. 우지직, 하는 소리가 났다. 짊어진 검이 성장하는 소리다. 칼날이 눈 깜짝할 사이에 늘어났고, 표면이 바위 같은 질감으로 변했다. 완전히 성장한 그것은 마치 거대한 바윗덩어리였다. 인간이 받칠 수 있는 크기가 아니다. 그런 생각을 하다가 웃음을 터뜨릴 뻔했다.

로버트는 황토이자 풍양을 관장하는 모신의 신위술사—— 신의 힘을 사용하는 자다. 그런 인물한테 상식을 적용해서 어쩌자는 것인가.

"……쿠로노 님."

"뭔데?"

페이가 로버트를 똑바로 바라보며 나직이 중얼거렸고, 쿠로노는 되물었다.

"말씀을 받고 싶은 것입니다."

"말씀이라니……."

"저는 쿠로노 님의 기사이니, 기합을 원하는 것입니다."

쿠로노는 페이를 쳐다봤다. 몸이 작게 떨리고 있지만, 공포 때문은 아니다. 그녀는 한층 더 자신을 떨쳐 일으키기 위한 말을 원하는 것이다. 어떤 말을 건네주면 좋을지 알 수 없었지만, 문득 맨 처음에 건넸던 말을 떠올렸다.

"페이, 이겨!"

"분부대로 하는 것입니다!"

쿠로노의 말에 페이가 기세 좋게 대답했다. 그러자 기다렸다는 듯 로버트가 달렸다. 바윗덩어리 같은 무기를 짊어지고도 엄청난 속도였다. 페이는 움직이지 않고 거합베기 같은 자세를 취했다.

"우오오오오!!"

날카로운 기합과 함께 로버트가 무기를 내리쳤다. 그의 눈은 페이를 똑바로 향해있었다. 쿠로노는 안중에도 없었다. 그런데도 박력에 쿠로노의 다리가 떨렸다. 이그니스 장군에 필적한다. 페이는 한층 더 무릎을 굽혀서——.

"신기소환! 발검!!"

검을 힘차게 뽑았다. 페이의 손에서 빛이 작렬한다. 검은빛이다. 그 속에서 부러진 검이 새로이 태어난다. 자루는 정교하고 치밀한 세공으로 장식되어 있고, 칼날은 젖은 듯한 반짝임을 내뿜고 있다. 아름답지만, 그것만이 아니다. 보고 있는 것만으로도 죽음을 연상케 하는 불길함을 자아냈다.

아아, 하고 자기도 모르게 목소리를 냈다. 여섯 신은 자연을 관장한다. 그리고 자연은 내려 주기도 하지만 빼앗기도 한다. 그렇다면 신기가 극단적인 성질을 겸비하고 있어도 이상하지는 않다.

신기가 접촉했고, 바윗덩어리 표면에 빛이 지나갔다. 황색 빛이다. 신위술로 만들어 낸 것이니 신의 힘을 깃들이고 있어도 이상하지 않다. 하지만 페이의 신기는 그 힘을 비웃는 것만 같이 바윗덩어리를 손쉽게 양단하고, 먼지로 바꿔 버렸다. 그 여파가 호(弧) 형상의 빛이 되어 로버트와 카난, 자경단원들한테 밀어닥쳤다. 로버트는 양팔을 펼치고——.

"황토이자 풍양을 관장하는 모신이여!"

신에게 기도를 올렸다. 빛나는 벽이 떠올랐다. 자기뿐만 아니라 카난과 자경단원을 지키기 위한 벽이다. 호 형상의 빛이 접촉

한 순간, 벽에 균열이 갔다.

"신이여!"

로버트가 재차 외쳤다. 균열이 사라지고, 벽이 강하게 빛났다. 벽을 유지하는 것만으로도 힘을 소모하고 있는 것이리라. 얼굴이 고통으로 일그러진다. 잠시 벽을 유지하고 있었지만, 그것도 오래는 지속되지 않았다. 벽이 소멸했다. 히익! 하고 자경단원이 비명을 질렀고 잔잔한 바람이 불어 지나갔다. 호 형상의 빛이 벽보다도 빠르게 소멸한 것이다. 로버트가 양 무릎을 꿇었다. 너무 많이 소모한 탓인가, 아니면 신위술의 부작용인가. 땀이 폭포처럼 흐르고 있다.

쿠로노는 페이를 봤다. 그녀는 검을 완전히 휘두른 자세 그대로 움직임을 멈추고 있었다. 기절한 것일까. 당장이라도 상태를 확인하고 싶었지만, 그것보다도 먼저 해야 할 일이 있다. 걸어 나가서, 페이와 로버트 사이에서 멈춰 섰다.

"우리의 승리입니다. 카난 누님, 물러나 주십시오."

"큭, 알았어. 약속은 약속이다."

"그럴 수가, 누님! 로버트 씨가 당했단 말입니다!"

"이대로 물러나도 되는 겁니까?!"

카난이 신음하듯이 말하자, 자경단원이 이의를 제기했다. 카난은 말머리를 돌리고——.

"시끄러워! 지면 물러나겠다는 약속이었잖아?! 내키지 않으면 너희들끼리 가!"

짜증이 난 듯이 소리치자, 자경단원은 침묵했다.

"로버트, 일어설 수 있겠어?"

"예, 어찌어찌."

카난이 말을 건네자, 로버트는 떨리는 다리로 일어섰다. 자기 말에 기어 올라탄 뒤, 페이에게 시선을 향했다. 입가에는 미소가 떠 있다. 가우르 때와 마찬가지로 암묵적인 양해 같은 것이 있었던 걸까.

"자, 돌아간다!"

카난이 말을 전진시켰고, 약간 늦게 로버트가 뒤따랐다. 자경단원은 서로 얼굴을 마주 보고는 맥없이 따라갔다. 쿠로노는 몸을 돌려 페이에게 다가갔다. 그녀는 아직 검을 완전히 휘두른 자세 그대로다. 파삭, 하는 소리가 났고 검이 산산이 부서졌다.

"아, 아버님의 유품이⋯⋯."

하윽, 하고 페이는 그 자리에 고꾸라졌다. 쿠로노는 그녀 옆에 무릎을 꿇고 앉아 코끝에 손을 대 호흡을 확인했다. 호흡은 규칙적이다. 심장 소리는 어떨까 싶어 가슴에 손을 뻗었을 때, 시야에 그늘이 졌다. 고개를 드니 레이라가 서 있었다.

"아니, 이건 심장 소리를 확인하려고 생각해서."

"그러면, 제가 대신."

쿠로노가 변명하자, 레이라는 무릎을 꿇고 앉아 페이의 가슴에 손을 댔다.

"괜찮은 것 같습니다."

"그러네."

분하고 원통하도다, 하며 어깨를 떨군 그때, 풀숲이 흔들렸다. 거기서 나타난 건——.

"오래 기다리셨습다."

조니였다. 의아하다는 듯이 눈을 크게 뜨고는 주위를 둘러봤다.

"다들 어디로 갔습까?"

"이미 돌아갔어."

"그럴 수가?! 제가 똥을 누는 사이에 돌아가다니 너무함다!"

쿠로노는 깊은 한숨을 내쉬었다.

※

레이라, 알바, 그라브, 게이너—— 기병 네 기가 크로포드 저택 문을 지났고, 쿠로노 일행을 태운 마차가 그 뒤를 따랐다. 하늘을 올려다보자, 밤의 장막이 내려오기 시작하고 있었다. 앞으로 한 시간도 지나지 않아 하늘은 밤의 어둠으로 뒤덮이리라. 그전에 돌아올 수 있어서 다행이다. 휴, 하고 한숨을 내쉬자 으응~, 하는 소리가 들렸다. 시선을 내렸다. 그곳에는 짐칸에 누운 페이와 그 옆에 앉은 스노우의 모습이 있었다.

"페이, 괜찮아?"

"으으~, 아버님의 검이, 아버님의 검이……."

스노우가 걱정스러운 듯이 말을 걸었다. 하지만 들리는 건지 들리지 않는 건지, 페이는 칼집을 끌어안은 채 신음하는 것처럼 말했다. 무리도 아니다. 그녀는 입었던 옷 말고는 거의 아무것도 지니지 않은 채로 에라키스 후작령에 왔다. 그 검은 유일하게 남겨진 가족과의 추억의 물건이었던 것이다.

어떻게든 해서 기운을 북돋워 줄 수 없을까 생각하고 있자, 시야 한구석에서 무언가가 움직였다. 조니다. 짐칸 구석에서 무릎을 끌어안고 있다. 동료뿐만 아니라 말까지 자기를 두고 간 것이 어지간히 충격이었던 것이리라. 마차의 속도가 느려지고 현관 앞에서 멈췄다. 그곳에는 여주인과 마이라, 그리고 양아버지의 모습이 있었다.

"도착했습다."

"고마워."

사브한테 고맙다는 말을 한 뒤 뛰어내렸다. 그러자 여주인이 달려왔다.

"무사해서 다——."

"도련님, 무사하셔서 다행입니다!"

여주인은 끝까지 말할 수가 없었다. 마이라가 쿠로노한테 태클, 아니, 안겨들었기 때문이다. 몸의 결백을 주장하고자 양손을 들었다. 그러자 마이라도 양손을 들었다. 팔을 감으면서 손을 내렸다. 팔을 구속당하고 말았다.

"계획대로. 도련님이 다치시면 어쩌나 하고 마이라는 걱정되어 견딜 수가 없었습니다."

"본심이 샌 거 같은데."

"잘못 들으신 게 아닌지?"

마이라는 그렇게 시치미를 떼며 머리를 억척스럽게 문질러 댔다.

"이봐이봐, 그쯤에서 봐주라고."

"주인님이 그리 말씀하신다면야."

"그럼 얼른 떨어져."

떨어지려 하지 않는 마이라에게 양아버지가 딴지를 걸었다.

"이성으로는 주인님의 명령을 들어야만 한다고 생각하고 있습니다만, 본능은 도련님께 조금 더 안겨 있고 싶다고 호소하고 있습니다. 나약한 저를 용서해 주십시오."

"너는 그런 녀석이지."

양아버지는 질렸다는 듯이 말하며 쿠로노 쪽을 봤다.

"그래서, 결과는 어땠냐?"

"그게——."

"뭐, 잘한 거 아니겠냐. 수고했다."

전말을 전하자, 양아버지는 쿠로노의 머리를 붙잡고 흔들었다. 마이라한테 팔을 구속당하고, 양아버지가 머리를 흔든다. 신종 고문일까. 하아~, 하고 여주인이 깊은 한숨을 내쉬었다. 여동생이 위기에서 벗어났으니 당연한가.

"카난 씨한테는 이제 두 번 다시 이런 일이 되지 않도록 주의시켜 둬."

"내가 하는 거야?"

"여동생이잖아?"

"그야 그렇지만……."

쿠로노가 되묻자, 여주인은 말을 머뭇거렸다. 풍만한 가슴을 강조하는 것처럼 팔짱을 낀다.

"도리어 나한테 화를 내고 끝날 것 같은 느낌이 든단 말이지."

"어쩔 수 없구만. 그 부분은 내가 도와주마."

여주인이 한숨을 섞으며 말하자, 양아버지가 쿠로노한테서 손을 놓고 말했다.

"괜찮겠어? 사람이 죽으면 안 된다고?"

"사체 처리는 맡겨 주십시오."

"너희는 날 뭐라고 생각하는 거냐."

쿠로노와 마이라의 말에 양아버지는 인상을 찌푸렸다.

"어떻게 해결할 생각이야?"

"그야, 제도에서 은거 기분을 내고 있는 와즈 녀석한테 편지를 쓰는 거지."

"아버지한테?!"

여주인이 놀란 것처럼 소리를 냈다. 그녀의 아버지는 와즈라고 하는 모양이다.

"괜찮으려나."

"은거한 녀석이 뻔뻔스럽게 나서는 것도 문제니까, 현 당주의 체면을 뭉개지 않도록 신경 쓰마. 뭐, 로버트가 복귀할 때까지 자경단을 누군가한테 맡기는 게 적당한 타협점이겠지."

여주인이 걱정스러운 듯이 말했고, 양아버지는 어깨를 으쓱였다.

"일단 이런 정도군. 밥 먹자고."

양아버지는 히죽 웃고는 몸을 돌렸다. 현관으로 가다가, 도중에 걸음을 멈추고 뒤돌아봤다.

"마이라, 밥이다, 밥."

"조금 더! 조금만 더!!"

양아버지가 불렀지만, 마이라는 쿠로노한테 안겨든 채 코를 킁킁거리며 냄새를 맡았다.

※

"잘 먹었습니다."

"변변찮은 식사라 죄송합니다."

쿠로노가 손깍지를 끼고 말하자, 마이라는 만족스러운 미소를 띠었다. 기시감을 느끼는 대화다. 자 그럼, 하고 일어섰다. 그러자 양아버지가 의아한 듯한 표정을 띠었다.

"뭐냐, 벌써 가는 거냐."

"잠깐 볼일이 있어서……."

"시시하구만. 둘이 친해진 계기를 듣고 싶었는데 말이다."

"──!"

양아버지는 히죽 웃고는 테이블 측면 자리에 앉아 있는 여주인에게 시선을 향했다. 여주인은 물로 우려낸 향차를 뿜어낼 뻔했지만, 어찌어찌 참았다. 마음은 잘 이해된다. 여기가 이세계가 아니라면 성희롱으로 고소당했을 참이다.

"친해진 계기라니, 별 대단한 건 없어요."

"아는 사람이 오랜만에 돌아왔다고. 궁금한 게 당연하잖아. 안 그래?"

양아버지가 시선을 향했지만, 마이라는 담담히 빈 접시를 포갤 뿐이었다.

"흥미 없는 거냐?"

"타인의 연애에 흥미는 없습니다. 저는 제 일로 힘에 부칩니다."

"……그러냐."

마이라의 동의를 얻지 못해 양아버지는 시무룩하게 중얼거렸다.

"그럼, 볼일 끝내고 올게."

"뭔지는 모르겠지만, 힘내라."

쿠로노는 양아버지의 말에 한쪽 손을 들고 식당을 뒤로했다. 살풍경한 통로를 지나, 입구 홀로 나왔다. 그러자 레이라가 할 일이 없어 무료한 듯이 서 있었다. 스노우도 있다.

"쿠로노 님, 수고 많으십니다."

"레이라도 수고가 많아. 페이는?"

"기분이 안 좋다고 하여 쉬고 있습니다. 그리고, 사후 승낙이라

죄송합니다만 안정을 취할 수 있도록 방 배정을 변경하여 혼자서 자게 하였습니다.”

　“미안, 거기까지 주의가 미치질 못했어. 레이라, 고마워.”

　“당연한 역할이니까요.”

　쿠로노가 고맙다고 하자, 레이라는 자랑스러운 듯한 표정을 띠었다.

　“쿠로노 님은 페이 님의 상태를 보시러?”

　“아니, 그전에 조금 볼일이 있어.”

　“뭔가 도와드릴 일은 있나요?”

　“도와줄래?”

　“네, 맡겨 주십시오.”

　“페이를 위해서라면 나도!”

　레이라가 가슴에 손을 대며 말하자, 스노우가 목소리를 높였다.

　“그럼, 따라와.”

　쿠로노는 계단 반대편에 있는 통로로 향했다. 살풍경한 통로를 걷다가 어떤 문 앞에서 걸음을 멈췄다. 문을 여니 그곳에 있던 건 지하로 이어지는 계단이었다. 조명이 꺼져 있기에 호러 영화의 한 장면 같았다.

　“먼지가 많을 거야. 참아 줘.”

　“네, 알겠습니다.”

　“먼지가 많은 건 상관없는데, 어두컴컴한 건 싫어~.”

　레이라는 고개를 끄덕였지만, 스노우는 약간 싫어하는 듯했다.

"조명이 있으니까 괜찮아. 빛이여."

쿠로노가 중얼거리자, 조명이 켜졌다. 손짓하여 계단을 내려갔다. ㄷ자형 계단을 다 내려가자, 거기에는 나무 상자나 가구 등이 난잡하게 놓여 있었다. 크로포드 저택의 창고다. 스노우가 쿠로노 옆을 빠져나가서 창고를 돌아다녔다. 호기심 때문일 것이다. 눈이 반짝이고 있다.

"우와! 굉장해~!"

"뭘 찾으면 되나요?"

"검이야."

"알겠습니다."

부러진 검을 대신할 물건을 건네 페이의 기운을 북돋워 주고 싶다. 그 마음을 헤아려 준 것이리라. 레이라는 부드러운 어조로 말했다. 창고에 발을 들여놓고, 분담해서 검을 찾았다. 하나하나 상자를 열어 내용물을 확인했지만——.

"이쪽에는 없어~. 쿠로노 님, 있었어?"

"이쪽도 없네."

스노우의 물음에 쿠로노는 대답했다. 이렇게 큰 창고이니 검한두 자루는 있을 줄 알았는데, 오래된 옷이나 자잘한 도구밖에 없었다. 혹시 팔아 버린 걸까.

"레이라는?"

그러나 레이라의 대답이 돌아오지 않았다. 그녀를 찾으니 한쪽에서 책을 읽고 있었다. 정확히는 읽는 게 아니라 보고만 있을 것이다. 저 책은 쿠로노가 원래 세계에서 가져온 역사 자료집이니까.

쿠로노는 그녀 곁으로 살며시 다가갔다.

"레이라?"

"――!!"

말을 걸자, 레이라는 깜짝 놀라며 몸을 움츠렸다. 어깨 너머로 들여다보니 수혈 주거나 석기 사진이 게재된 조몬 시대 페이지였다.

"조몬 시대 페이지네."

"조몬 시대요?"

"응, 문명의 발상 이전―― 인류가 수렵, 채집을 했던 시대야."

"그런 시대가……."

레이라는 작게 중얼거리고는 번뜩 정신이 든 것처럼 쿠로노를 봤다.

"이만큼 깔끔한 그림은 본 적이 없어요. 게다가 역사서에 기록된 내용과는 전혀 달라요. 나머지는 그 자전거……. 혹시, 쿠로노 님은 정말로?"

"이제야 믿어져?"

"네, 이만큼 증거가 있으면……."

레이라는 신음하는 것처럼 말하고는 시선을 떨궜다. 시선 끝에는 상자가 있다. 학생복, 휴대폰, 지갑, 교과서 등―― 원래 세계에서 가지고 온 것을 담은 상자였다. 레이라는 다시 자료집으로 시선을 되돌렸다. 호기심으로 눈이 반짝이고 있다.

"괜찮으면 빌려줄까?"

"괜찮으신 건가요?"

"응, 하지만 지금은 먼저 검을 찾자."

"──! 죄, 죄송합니다."

레이라는 기세 좋게 머리를 숙이고, 자료집을 상자에 돌려놓았다. 정성스럽게 뚜껑을 닫았다.

"야, 야, 창고에서 뭐 하고 있냐?"

양아버지가 창고 입구에 서 있었다.

"로버트 씨와 싸우다가 페이의 검이 부러졌거든. 대신할 걸 찾고 있어."

"검은 소모품이라고. 여벌도 없어?"

"여벌은 있는데, 부러진 게 아버님의 유품이래. 엄청나게 침울해져서 말이지. 뭐, 명장이 만든 작품 같은 게 있으면 기운을 차리지 않을까 싶어서."

"그런 건가. 나 참, 어쩔 수 없구만. 조금 기다려 봐라."

양아버지는 창고에서 나가더니 검을 한 자루 들고 돌아왔다. 그러고는 쿠로노에게 아무렇게나 내밀었다.

"자, 받아라."

"이건──!!"

쿠로노는 검을 받아들고는 숨을 삼켰다. 검 자루에는 꽃장식 세공이 되어 있었고, 칼집에도 세세한 가공이 되어 있었다. 양아버지에게 시선을 향했다.

"어머니의 유품이잖아……. 정말로 괜찮겠어?"

"에르아와의 추억은 여기에 있다."

양아버지는 엄지로 자신의 가슴을 가리켰다. 마음이라는 의미이리라.

"이 집에도, 정원에도……. 내 영지에는 에르아와의 추억이 잔뜩 담겨 있어. 영지 그 자체가 유품 같은 거지. 나머지는 자식인 너를 지키기 위해 쓰는 편이 에르아도 기뻐하지 않을까 하고 걸맞지도 않게 생각한 거다."

"아버지……."

창고에서 내가 돌아올 때까지의 시간으로 용케 그만한 생각을, 하는 마음이 들었지만 입 밖에는 내지 않았다. 모처럼의 분위기가 엉망이 되고 만다.

"그런 이유니까 얼른 건네주고 와라."

"아버지, 고마워."

"됐어."

쿠로노는 양어머니의 유품을 똑바로 쥐고 창고를 나왔다. 계단을 올라가, 통로를 지나고, 입구 홀을 나오자 마이라가 있었다. 그녀가 손바닥으로 계단을 가리켰고, 쿠로노는 전하고 싶은 말이 있는 거겠지 싶어 걸음을 멈췄다.

"페이 님의 방은 동관 2층 객실입니다. 목욕 준비를 갖춰 두겠으니 모쪼록 느긋하게 즐겨 주십시오."

"느긋하게 즐긴다니, 그런 짓 안 해."

"하! 농담을."

마이라는 코웃음 쳤다. 전혀 쿠로노를 믿지 않았다. 하지만 반론해 봤자 헛수고일 게 분명하다. 쿠로노는 작게 한숨을 내쉬었다. 기분 탓인지 양어머니의 유품이 더 무거워진 듯한 느낌이 들었다.

※

쿠로노는 문 앞에서 멈춰 섰다. 동관 2층 객실—— 페이의 방이다. 마이라의 말을 떠올리고, 작게 고개를 흔들었다. 이제부터 페이의 기운을 북돋워 주는 것이다. 그런 생각을 해서는 안 된다. 심호흡을 하고 의식을 집중했다.

내 마음에 한 점의 흐림 없으리, 하고 문을 노크했다. 하지만 반응은 없다. 잠시 후 문이 열렸다. 페이는 초연한 표정이었다. 평소, 촐랑—— 아니, 기운이 넘치는 성격이라서 그런지 괜히 더 몸 상태가 안 좋게 보였다.

쿠로노가 멍하니 있자 페이는 말없이 문을 닫았다.

"실례합니다! 하다못해 용건을 들어 줬으면 합니다만!"

문을 텅텅 두드렸다. 잠시 후 다시 문이 열렸다. 경계 당하고 있는 것이리라. 5cm 정도밖에 열리지 않았다. 기운을 북돋워 주려고 왔는데 상처받는다. 페이는 살짝 얼굴을 내밀었다.

"……덮치러 온 거라면 좀 봐줬으면 하는 겁니다. 그러면, 실례하는 것입니다."

"검을 주러 왔어."

"아버님의 유품을 대신할 검이 있을 리가── !!"

페이는 한숨을 섞으며 말하다가, 쿠로노가 들고 있는 검에 시선을 향했다. 다음 순간, 정신이 번쩍 든 듯한 표정을 띠고 문을 열었다.

"그걸 주시는 것입니까?!"

"응……."

"이리로, 이리로! 안으로 들어와 주시는 겁니다!"

"아니, 여기면 돼."

"그런 말씀 마시고인 겁니다!"

페이는 쿠로노의 손을 붙잡고는 확확 잡아당겼다. 어쩔 수 없다. 얼른 검을 건네주고 돌아가자.

페이는 문을 닫고, 한층 더 손을 쭉쭉 잡아당겼다. 쿠로노를 방 중앙 부근까지 데려가서는 그제야 손을 놓았다.

시선을 이리저리 움직였다. 조명은 꺼져 있었지만, 커튼은 활짝 걷혀 있어 달빛이 방을 가득 채우고 있었다. 페이는 허겁지겁 쿠로노 앞에 무릎 꿇었다.

"자, 여기."

"우으……."

쿠로노가 아무렇게나 검을 내밀자, 페이는 불만스러운 듯이 아랫입술을 내밀었다. 실수하고 만 모양이다. 어떻게 하면 좋나 싶어 고개를 갸웃하다가, 번뜩이는 것이 있었다.

크흠, 하고 헛기침을 했다. 조금 창피하지만 검을 칼집에서 뽑고, 기도를 올리는 것처럼 칼끝을 천장으로 향했다. 달빛을 받아 칼날이 요사스럽게 반짝였다.

"페이 물리파인, 돌아가신 어머니—— 에르아의 검으로써 그대를 내 기사로 삼겠다."

쿠로노는 엄숙하게 말하고는 검의 넓은 면으로 페이의 어깨를 살짝 건드렸다. 검을 칼집에 넣고, 다시금 내밀었다.

페이는 공손하게 검을 받아들고——.

"평생 변하지 않는 사랑과 충성을 쿠로노 님께 바치는 것입니다. 하늘이 떨어지고 대지가 갈라지며, 바다에 집어삼켜지더라도 맹세가 깨질 일은 없는 것입니다."

"——!"

충성을 맹세하는 말에 쿠로노는 놀라서 눈이 휘둥그레졌다. 가벼운 역할극 정도로 할 생각이었는데, 돌아온 것은 지나치게 무거운 말이었다. 아니, 충성이란 그런 법인가. 그렇다면——.

"여기에, 그대의 사랑과 충성에 보답할 것을 맹세한다."

"——!!"

쿠로노의 말에 페이는 정신이 번쩍 든 듯한 표정을 띠었다.

"가슴이 쿵한 것입니다!"

"가슴이 쿵?"

무심코 되물었지만, 페이는 말이 없다. 말없이 일어서서, 침대에 다이빙했다.

"오시는 것입니다!"

"오라니……."

"제 마음은 지금 그야말로 쿠로노 님에게 향해 있는 것입니다! 즉, 동침 찬스!"

쿠로노는 어안이 벙벙해진 채 페이를 봤다. 놀랄 정도로 무드가 없다. 이걸로 괜찮은 걸까 하는 마음이 들기 시작한다.

"만약 처음부터 다시 하자고 하면?"

"다음 기회가 올 때까지 기다려 주실 수밖에 없는 것입니다."

"기다릴 수밖에 없는 건가."

"억지로 강요하고 싶지는 않은 것입니다만, 제 사랑과 충성에 보답해 주셨으면 하는 것입니다."

윽, 하고 쿠로노는 작게 신음했다. 이런 말을 들으면 기대에 응할 수밖에 없다. 도련님의 행동은 상상의 영역을 벗어나지 않는군요, 라며 코웃음 치는 마이라의 모습이 눈에 떠오를 듯하다.

"자아, 결단을 내리시는 것입니다!"

페이가 결단을 압박하여, 쿠로노는———.

※

페이는 욕실 문을 열고 안으로 들어갔다. 손을 뒤로 돌려 문을

닫고, 하반신에 위화감을 느끼며 무릎을 꿇었다. 통으로 욕조 물을 떠서 어깨부터 끼얹었다. 한 번이면 충분하려나 싶었지만, 신경 쓰여서 두 번, 세 번 물을 끼얹었다. 일어나서 살며시 욕조에 들어갔다. 딱 좋은 물 온도다. 얼굴을 씻고, 천천히 어깨까지 물에 잠긴다. 후우, 하고 숨을 내쉬고는——.

"아와와⋯⋯. 저, 저저, 저는, 바, 바바, 밤 시중을 얕보고 있었던 것입니다!"

페이는 양손으로 뺨을 누르며 몸부림쳤다. 문득 엘레나가 한 말을 떠올렸다. 밤 시중은 큰일이라고 그녀는 말했다. 물론 그녀의 말은 무겁게 받아들이고 있다. 하지만 자신도 여자이고, 어떻게든 되는 것 아닐까 하는 의식도 있었다. 설마 살결을 드러내거나 입맞춤하는 것이 그렇게나 부끄러울 거라고는 꿈에서도 생각지 않았다.

"아와와, 지금까지 무슨 짓을⋯⋯."

머리를 감싸 쥐고 신음했다. 신음할 수밖에 없었다. 부끄럽다. 창피하다. 지금까지 부끄럽다고 느끼지 않았던 것이 창피하다. 지금까지 창피하다고 느끼지 않았던 수많은 일이 부끄러운 기억이 되어 꽂힌다. 갑자기 달칵, 하는 소리가 났다. 깜짝 놀라 소리가 난 쪽을 봤다. 그러자 쿠로노가 욕실에 들어오는 참이었다. 물론 알몸이다.

"갸아아아악! 어, 어째서, 쿠로노 님이 있는 것입니까?!"

"같이 목욕하려고 생각해서."

"아, 안 되는 것입니다!! 파렴치! 파렴치한 것입니다!!"

쿠로노가 당연하다는 듯이 말했다. 하지만 도저히 납득할 수 있는 게 아니다. 페이는 목소리를 높이며 욕조에서 날뛰었다. 철렁철렁하며 물이 넘쳤다.

"물 아까우니까 날뛰지 마."

"우으……."

쿠로노는 욕실 의자에 앉아 물을 끼얹었다. 통이 욕조에 들어올 때마다 움찔하여 몸을 떨고 말았다. 당장이라도 욕실을 뛰쳐나가고 싶지만, 창피하다. 부끄러워서 나갈 수 없다. 탈의실에 목욕 수건이 있었던 것을 떠올렸다. 가지고 들어올 걸 그랬다고 후회했지만, 그때는 필요 없다고 생각했다. 후회막급이란 말은 이런 거다.

"자, 그럼 페이의 등 씻겨 주기 서비스를 받아 볼까."

"어, 어째서인 것입니까?!"

"둘이 들어왔으면 당연히 등을 닦아줘야지."

"……당연."

페이는 욕조에 달라붙어 중얼거렸다. 당연한 일일까? 하고 내심 고개를 갸웃했다.

"등을 씻겨 주지 않겠어?"

"…………알겠습니다인 것입니다."

페이는 상당한 뜸을 두고 대답했다. 등을 씻겨 주는 것이 당연하다고는 생각되지 않는다. 하지만 그렇게 말해도 쿠로노는 뜻을 굽혀 주지 않으리라. 그렇다면 얼른 등을 씻겨 주는 편이 좋다. 일어서려 했더니, 시선을 느꼈다. 쿠로노를 봤다. 이쪽을 보고 있었다.

"이, 이쪽을 보지 말아 주셨으면 하는 것입니다!"

"뭐어~?! 어째서?"

"부끄러운 것입니다!"

페이가 언성을 높이며 말하자, 쿠로노는 싱글벙글한 표정을 지었다. 안 좋은 예감이 든다. 하지만 쿠로노는 순순히 고개를 돌렸다. 휴, 하고 안도의 한숨을 내쉰 뒤 욕조에서 나왔다. 쿠로노의 등 뒤에 무릎 꿇었다. 곤란하다. 등을 씻겨 주려면 때밀이가 필요하다. 때밀이에는 쿠로노 쪽이 가깝다.

"쿠로노 님, 때밀이를 건네주셨으면 하는 것입니다."

"필요 없어."

"필요 없는 것입니까?"

무심코 고개를 갸웃했다. 무슨 말을 하고 있는 것일까. 때밀이가 없으면 등을 씻길 수 없다.

"가슴으로 부탁합니다."

"──!!"

페이는 숨을 삼키고, 자신의 예감이 옳았음을 깨달았다. 가슴을 이용해서 등을 씻기라는 무시무시한 사악함이 눈앞에 있다.

"시, 싫은 것입니다!"

"비누를 가슴에 칠해서 잘 부탁합니다."

"싫은 것입니다!"

"비누를 가슴에 칠해서——."

페이는 거부했지만, 그때마다 쿠로노는 같은 말을 반복했다. 이루 헤아릴 수 없을 정도로 같은 대화를 되풀이했고——.

"비누를 가슴에 칠해서 잘 부탁합니다."

"…………네인 것입니다."

마침내 페이는 고집을 꺾었다. 꺾을 수밖에 없었다. 비누 거품을 내어 가슴에 칠했다. 너무 부끄러운 나머지 죽을 것만 같다. 하지만 여기가 끝이 아니다. 이제부터 가슴으로 등을 씻겨야만 하는 것이다. 결의를 굳히고 가슴을 쿠로노의 등에 밀어붙였다. 피로가 몰려온다.

"움직여 주세요."

"……네인 것입니다."

페이는 쿠로노의 지시에 따라 몸을 작게 흔들었다. 그때마다 정신과 체력이 깎여 나가는 듯했다. 때때로 쿠로노가 몸을 조금씩 움직이는 것도 자극이 심하다. 몇 번이나 히익! 하고 비명을 질렀는지 알 수 없다. 어찌어찌 거품 내기를 끝내고 쿠로노의 등에 축 늘어져서 기댔다.

"페이, 아직 거품을 내지 않은 부분이 있는데요?"

"어디인 것입니까?"

갑자기 쿠로노가 페이의 손을 잡고 하반신으로 유도했다.

"……여기."

"히익!"

원치 않게 그것을 잡게 되어 자기도 모르게 비명을 질렀다. 도망치고 싶지만, 기력도 체력도 남아 있지 않다. 쭈뼛쭈뼛 손을 움직여 거품을 냈다. 등을 다 씻길 때까지만 참는 거다. 그렇게 하면──.

"……우리의 밤은 이제부터야."

쿠로노가 나직이 중얼거렸고, 페이는 전율했다.

제 4 장 『연화』

아침—— 쿠로노는 작은 새가 지저귀는 소리에 눈을 떴다. 옆을 봤지만, 페이의 모습은 없다. 당연하지만 마이라의 모습도 없다. 조금 더 자고 싶지만, 그럴 수도 없다. 몸을 일으키고 침대에서 내려왔다.

책상을 보니 갈아입을 옷이 세심하게 개켜진 상태로 놓여 있었다. 마이라라면 몰래 놓고 가는 건 식은 죽 먹기일 것이다.

옷을 갈아입고 방을 나오자, 구수한 냄새가 감돌고 있었다. 계단을 내려가 복도를 지나고, 식당으로 들어가자 이미 양아버지가 자리에 앉아 기다리고 있었다. 쿠로노는 맞은편 자리에 앉았다.

"여어, 어젯밤에는 즐겼던 것 같구만."

"네, 덕분에."

"즐거운 건 이해하지만, 너무 도가 지나치지는 마라. 페이 녀석은 너와는 다른 의미로 구멍투성이니까. 조금 더 신경을 써 줘."

양아버지는 한숨을 내쉬고는 타이르는 것처럼 말했다. 양아버지의 입에서 나온 말 같지 않았다. 오늘은 비가 내리려고 이러나.

"뭐야, 그 얼굴은?"

"아버지도 남을 걱정하는구나."

"그 녀석도 일단은 제자니까."

"놀 상대가 없어서 삐친 것뿐이지 않을까 합니다."

양아버지가 쑥스러운 듯이 말하자, 마이라가 주방에서 나왔다. 아침 식사가 올라간 쟁반을 들고 있었다. 마이라는 쟁반을 테이블에 내려놓고는 요리를 늘어놓았다. 메뉴는 버터를 잔뜩 바른 빵과 건더기가 잔뜩 든 수프, 샐러드, 닭고기 허브구이다.

"오, 아침부터 호화로운데."

"어제 일을 신경 쓰고 계시는 거겠지요. 세라 님이 힘내 주셨습니다."

"그렇게 신경 안 써도 되는데."

잘 먹겠습니다, 라고 말한 뒤 빵에 손을 뻗었다. 반으로 나누자 김이 솟아올랐다. 냄새만으로도 식욕이 솟았다. 입에 넣어 보니 촉촉하고 부드러워 맛있었다.

"응, 맛있어. 그런데, 안주인은?"

"세라 님은 본가에 돌아가셨습니다."

쿠로노가 주위를 둘러보며 묻자, 마이라가 담담하게 대답했다.

"엇갈리기만 할 뿐이네."

"10년 만의 귀향이니 해야 할 일이 많은 것이겠지요."

"뭐, 그렇겠지."

쿠로노도 원래 세계로 돌아갈 수 있었다면 가족에게 작별을 고하는 정도는 했을 것이다. 그런 생각을 하며 웃었다. 원래 세계에는 그 정도밖에 미련이 없는 것이다.

"도련님, 세라 님이 다쳐서 돌아오시더라도 놀라지 마시기를."

"다쳐?!"

쿠로노는 무심코 되물었다.

"제 예상입니다만, 가주 자리를 양보하니 안 하니로 드잡이질 하며 싸우지 않을까 싶습니다."

"아니, 설마 그러려고."

"세상에는 가주 자리를 잇지 못하는 사람도 있는데 말입니다. 뜻대로 되지 않는 법이네요."

후우, 하고 마이라는 한숨을 내쉬었다.

혹시 날 말하는 건가. 있을 법하다. 여기서는 무리해서라도 화제를 바꿔야 한다.

"그러고 보니, 놀 상대가 없어서 삐쳤다고?"

"주인님은 오늘도 대련할 수 있을 거라고 생각하여 일찍 일어났습니다."

"그런 거 아니야."

마이라가 웃자, 양아버지는 고개를 돌렸다. 창피한 것이리라. 귀가 빨갛다.

"주인님에게는 유감인 결과가 되었습니다만──."

"유감이라든가 그렇게 생각 안 해."

"저로서는 훌륭하다는 한마디를 드리고 싶군요. 페이 님에게 암컷임을 잘 자각시켜 주셨습니다. 페이 님이 부끄러운 듯이 욕실로 향하는 모습만으로 저는 빵을 세 개 먹어 치울 수 있습니다. 지금부터 메이드 수업이 기대되는군요."

후후후, 하고 마이라는 웃었다.

"아아, 다른 이야기가 되겠습니다만, 견적 내기가 끝났습니다."

"어?! 벌써 된 거야?"

"네, 베일리 상회가 울상을 짓도록 하기 위해서라면 고생을 아끼지 않습니다."

"그래도 남변경에 큰 상회는 없지? 부르크마이어 백작령에 간다고 쳐도 영지 경계에는 검문소가 있고, 도착해도 밤중이니까 도시에 들어갈 수 없을 듯한 느낌이……."

혹시, 비합법적인 수단을 사용한 것일까. 쭈뼛쭈뼛 시선을 향하자, 마이라는 싱긋 웃었다. 다음으로 양아버지에게 시선을 향했다. 그러자 양아버지는 앉은 자세를 바로 했다.

"좋은 기회니까 가르쳐 주마."

"듣고 싶지 않은데."

"실은 샛길이 있다."

"역시 비합법적인 수단이었어."

"샛길을 쓰는 건 비합법이 아니라고."

쿠로노가 신음하자, 양아버지는 발끈한 듯이 말했다.

"샛길을 이용하시는 상인 분들에게 말을 걸어 견적을 받았습니다."

"이용하는 사람이 꽤 있나 보네."

"그러려고 협력해서 도적까지 처리했으니까 말이지."

누구와 협력했는지 신경 쓰이지만, 잠자코 있었다.

"세상이 안정되었는지 최근에는 도적이 나왔다는 이야기를 못 들었지만."

"그건 도적이 전멸한 거 아니야?"

"도적은 내버려 두면 멋대로 솟아나는 건 줄 알았는데…….
이것도 시대의 흐름인가."

"임시 수입이 없어져서 허전할 따름입니다."

양아버지는 절절히 중얼거렸고, 마이라는 손수건으로 눈가를 닦았다. 참고로 눈물은 나오고 있지 않다.

"그런 이유니까 타우르의 아들이 뭔가 물어봐도 잠자코 있어라."

"아버지의 연줄이라고 말해 두면 괜찮습니다. 얼버무릴 수 있습니다."

"말 안 해."

쿠로노는 작게 한숨을 내쉬고는 빵을 입에 넣었다. 어째서인지 씁쓸함을 느꼈다.

※

"잘 먹었습니다."

"그러면, 이쪽을."

쿠로노가 손을 모으고 말하자 마이라가 종이 몇 장을 내밀었다. 그걸 받아들고 훑어봤다. 군량 견적이다. 베일리 상회를 대체할 생각이리라. 어느 것이고 시세보다 가격이 쌌다. 마이라한테 시선을 향했다.

"고마워."

"아니요, 고마워하실 필요는 없습니다."

"그래도. 자, 그럼……."

쿠로노는 견적서를 파우치에 넣고 일어섰다.

"다녀오겠습니다."

"다녀오십시오."

"그래, 조심해라."

알고 있어, 라고 대답하고 현관으로 향했다. 복도를 지나 입구 홀을 빠져나와 밖으로 나왔다. 그러자 부하가 2열 횡대로 늘어서 있었다. 타이가는 2열 횡대로 선 부하들과 마주 보는 것처럼 서 있다.

쿠로노가 다가가자, 타이가는 이쪽을 향해 돌아섰다.

"타이가, 좋은 아침."

"좋은 아침이외다."

"지금부터 순찰?"

"그렇소이다."

"조심해."

"잘 알겠소이다. 제군들! 조심해서 순찰을 다녀오는 것이외다!"

타이가는 이를 드러내며 웃었고, 목소리를 높였다. 옙! 하고 부하가 등을 쭉 폈다. 타이가는 머리를 꾸벅 숙이고는 쿠로노에게 등을 돌리고 걷기 시작했다. 횡대 끝자락── 선두에 서서 걷기 시작하자, 부하가 그 뒤를 따랐다.

쿠로노는 타이가와 부하들이 문을 지나는 것을 지켜보고는 뒤돌아봤다. 그러자 레이라가 달려오던 참이었다. 멈춰 서서는 등을 쭉 폈다.

"쿠로노 님, 좋은 아침입니다."

"좋은 아침. 준비는?"

"이미 되어 있습니다."

마구간 쪽을 보니 알바, 그라브, 게이너 세 사람이 말에 타고 대기 중이다. 한 마리는 아무도 타고 있지 않지만, 이건 레이라의 말이다. 반대편── 정원 구석에 시선을 향했다. 거기에는 마차가 서 있었다. 마부석에는 사브, 짐칸에는 페이와 스노우의 모습이 있다.

"어째서 페이가 마차 짐칸에?"

"……쿠로노 님."

"네, 알고 있습니다."

레이라가 한숨을 섞으며 말하자, 쿠로노는 잘못을 인정했다. 어젯밤, 페이와 첫날밤을 지냈다. 첫 경험을 끝낸 참이라 아직 위화감이 있다는 것이리라. 미안하게 생각한다. 페이의 반응이 귀여워서 과하게 해버리고 말았다. 그런 한편으로 만족감을 느끼고 있는 자신도 있다.

"너무 무리하지는 말아 주세요."

"네, 면목 없습니다."

"알아주셨다면 괜찮습니다, 그럼."

레이라가 자기 말이 있는 곳으로 향했고, 쿠로노는 터덜터덜 마차로 향했다.

"좋은 아침임다."

"좋은 아침."

사브의 인사에 답해줬다. 여느 때와는 다르게 싱글벙글하고 있다. 어젯밤에는 즐기셨던 모양이군요, 라고 말하는 것만 같은 표정이다. 입 밖으로 꺼내지 않는 건 페이를 배려해서 그런 것이리라. 전 용병에게도 첫날밤을 갓 지낸 참인 여성을 신경 쓰는 마음은 존재하는 것이다.

쿠로노는 마차 후방으로 돌아가 짐칸에 탔다.

"쿠로노 님, 안녕! 이 아니라, 안녕하세요!"

"안녕."

쿠로노는 스노우의 인사에 답해주고, 스노우 맞은편에 앉았다. 참고로 페이는 스노우 옆에서 무릎에 얼굴을 파묻다시피 하며 앉아 있다. 살며시 고개를 들어 쿠로노를 봤다. 하지만 눈이 마주치자 곧바로 고개를 숙이고 만다.

"페이, 좋은 아침."

"──!!"

쿠로노가 말을 걸자, 페이는 움찔하며 몸을 떨었다. 대답은 없다.

"페이, 좋은 아침."

"······좋은 아침인 것입니다."

한 번 더 말을 걸었다. 그러자 페이는 고개를 들고 우물우물 중 얼거렸다. 잠시 후 다시 고개를 숙이고 말았다. 수상쩍게 여긴 것이리라. 스노우는 페이에게 바짝 다가가 등을 쓰다듬었다.

"페이, 쿠로노 님한테 뭔가 당했어?"

"··········아무 짓도 당하지 않은 것입니다."

상당한 뜸을 두고 페이가 대답했다. 스노우는 쿠로노와 페이를 번갈아 가며 쳐다보고는, 납득이 갔다는 듯한 표정을 띠었다. 눈치가 빨라서 곤란하다.

"그런가, 페이는 여자애가 된 거구나."

"여자애라고 말하지 말아 주셨으면 하는 것입니다!"

페이는 고개를 들고 말했다. 부끄러운 것이리라. 얼굴이 새빨 갛다.

"그래도, 어째서 고개를 숙이고 있어? 페이는 쿠로노 님의 애인이 되고 싶었던 거지?"

"그, 그렇긴 한 것입니다만······."

스노우가 악의 없는 질문을 던졌지만, 페이는 말을 머뭇거리고 말았다.

"그저······."

"그저?"

"··········부끄러운 것입니다."

스노우가 귀엽게 고개를 갸웃했고, 페이는 무릎에 얼굴을 파묻었다. 부끄럽다는 말에 거짓은 없는 듯, 귀까지 새빨개져 있다.

갑자기 사브가 웃기 시작했다.

"하핫! 누님도 여자였군요!"

"놀리는 건 금지인 것입니다!"

"실례했슴다."

페이가 언성을 높였고, 사브는 머리를 꾸벅 숙였다. 하지만 웃음을 완전히 참을 수 없는 것이리라. 어깨가 작게 떨리고 있다. 우으, 하고 페이는 원망스러운 눈으로 사브를 보고 있다.

"그럼, 가겠슴다."

사브가 선언했고, 마차가 움직이기 시작했다.

※

점심―― 쿠로노는 가벼운 충격에 눈을 떴다. 무슨 일이 있었던 걸까. 반사적으로 시선을 움직였지만, 적의 모습은 물론이고 야생동물의 모습도 없다. 조용하다. 아마, 바퀴가 돌에 얹힌 것이리라. 기지개를 켜고는 맞은편을 봤다. 거기서는 페이가 스노우한테 달라붙어 잠들어 있었다. 스노우는 어쩔 수 없네~ 라는 표정을 짓고 있다.

마차가 속도를 낮췄다. 마부석 쪽을 보니 주둔지의 높은 울타리가 보였다. 마차는 한층 속도를 낮추고, 문 근처에서 멈췄다. 사브가 뒤돌아봤다.

"쿠로노 님, 도착했습다."

"고마워, 사브."

쿠로노는 고맙다는 말을 한 뒤 짐칸에서 뛰어내렸다. 그러자 레이라가 곧바로 다가왔다. 가볍게 말에서 내려 짐칸 일부에 고삐를 연결했다. 이젠 훌륭한 궁기병이다.

"가우르 경을 만날 거니까 따라와 줘."

"알겠습니다."

쿠로노는 레이라와 함께 문으로 향했다. 슬슬 문에 도착하려는 타이밍에 기병이 나왔다. 수는 10기 정도, 선두에 있는 건 세실리였다. 또 시비를 걸겠구나.

아니나 다를까, 세실리는 이쪽을 보고는 흥, 하고 콧방귀 소리를 냈다.

"어머, 또 오셨나요?"

"일이니까 말이야."

"신귀족은 들개 같은 것들뿐이라고 생각했는데, 2대쯤 되니 교육이 잘 되어 있네요."

"그거 고맙——."

"세실리 경, 쿠로노 님께 실례인 것입니다."

어느새 다가온 것일까. 페이가 쿠로노의 말을 가로막고 말했다. 세실리가 인상을 찌푸렸다. 이쪽이 얼굴을 찌푸리고 싶을 정도지만, 말해도 헛수고이기에 입 밖으로는 내지 않는다.

"오늘은 말에 타고 있지 않군요. 혹시, 또 마구간 청소 담당으로 돌아간 건가요?"

"저에 관한 건 아무래도 좋은 것입니다. 제 주군에 대한 무례를 사죄해 주었으면 하는 것입니다."

"——!!"

페이가 강한 어조로 말하자, 세실리는 주춤한 표정을 지었다. 검에 손을 뻗었지만, 멈췄다. 옆을 보니 페이가 검 자루에 손을 대고 있었다. 검이 바뀐 것을 알아차린 것이리라. 세실리는 입꼬리를 치켜올렸다. 실로 언짢은 미소다.

"아아, 암캐가 되었다는 거군요. 나 참, 몰락한 귀족만큼 비참한 건 없네요. 신귀족 따위한테 꼬리를 흔들다니 수치를 모르는데도 정도가 있어요."

"지금의 제국은 그 신귀족 덕분에 존재하는 것입니다. 그 사실에 눈을 감고, 신귀족을 아랫것 취급하는 것이야말로 수치를 모르는 일인 것입니다."

"——! 불쾌하네요!"

페이가 받아치자, 세실리는 말 옆구리를 찼다. 말이 울부짖었고, 달리기 시작했다. 약간 늦게 기병들이 뒤따랐다. 눈 깜짝할 사이에 세실리와 기병들이 멀어져 간다.

"이긴 것입니다."

옆을 보니 페이는 주먹을 꽉 쥐고 있었다. 퍼뜩 정신이 든 것처럼 쿠로노를 향해 돌아서서——.

"그럼, 다녀오시는 것입니다!"

"페이도 올래?"

"정중히 거절하는 것입니다! 세상에는 적재적소가 있는 것입니다!"

"알았어. 마차 지키기는 맡길게."

"맡겨 주시는 것입니다!"

페이가 등을 쭉 펴고 말했고, 쿠로노는 레이라와 함께 문을 지났다. 가우르의 책상이 있었던 건물로 향했다. 문득 조금 전의 대화를 떠올렸다.

"그건 그렇고, 페이가 그렇게나 강경하게 나올 거라고는 생각지 않았어."

"쿠로노 님의 총애를 받았기 때문이라고 생각합니다. 마음의 버팀목이 있으면, 인간은 믿기지 않을 정도로 강해질 수 있습니다. 그저……."

"그저?"

"아뇨, 아무것도 아닙니다."

반복하듯이 묻자, 레이라는 대답하지 않았다. 진의를 캐묻고 싶었지만, 그때쯤에는 목적지인 건물에 도착한 상태였다. 다음에 다시 묻자, 하고 생각하며 문을 두드렸다. 그러자——.

"들어와라!"

"실례합니다."

"실례하겠습니다."

가우르의 목소리가 울렸고, 쿠로노는 문을 열고 안으로 들어갔다. 레이라도 고개 숙여 인사한 뒤 쿠로노 뒤를 따랐다. 가우르는 책상에 앉아 있었다.

가우르는 쿠로노를 보더니 눈을 휘둥그레 떴다. 하지만 그것도 잠시, 헛기침하고는 앉은 자세를 바로 했다. 쿠로노는 책상 앞에 멈춰 섰다.

"벌써 견적이 나온 건가?"

예, 하고 쿠로노는 파우치에서 견적서와 납품서를 꺼내 책상에 올려놓았다. 가우르는 견적서와 납품서를 손에 들고, 넌더리가 난 듯한 표정을 띠었다.

"제법 싸지는군."

"이들은 이참에 베일리 상회의 자리를 뺏을 생각인 겁니다."

"다소 무리한 가격설정이란 말인가."

"예, 양피지를 쓰지 않은 건 그 때문이겠지요."

"과연, 그런 건가."

말의 의미를 이해한 것이리라. 가우르는 얼굴을 찌푸렸다. 제국에서는 양피지에 적힌 문서만이 정식 문서로 간주한다. 상인은 종이―― 식물성 종이를 사용함으로써 정식 견적서가 아님을 전하는 것이다. 나중에 가격이 조정될 가능성은 부정할 수 없다. 물론 신용과 관련된 문제이기에 그리 크게 올리지는 않겠지만.

"그래도 베일리 상회와 재교섭할 때 조금은 도움이 될 겁니다."

"나머지는 내가 하기 나름이라는 거군."

"그런 겁니다."

가우르는 손깍지를 끼고는 깊은 한숨을 내쉬었다. 미간에 주름이 져 있다.

"…………미안했다. 내가 널 너무 무례하게 대했다."

오?! 하고 예상 밖 전개에 놀라 눈이 휘둥그레졌다. 그러자 가우르는 발끈한 표정을 지었다.

"그 얼굴은 뭐냐?"

"설마 그런 말씀을 하실 줄은 생각지 않았기에."

"나는 그렇게까지 예의를 모르는 놈이 아니다."

처음 만났을 때부터 비교적 예의를 몰랐던 것 같은 느낌이 들지만, 여기서는 잠자코 있어야만 하리라. 화나게 해서 또 태도가 딱딱해지면 본말전도다.

가우르가 재차 한숨을 내쉬었다.

"네 녀석한테는 배워야 할 점이 많다. 나한테는 부하를 육성한다는 발상도 없었다."

"부대 운영도 확실히 해주십시오."

"배워야 할 점이 많다고 말하지 않았나. 게다가, 조금 전의 대화를 보고 있었다만——."

"보고 있었다면 제지해 주셨어도."

조금 전이란 세실리 건을 말하는 것이리라. 자기도 모르게 입 밖에 냈다.

"여차할 때는 제지할 생각이었다."

"사망자가 나오고 나서는 늦습니다."

"세실리도 그렇게 멍청하지는 않겠지."

그럴까? 하고 쿠로노는 내심 고개를 갸웃했다. 가우르 자신이 리오와 결투 사태를 일으킬 뻔했기에 영 신용할 수 없다.

"세실리가 페이와 싸워서 이길 리가 없지 않나. 본인도 그 정도는 알겠지."

"아아, 그런 의미……."

잠깐? 이기지도 못할 상대로 시비를 거는 건, 죽일 테면 죽이라는 뜻이나 마찬가지 아닌가? 아니, 걔를 상대로는 생각해 봤자 헛수고인가.

"페이를 보고 놀랐다. 어제와는 딴사람이군."

"이야~, 쑥스럽네요."

쿠로노는 어젯밤의 일을 떠올리며 머리를 긁적였다. 욕실 플레이는 훌륭했다. 그것이 파워 업으로 이어진 거라면 다음도 부탁하고 싶다.

"네 녀석이 생각하는 이유 때문이 아니라고 본다만……. 뭐, 대답할 생각이 없다면 그걸로 됐다. 제국과 남변경의 관계는 양호하다고는 말하기 힘드니 말이지."

흑백을 분명히 가리지 않는 것도 필요한가, 하고 가우르는 혼잣말처럼 중얼거렸다. 거기서, 쿠로노는 가우르가 자경단 건으로 넌지시 떠보고 있었던 것임을 알아차렸다. 혹시, 세실리가 기병을 이끌고 주둔지를 나간 것도 그게 이유일까. 신경 쓰이지만, 물어봤다간 긁어 부스럼이 될 것 같다. 가우르는 납득하고 있는 모양이니 묻어갈 수밖에 없다.

"어쨌든, 네 녀석 덕분에 몇 가지 문제가 해결됐다."

"그러면, 일은 끝났다는 걸로 괜찮겠습니까?"

"무슨 말을 하는 거냐, 네 녀석은."

"그렇겠죠. 그냥 말해본 것뿐입니다."

쿠로노는 한숨을 내쉬었다. 쓸모있는 녀석이라고 인식되고 만 모양이다. 하지만 뭐든 생각하기 나름이다. 쓸모가 있다고 판단된 것이다. 이야기 정도는 들어 줄 터다.

"내일부터 야만족 토벌에 참가해 줘야겠다."

"한 가지 괜찮겠습니까?"

"뭐지?"

"야만족을 죽이지 않고 끝낼 수는 없습니까?"

"네 녀석은……. 우리 임무를 뭐라고 생각하고 있는 거냐?"

가우르는 관자놀이를 누르며 신음하듯이 말했다.

"우리 임무는 야만족 토벌이다. 죽이지 않고 어떻게 토벌하겠다는 거지?"

"그것 말입니다만……. 정말로 야만족 토벌이 목적일까요?"

"무슨 말을……."

가우르는 말을 끝까지 마치지 않고 입을 다물었다.

"일전의 친정(親征)은 신성 아르고 왕국에 대한 불쾌감을 표명하기 위해서라고 발표했지만, 진짜 목적은 강화 조약 체결이었습니다."

"이번 일에도 진짜 목적이 달리 있다는 건가? 그렇다면 진짜 목적은——."

"아마도 알레오스 산지에 요새를 쌓는 것이겠지요."

쿠로노는 가우르의 말을 가로막고 말했다.

여기서 알레오스 산지를 넘어가면 드라드 왕국이 나온다. 적대하고 있다는 이야기는 들은 적 없지만, 장래에는 어떻게 될지 알 수 없다. 알코르 재상은 적대했을 때를 대비해 두고 싶은 것 아닐까.

"그렇다면 놈들이 우리 명령을 따르게 하는 방법도 있지 않나?"

"배신할 가능성을 고려한 거겠지요."

서로 앙금이 있는 사이니 어찌 협력하더라도 막상 드라드 왕국과 전쟁이 터지면 배신자가 나올 것이다.

"날 선정한 건——."

"이 상황에 의문을 품지 않고 임무를 수행하리라고 생각한 게 아닐까요."

"유쾌하지 않은 이야기군. 하지만 나는 알코르 재상의 생각이 잘못되었다고는 보지 않는다. 배신의 위험을 생각하면 야만족들을 배제하는 게 안전하다."

"저도 그렇게 생각합니다."

"그런데도 반대하는 건가?"

"서로 피 흘리지 않고 끝낼 방법이 있다면 그리하고 싶습니다."

"무른 소릴 하는군."

가우르는 단호하게 잘라 말했다. 한층 더 뒷말을 이었다.

"제국과 야만족 사이에는 수백 년에 걸친 원한이 쌓이고 쌓여 있다. 네 녀석의 집안에도 야만족한테 당한 사람이 있겠지. 그런데 평화적으로 해결하고 싶다니, 너무 허무맹랑한 소리라고 생각하지 않나?"

"끝내 싸움을 피할 수 없다고 하더라도, 피해를 줄이는 노력은 해야 한다고 봅니다."

가우르는 더할 나위 없을 정도로 깊은 한숨을 내쉬었다.

"⋯⋯⋯⋯⋯알았다."

"허락하시는 겁니까?!"

"난 이전에 야만족과 싸운 적이 있다. 야만족 중에도 경의를 표할만한 전사가 있더군."

가우르는 앞으로 몸을 살짝 내밀며 말을 이었다.

"그리됐으니, 넌 처음 예정대로 야만족 토벌에 참가해라."

"하지만 전——."

"이야기는 끝까지 들어라."

가우르는 한숨을 내쉬고는 턱을 괴었다.

"우리가 계속 정찰을 반복하는 건 알고 있겠지? 너는 거기에 끼어서 정찰을 반복해라."

"뾰족한 수확도 없는데 계속 정찰을 돌려도 괜찮겠습니까?"

"애초부터 이렇다 할 정보가 없었다. 정찰을 계속하는 게 타당한지 어떤지 판단할 근거조차 없는 상황이지. 그러니 너는 그 틈을 이용해 놈들과 교섭할 실마리를 찾아내라."

"……알겠습니다."

쿠로노는 약간 뜸을 두고 고개를 끄덕였다. 가우르의 입장을 생각하면 상당한 양보다.

"정찰은 제 병사끼리만 합니까?"

"마음 같아서는 나도 그쪽에 신경 쓰고 싶지만, 나는 군량 문제를 해결해야만 한다."

"여기 온 목적을 생각하면 우선순위가 좀 이상하지 않습니까?"

"나도 그렇게 생각한다만, 내가 운영을 개선한다는 정보가 병사들에게 새어 나갔다."

가우르는 발끈한 듯이 말했다. 사람 입에 재갈은 물릴 수 없는 법이라고는 하지만, 벌써 소문이 난 건가.

문득 스노우의 모습이 뇌리를 스쳤다. 그러고 보니 '쿠로노 님 밑에서 일하면 하루 세끼 배불리 먹을 수 있다고 말했더니 부러워하는 듯했어'라고 말했었다. 아마도 주둔지 병사는 그 정보를 형편 좋게 해석한 것이리라.

"요컨대 부하들은 식량 사정이 개선되는 것을 기대하고 있다."

"거래 교섭이 그리 쉽지는 않을 겁니다."

"그렇겠지. 하지만 안 할 수는 없는 노릇이다. 이런 일은 노력하는 자세를 보여주는 게 중요하다. 그걸 게을리하면 부하의 신용을 잃기 마련이지. 그렇게 되면 임무 운운할 겨를이 아니게 된다."

호오, 하고 쿠로노는 감탄한 목소리를 냈다.

"하고 싶은 말이 있다면 말해라."

"불과 며칠 만에 지휘관다워지셨군요."

"진짜로 말하지는 마라."

흥, 하고 가우르는 콧방귀 소리를 냈다.

"……아버님께 인정받고 싶어서 시야가 좁아져 있었던 거겠지. 아버님이 인정해 주시지 않는 게 당연했다."

"어느 쪽이건, 인정해 주시지 않았을 가능성은 있다고 봅니다."

"그럴지도 모르고. 자, 그럼……."

가우르는 앉은 자세를 바로 했다.

"대단한 건 없지만, 지금까지 모은 정보를 알려주지."

"감사합니다."

"하지만, 여기서는 이야기하기 어렵군."

가우르는 책상 위에 있던 종이를 모으고는 일어섰다. 테이블 자리로 이동하여 모은 종이를 펼쳤다. 거기에 지금까지 모은 정보가 기록되어 있는 것이리라.

"뭘 멍하게 서 있나. 작전을 세운다."

"알겠습니다."

쿠로노는 레이라와 함께 테이블에 다가갔다.

"우선 정찰에 사용한 경로다만——."

가우르는 손으로 그린 지도를 가리키며 설명하기 시작했다. 잠자코 이야기를 들었다. 대단한 정보는 없다고 했지만, 어느 것이고 귀중한 정보다. 특히 조우한 각인술사의 풍모와 이름, 어떤 싸움을 했는지 알 수 있었던 건 크다.

"이런 상황이다. 어떻게 생각하지?"

"이 부분은 어떻게든 될 것 같습니다."

"그렇다면 다행이다만……."

가우르는 쓴웃음처럼 보이는 미소를 띠었고, 쿠로노는 다시금 지도를 봤다. 찬찬히 바라보다가, 어떤 경로를 가리켰다. 이 경로에 관한 설명은 없었다.

"이 경로는 뭡니까?"

"거긴 강이다. 식수는 중요한 자원이니 물줄기를 조사했던 건데, 도중부터 협곡으로 되어 있어서 말이지."

"전망이 좋지 않겠군요."

"그런 거다."

쿠로노가 원래 세계에서 읽었던 책(제목은 잊어버렸지만, 산에서의 조난에 관해 쓰여 있었다)의 내용을 떠올리며 중얼거리자, 가우르는 자기 생각과 같다는 듯이 고개를 끄덕였다. 그 책에는 등산에 관한 내용도 쓰여 있었을 터다. 분명──.

"……길을 잃으면 능선으로 나올 것."

"능선이 무엇이냐?"

쿠로노가 나직이 중얼거리자, 가우르는 의아한 표정을 띠었다.

"산등성이를 이어놓은 선을 가리키는 말입니다. 지도 중에 어디쯤인지 아시겠습니까?"

"미안하군. 그렇게 자세하게 기억하고 있지는 않다."

"그렇겠지요."

생각해 보면 가우르는 알레오스 산지 기슭에서 시행착오를 반복하는 것이다. 기슭을 넘어간 곳의 지리까지 알 리가 없다.

"쿠로노 님, 발언해도 괜찮을까요?"

"응, 괜찮아."

"감사합니다. 능선—— 높은 장소로 나오라는 것 말입니다만, 협곡을 옆으로 나아가면 막다른 곳에 부딪히지 않을까요?"

"……아아, 과연."

한순간 레이라가 무슨 말을 하는 건지 이해되지 않았지만, 조금 생각해 보고 그녀가 말하고자 하는 바를 이해할 수 있었다. 협곡—— 골짜기란 주위보다 표고가 낮은 장소를 가리킨다. 그렇다면 골짜기를 가로지르듯이 나아가면 능선에 도달할 수 있는 것 아니냐고 말하는 것이다. 잠시 후 가우르도 이해한 것이리라. 아아, 하고 목소리를 냈다.

"그런 건가. 네 녀석의 부관은 대단하군."

"감사합니다."

"……감사합니다."

쿠로노가 머리를 숙이자, 레이라도 뒤따랐다.

"도중까지 강을 따라 나아가다가, 거기서부터 능선을 찾고자 합니다."

"위치가 나쁘다는 것에 변함은 없다만……. 덤불을 헤치며 나아가는 것보다는 나은가."

가우르는 작게 중얼거리고, 납득한 것처럼 고개를 끄덕였다.

"그런데, 정찰은 몇 명으로 갈 생각이지?"

"레이라, 몇 명이 좋다고 생각해?"

"네 녀석이라는 남자는……."

쿠로노가 레이라에게 질문을 통째로 넘기자, 가우르는 깊은 한숨을 내쉬었다.

"지휘관으로서의 능력이 구멍투성이인지라……."

"하지만……. 아니, 뭐, 됐다. 그게 네 녀석의 방식이라고 한다면 존중하지."

가우르는 반론하고자 입을 열었다. 하지만 반론해 봤자 소용없다고 생각한 것이리라. 마지못해서라는 느낌이지만, 쿠로노의 방식을 인정해 주었다.

"최소라도 다섯 명, 많아도 열 명까지로 해야 한다고 봅니다."

"가우르 경은 열 명으로 갔다가 발견당했으니까 다섯 명이려나."

그러고 보니, 하고 가우르에게 시선을 향했다.

"어떤 장비로 정찰하셨습니까?"

"저번 장비는——."

쿠로노가 화제를 던지자, 가우르는 입을 열었다.

※

쿠로노는 테이블 위에 흩어진 종이를 모았다. 작전 회의——

정찰에 관한 지침은 정리되었다. 불안은 있다. 쿠로노와 부하들에게는 산악전은커녕 등산 경험도 없는 것이다. 그렇다고 해서 임무를 내팽개칠 수도 없는 노릇이다. 결국, 현재 가지고 있는 걸로 어떻게든 할 수밖에 없다. 자신의 불행을 한탄하면서 종이 다발을 파우치에 넣고, 가우르를 향해 돌아섰다.

"그러면, 가우르 경."

"그래, 또── 아니, 문까지 배웅해 주마."

가우르가 걷기 시작했고, 쿠로노와 레이라는 뒤를 따랐다. 가우르가 문을 열어 줘서 밖으로 나왔다. 그러자 해가 크게 기울어 있었다. 이 상태라면 크로포드 저택에 도착하는 건 밤이 되리라. 가우르와 나란히 걸으며 문으로 향했다. 부관으로서의 자각 때문일까. 레이라는 조금 거리를 두고 따라왔다.

"내일 일찍 일어나야 하는데도 오랫동안 붙잡아 둔 모양이군."

"중요한 의논이니 어쩔 수 없습니다."

"그렇게 말해 주니 고맙다."

쿠로노는 가우르와 시시콜콜한 대화를 하며 걸었다. 마음을 터놓고 어울려 보니 그렇게까지 나쁜 사람은 아닌 것처럼 느껴졌다. 아마, 가우르도 같은 생각을 하고 있겠지만.

문을 지나 가우르를 향해 돌아섰다. 그러자 그는 등을 쭉 펴고 쿠로노에게 경례했다. 부친인 타우르의 경례는 약간 모양새가 흐트러져 있었지만, 가우르의 경례는 훌륭했다.

"쿠로노 경, 무운을 빈다."

"교섭이 잘 되기를 바라고 있겠습니다."

쿠로노가 반례하자, 가우르는 경례를 풀었다. 그가 몸을 돌려 걷기 시작했고, 쿠로노와 레이라는 마차를 향해 걸음을 내디뎠다. 가우르와의 대화를 보고 있었던 것이리라. 사브가 마부석에서 히죽 웃었다.

"제법 친해지셨습다."

"정말로 말이지."

쿠로노는 쓴웃음을 짓고는 마차 후방으로 돌아갔다. 짐칸에서는 페이가 스노우한테 무릎베개를 받은 상태로 편안한 숨소리를 내며 잠들어 있었다. 가우르는 어제와는 딴사람이라고 평가했지만, 역시 페이는 페이라고 생각한다. 작게 한숨을 내쉬고는 짐칸에 올라갔다. 레이라가 고삐를 풀고, 말에 뛰어 올라탔다.

"그럼, 돌아갈까."

"예입, 조금 흔들릴 검다."

사브가 고개를 끄덕였고, 마차가 천천히 움직이기 시작했다.

※

예상대로 쿠로노 일행이 크로포드 저택에 도착한 건 밤의 장막이 내려왔을 즈음이었다. 하루의 일을 끝내고 기력을 회복하고 있는 것인지, 아니면 식사 중인지 정원에 부하들 모습은 없다. 마차가 속도를 낮추고 현관 앞에서 멈췄다.

"이제 내리셔도 괜찮습다."

"고마워."

쿠로노는 고맙다는 말을 한 뒤 마차에서 뛰어내렸다. 레이라, 알바, 그라브, 게이너 네 사람은 말에서 내려 마구간으로 향했다. 페이는 아직 자는 걸까 싶어 뒤돌아봤다. 그러자 페이가 몸을 일으키던 참이었다.

"으응~, 오늘 하루도 수고한 것입니다."

"수고했다니, 계속 자고 있었으면서."

"어젯밤은 큰일이었던 것입니다."

스노우가 어이없다는 듯이 말하자, 페이는 나직이 중얼거렸다.

"그럼 오늘은 느긋하게 쉴 수 있겠네."

"그런 것입니다."

페이와 스노우는 그런 대화를 나누며 마차에서 뛰어내렸다. 쿠로노가 보고 있는 걸 알아차린 것이리라. 페이는 몸을 움찔 떨고는 스노우 뒤에 숨었다.

"무, 무무, 무엇인 것입니까? 오늘 밤은 느긋하게 쉬게 해주신다면 기쁜 것입니다."

"모두에게 할 이야기가 있으니까 입구 홀에 모이도록 전달해 줘."

"아, 알겠습니다인 것입니다. 자, 자아, 스노우 님, 가는 것입니다."

"밀지 않아도 스스로 걸을 수 있어."

쿠로노가 지시하자, 페이는 스노우를 밀며 현관으로 향했다. 으음~, 하고 신음했다. 싫어하게 된 건지, 부끄러워하고 있는 건지 모르겠다.

"하핫, 누님은 귀여워지셨습다."

"확실히 귀엽지만……."

"자, 자, 금방 익숙해지실 겁다."

사브는 크크큭, 하는 소리를 내며 마부석에서 내렸다. 치하하는 것처럼 말의 목덜미를 쓰다듬어 마구를 벗겼다. 자유를 되찾아 기쁜 것일까. 말은 가볍게 머리를 흔들고는 푸르륵, 하고 울었다.

"저는 누님── 페이 아가씨가 저렇게 되어서 안심이지만 말임다."

"나는 상처받았어."

"그야, 자업자득이라는 검다."

후우, 하고 사브는 한숨을 내쉬었다.

"페이 아가씨는 위태롭다고 할지, 사람을 보지 않는 면이 있었기에 이걸 계기로 변해 주면 좋겠다고 생각함다. 저희도 쭉 같이 있을 수 있는 건 아니니 말임다."

"설마──."

"일을 그만둘 생각은 없슴다. 그렇지만 불측의 사태라는 녀석은 있기 마련이고, 언젠가는 체력이 따라가지 못하게 될 날이 올 검다. 그때 페이 아가씨가 혼자가 되어 버리면, 하는 생각에 불안했었습다."

"……사브."

쿠로노가 이름을 부르자 사브는 쑥스러운 듯이 머리를 긁적였다. 솔직히 이렇게까지 페이를 걱정하고 있을 거라고는 생각지 않았다. 자신들은 좋은 부하를 두었구나 하고 절실히 느낀다.

"이야기가 길어져 버렸습다. 저는 말을 마구간에 들이고 나서 갈 테니, 저택에서 기다려 주십쇼."

"고마워, 사브."

"고마워하실 필요는 없습다. 이게 제 일이고, 제가 하고 싶은 것이기에."

사브가 빠진 이를 내보이며 웃었고, 쿠로노는 현관으로 향했다. 문을 열고 안으로 들어가자 입구 홀에는 10명 정도 부하가 모여 있었다. 부하한테 말을 걸며 나아갔고, 계단을 올라갔다. 계단 중간 정도에서 걸음을 멈추고 뒤돌아봤다. 통로에서 부하가 왔지만, 전원이 모이기까지 조금 더 시간이 걸릴 것 같다. 계단 구석에 붙어 앉았다.

멍하게 입구 홀을 바라보고 있자, 부하가 속속 모여들기 시작했다. 누구한테 지시받은 것도 아니지만 쿠로노를 향해 횡대로 늘어섰다. 조금 비뚤어져 있지만, 타이가와 엣지가 오자 그것도 없어졌다.

달칵, 하는 소리와 함께 현관문이 열렸다. 가장 먼저 들어온 것은 레이라다. 그 뒤에 사브, 알바, 그라브, 게이너가 계속해서 들어왔다. 페이와 스노우는, 하고 시선을 움직였다. 아직 오지 않은 모양이다. 찾으러 보내는 편이 좋을까 생각하고 있자, 페이와 스노우가 통로에서 나왔다. 어째서인지 양아버지와 마이라도 함께였다. 페이와 스노우는 줄 최후미에, 양아버지와 마이라는 벽 쪽에 섰다.

들려서 곤란할 만한 내용은 아니지만──. 그때, 어떤 아이디어가 번뜩였다. 문득 떠오른 생각이지만, 나쁘지 않은 아이디어처럼 느껴졌다. 좋아, 하고 쿠로노는 일어섰다. 부하의 시선이 집중됐다. 크흠, 하고 헛기침을 했다.

"에~, 군무국으로부터 야만족 토벌을 지원하라는 명령을 받긴 했으나, 여러 사정으로 인해 영지 순찰이나 훈련을 하게 되어 있었던 우리입니다만, 뻔질나게 주둔지에 다닌 결과 이번에 알레오스 산지를 정찰하게 되었습니다."

쿠로노가 상황을 설명하자 부하들이 술렁였다. 당혹스러워하거나 불안을 품는 자는 없을까 하고 시선을 움직였지만, 사기는 높아 보였다. 특히 페이는 눈을 형형히 빛내고 있다. 불안한 건 쿠로노뿐인 모양이다.

"이번 임무는 정찰입니다만, 가능하면 야만족을 회유하고 싶네~ 라고 생각하고 있습니다."

"질문인 것입니다!"

페이가 기세 좋게 손을 들었다.

"발언을 허가합니다."

"어떻게 해서 회유하는 것입니까?"

"우선은 대화를 생각하고 있습니다만, 그 부분은 임기응변으로 대처하겠습니다."

"과연, 그렇군요? 인 것입니다."

페이는 귀엽게 고개를 갸웃했다. 임기응변으로 대처한다고 말했지만, 요컨대 노 플랜이다. 너무 무계획적이라고 생각하지만, 어떻게 해서 커뮤니케이션을 취하면 좋을지 짐작도 가지 않는 마당에 고민한들 의미가 없다.

다음으로 레이라가 손을 들었다. 그녀는 작전 회의에 동석했었으니, 정보를 공유하기 위해 손을 든 것이리라.

"발언하세요."

"회유가 목적이라는 것은 이쪽에서 먼저 공격해서는 안 된다는 뜻으로 이해해도 괜찮을까요?"

"네, 그 말대로입니다. 상대가 공격하면 대응해야겠지만요. 가능하면 포박하고 싶습니다만, 무리라면 몸의 안전을 우선해 주십시오."

"감사합니다."

레이라가 머리를 꾸벅 숙였고, 타이가가 손을 들었다.

"네, 타이가."

"정찰 멤버는 몇 명이오이까?"

"날 포함해서 다섯 명입니다."

"저요, 저요, 인 것입니다!"

페이가 다시 손을 들었다.

"발언하세요."

"쿠로노 님은 대기하는 편이 좋다고 생각하는 것입니다!"

페이의 말에 부하가 웅성거렸다. 참고로 양아버지는 쓴웃음을 짓고 있다.

"대기하는 편이 좋다고 생각하는 이유는 무엇인지요?"

"위험한 것입니다!"

"뭐, 나도 가능하면 기슭에서 대기하고 싶지만⋯⋯."

쿠로노가 가볍게 어깨를 으쓱하자, 부하들이 와하하 웃었다.

"하지만 이번 목적에는 야만족 회유도 포함되어 있어. 모두를 신용하지 않는 건 아니지만, 책임자가 있는 편이 좋을 거라고 봐."

"그렇다면 목숨과 맞바꾸어서라도 지킬 생각인 것입니다."

"고마워. 그래도 자기 목숨도 소중히 여겨."

"알겠습니다인 것입니다."

쿠로노의 말에 페이는 힘차게 고개를 끄덕였다.

"자, 인선은 레이라와 타이가한테 맡기기로 하고⋯⋯. 여기에 있는 멤버는 나도 포함해서 야만족과 싸우는 건 처음이라고 생각합니다. 그래서 특별 강사를 초빙했습니다. 내 아버지—— 클로드 크로포드 남작입니다."

쿠로노가 손바닥으로 양아버지를 가리키자, 부하들이 일제히 돌아봤다. 양아버지는 얼굴을 찌푸리고 있다. 이봐이봐, 그런 말은 못 들었다고, 라는 심정이 전해져 오는 것만 같다.

"자, 단상으로 오시죠."

"어쩔 수 없구만."

양아버지는 머리를 긁적이며 걷기 시작했다. 부하가 좌우로 나누어져 길을 열었다. 그 사이를 지나, 계단을 오른다. 쿠로노가 있는 곳까지 앞으로 두 단이 남은 곳에서 걸음을 멈췄다.

"그래서, 뭘 이야기하면 되는 거냐?"

"야만족과 싸울 때 조심해야 할 점이나 그런 거."

"조심해야 할 점이라."

양아버지는 한숨을 섞으며 말했고, 부하들을 향해 돌아섰다. 쿠로노는 계단을 내려가 부하를 우회하다시피 하여 벽 쪽으로 이동했다. 정면을 보고 벽에 기댔다.

"도련님, 수고하셨습니다."

"본격적으로 지치는 건 이제부터지만……."

어느샌가 옆에 서 있던 마이라에게 대답했다.

"그건 그렇고 야만족을 회유하시겠다니――."

"마이라도 안 된다고 생각해?"

"시험할 가치는 있지 않을까 합니다."

쿡, 하고 마이라는 웃었다. 쿠로노는 재차 양아버지에게 시선을 향했다.

"이야기가 길어질지도 모르니까 앉아라."

어잇차, 하고 양아버지가 앉았다. 부하들이 서로 얼굴을 마주봤다. 정말로 앉아도 괜찮은 건지 망설이고 있는 모양이다. 하지만 레이라가 앉자, 망설이면서도 앉았다.

"야만족과 싸울 때 가장 조심해야 할 건 각인술이다. 각인술은 신체 능력을 끌어올리고, 공격을 막는 벽 같은 걸 만든다."

"벽 같은 것이란 무엇인 것입니까?"

"뭐라고 말하면 좋을까. 술사를 중심으로 공기가 탄력을 지니는 느낌이겠군. 그곳으로 무기를 휘두르면 속도가 둔해진다."

싸웠을 때의 일을 떠올리고 있는 것일까. 페이의 질문에 양아버지는 얼굴을 찡그리며 대답했다.

"무기의 속도가 둔해진다면 화살의 위력도 약해집니다. 31년 전은 어떻게 하셨는지요?"

"그때는 무작정 많이 쏴서 대응했었지."

"수량 싸움인가요."

레이라는 진지한 표정으로 중얼거렸다.

"매직 아이템이나 신위술은 통하지 않는 것이오이까?"

"매직 아이템은 시험해 본 적이 없으니까 모르겠지만, 신위술은 술사의 실력에 달렸다."

"그렇소이까."

"술사의 실력에 달린 것입니까."

타이가가 심각한 듯이, 페이가 흥분한 기색으로 중얼거렸다.

"나머지는 놈들이 쓰는 공격 수단인데, 녀석들은 각인의 색깔에 대응하는 술법을 쓴다. 빨간색이——."

"빨간색이 불, 파란색이 물, 녹색이 바람, 노란색이 흙, 검은색이 어둠, 하얀색이 빛인 것이군요."

양아버지의 말을 가로막고 페이가 말했다. 양아버지는 놀라 눈을 살짝 크게 떴다.

"알고 있었냐."

"사관 교육의 성과인 것입니다."

"아서인가. 아서는 잘하고 있냐?"

"잘하고 있는지 어떤지는 모르는 것입니다만, 아서 선생님의 수업은 즐거운 것입니다."

페이가 가슴을 펴고 말하자, 부하들이 동의하는 것처럼 고개를 끄덕였다. 어째서 부하들이 고개를 끄덕이는 건지 알 수 없었던 것이리라. 양아버지는 의아한 표정을 띠었다. 하지만 생각해도 소용없다고 판단한 것이리라. 입을 열었다.

"모든 색이 위험하지만, 그중에서도 내가 제일 위험하다고 느꼈던 건 빛이었다. 녀석들은 빛을 창에 둘러서 던졌었다. 처음에는 비교적 긴 간격으로 빛이 켜졌다가 꺼졌다가 하는데, 점점 간격이 짧아지다가⋯⋯."

양아버지는 거기서 입을 다물었다. 대체, 무슨 일인가 싶어 부하가 술렁였다. 다음 순간──.

"콰──앙!"

큰 목소리로 외쳤다. 부하가 움찔했다.

"폭발하지. 그런데 던졌던 창은 또 멀쩡하다. 꼭 창이 아니라 돌멩이로도 할 수 있어. 언제 어디서든 매직 아이템을 만들 수 있는 거나 마찬가지지. 나 참, 이거에는 고생깨나 했다."

"돌멩이도 매직 아이템으로 만들 수 있는 건 위협적이네요."

"빛이 난다면 주의하면 괜찮은 것입니다."

"하지만, 난전 때는 어렵겠소이다."

으음~, 하고 레이라, 페이, 타이가 세 사람이 신음했다.

"그 부분은 조심하라고밖에 말할 도리가 없구만. 아니면 근거리에서 싸우든가, 빛을 두르지 못하게 수로 압도하는 수밖에 없어. 추천하지는 않지만, 시간제한을 기다리는 방법도 있다."

"시간제한이 있습니까?"

"그래, 각인술은 쓸 수 있는 시간에 한계가 있어."

레이라가 앵무새처럼 반복하듯이 중얼거렸고, 양아버지는 히죽 웃었다.

"저요, 저요인 것입니다! 스승님은 어떻게 해서 쓰러뜨린 것입니까?!"

"아앙? 지금 필요한 거냐?"

페이가 기운 좋게 손을 들었고, 양아버지는 의아한 표정을 띠었다.

"필요한 것입니다!"

"알았다, 알았어. 이야기해 줄 테니까 이쪽으로 좀 더 와라."

"알겠습니다인 것입니다!"

양아버지가 손짓했고, 페이가 맨 앞줄로 이동했다. 다른 부하도 슬금슬금 거리를 좁혔다.

"그래서, 어떻게 해서 쓰러뜨린 것입니까?"

"나는 주로 접근전이야."

"어떻게 해서 접근한 것입니까?"

"그야, 기합과 근성이다. 기합을 넣으면 어떻게든 되는 법이라고."

"기합은 중요한 것이네요!"

"잘 알고 있잖냐. 하지만, 너는 머리도 쓰라고."

"알겠습니다인 것입니다. 그런데, 스승님은 어떤 때에 머리를 쓰신 것입니까?"

"그러게다. 내가 제일 머리를 쓴 건——."

페이의 장단에 타서, 양아버지가 무용담을 이야기하기 시작했다. 다들 진지한 표정으로 듣고 있다.

"후후, 저렇게나 즐거워 보이는 주인님을 보는 건 오랜만입니다."

"아버지는 평소에도 인생을 즐기고 있다고 생각하는데……. 그래도, 즐거워 보이네."

쿠로노는 미소를 지었다. 양아버지가 즐겁게 무용담을 이야기하고 있다. 이야기를 살짝 과장하고 있는 것 아닌가 싶었지만, 그 말을 입 밖에 꺼내는 건 분위기를 파악하지 못하는 짓이리라. 부하들은 양아버지의 무용담에 흥분하고, 실패담에 웃으며, 덮쳐온 비극에 눈물을 흘리고 있다.

정보 공유를 할 생각이었는데, 하고 쓴웃음을 지었다. 미지——아무것도 모른다는 것은 공포와 불안을 부추긴다. 그러니 사전에 알아 두면 대응할 수 있을지는 별개로 치더라도 필요 이상으로 위축되지 않고 그치리라고 생각한 것이다. 그건 제쳐 두고——.

"들은 것만 봐서는 야만족이 제법 강한 것 같은데."

"네, 무척 벅찬 상대입니다. 적당히 봐주면서 이길 수 있는 상대가 아닙니다."

"설득하려는 건 좀 무모한가?"

"저는 메이드이기에, 도련님을 제지할 자격은 가지고 있지 않습니다. 하지만, 노파심에서 충고드리자면……. 그만두는 편이 현명할 것으로 생각됩니다."

"나도 무모하다고 생각은 해. 하지만 그들도 인간이잖아. 화해를 시도하지도 않고 무작정 죽이는 건 뭔가 잘못됐다고 생각해. 뭐, 나는 노력했다~라는 변명을 원하는 것뿐일지도 모르지만."

"아아, 도련님은 야만족을 같은 인간이라고 생각하고 계시는 거군요."

"인간이잖아?"

"……예, 인간입니다."

마이라는 약간 뜸을 두고 대답했다. 아마 쿠로노한테 맞춰 준 것뿐이리라. 이대로 이야기를 계속해 봤자 유쾌해질 일은 없다. 이야기를 바꿔야만 한다.

"그러려면 우선 각인술에 대해 잘 알아둬야겠지. 설명이 사실이라면 대단한 능력이야. 마치 신위술 같은데."

"네, 굉장한 술법입니다. 대신 신위술처럼 치유의 힘은 없습니다."

쿠로노의 의도를 헤아려 준 것이리라. 마이라는 바꾼 화제에 응했다.

"혹시, 신위술을 모델로 삼은 건가?"

"저로서는 잘 모르겠습니다만, 마술은 신에게 사랑받지 못한 사람을 위해 개발되었다는 이야기를 들은 적이 있습니다."

"그 이야기가 사실이라면 각인술도 그럴지도 모르겠네."

"그러네요."

쿡, 하고 마이라는 웃었다. 만약 마술과 각인술이 신위술을 모델로 삼고 있는 거라면 신이란 무엇일까. 그런 의문이 솟아난다. 마술식을 복사하는 근원이니까 라이트노벨에 나오는 정보생명체 같은 걸까나, 라는 생각을 하며 웃었다.

"왜 그러시죠?"

"아니, 아무것도 아니야."

쿠로노는 고개를 가로저었다. 신의 정체가 정보생명체라도 쿠로노는 확인할 방법이 없다.

"각인술에 파고들 틈이 있다면 어떻게든 되겠지."

"그러길 바라고 있겠습니다."

"불길하네."

마이라가 쿡쿡 웃었고 쿠로노는 몸서리를 쳤다. 역시, 어떻게도 안 되는 것 아닐까 하는 생각이 들기 시작했다. 대처 방법을 알아도 그걸 실행할 수 있다는 보장은 없는 것이다.

"위험하다고 생각하면 도망칠게."

"그게 좋으리라고 생각합니다. 모쪼록 고집을 부릴 때를 그르치지 마시기를."

"네, 그러겠습니다."

쿠로노는 고개를 푹 떨궜다.

※

"오늘 하루도 수고했습니다."

그렇게 말하고, 쿠로노는 침대에 쓰러졌다. 양아버지의 무용담을 다 들은 뒤, 다시금 작전 회의를 했다. 작전 회의에 참석한 것은 정찰대 멤버── 레이라, 페이, 타이가, 스노우 및 알레오스 산지로의 호송을 담당할 사브, 알바, 그라브, 게이너, 그리고 정찰대가 나간 사이 이곳의 방어를 맡게 될 엣지다. 참관인으로서 양아버지와 마이라도 참석하게끔 했다. 작전 회의는 순조롭게 진행되었다. 그 후에 식사를 하고 목욕을 한 뒤 지금에 이른다.

"오늘은 일찍 자야겠네."

천장을 올려다보고 작게 중얼거렸다. 알레오스 산지까지는 거리가 있다. 그 때문에 동이 터 올 즈음에는 크로포드 저택을 출발해야만 한다.

"빛이──."

조명용 매직 아이템을 끄기 위해 입을 연 그때, 문을 두드리는 소리가 울렸다. 이 소리는 레이라일까. 오늘은 일찍 자야만 한다. 하지만 쿠로노는 침대에서 내려와 문으로 향했다. 남자한테는 무리를 감수해야 할 때가 있는 것이다. 문을 열자 예상대로 레이라가 서 있었다. 군복 차림이었다.

"쿠로노 님, 시간 괜찮으실까요?"

"괜찮아, 들어와."

쿠로노는 레이라를 들이고 문을 닫았다. 미안해. 나는 약한 인간이야, 라고 마음속으로 사과했다. 등 뒤에서 살그머니 다가가다가, 레이라가 역사 자료집을 들고 있는 걸 알아차렸다.

"책 내용에 관한 질문이야?"

"네, 그림을 보고 있는 것만으로도 재미있습니다만……."

레이라는 쿠로노를 향해 돌아서고는 죄송해하는 듯이 말했다. 역사 자료집은 그녀의 지적 호기심을 자극한 모양이다. 그때, 번뜩이는 것이 있었다.

"그러면, 침대로 갈까."

"저기, 쿠로노 님, 내일은 일찍 일어나야 하기에……."

"아니, 그런 게 아니라."

"……알겠습니다."

레이라는 약간 뜸을 두고 대답했다. 책상에 다가가 역사 자료집을 내려놓았다. 그리고 부끄러운 듯이 군복을 하나씩 벗어 나갔다. 물론 쿠로노는 재빨리 옷을 벗었다.

"저기, 이제부터 어떻게 하면?"

"침대에 엎드려 누워서 자료집을 봐주세요."

"네, 네에?"

레이라는 곤혹스러워하는 듯한 표정을 띠었지만, 역사 자료집을 손에 들고 침대에 누웠다. 부탁한 대로, 엎드려 누운 자세로다. 탱글탱글한 엉덩이와 등 라인이 훌륭하다. 안 되지, 안 돼, 하고 쿠로노는 머리를 흔들고는 레이라 옆에 엎드려 누웠다.

"쿠로노 님?"

"같이 침대에서 책을 읽는다는 경험을 해보고 싶어서."

"그거라면 그렇게 말씀해 주시지 그러셨어요."

레이라는 쿡쿡 웃고는 역사 자료집을 펼쳤다. 조몬 시대 페이지다.

"전에도 간단히 설명했지만, 이 시대는 조몬 시대라고 해. 대략 1만 년 정도 전이고, 여러 가지 설이 있지만, 아직 인류가 수렵, 채집으로 식량을 조달하던 시대야."

쿠로노는 그리움을 느끼며 조몬 시대에 관해 설명하기 시작했다.

쿠로노 전기

이세계 전이한 내가 **최강**인 건
침대 위에서만인 것 같습니다

제 5 장 『정찰』

"도련님, 아침입니다."

쿠로노는 마이라의 목소리로 눈을 떴다. 방안은 어둡다. 커튼 틈새로 희끄무레한 빛이 비쳐 들어오고 있지만, 이른 아침이라 부르기도 망설여지는 시간이다.

"조금만 더——."

"섬광이여."

"갸아아아아악! 눈이! 눈이이이이이이!!"

강렬한 빛이 눈을 자극하여 쿠로노는 침대 위에서 몸부림쳤다. 한순간이었지만, 어둠에 익숙해져 있던 눈에는 과한 부하였다. 잠시 후 고통이 가라앉고, 몸을 일으켰다.

"도련님, 상쾌한 아침입니다."

"상쾌함이라곤 손톱만큼도 없었는데?"

"그러십니까."

눈물을 띠며 항의했지만, 마이라는 아랑곳하지 않았다. 오늘은 아침부터 일이 있으니 일찍 일어나야 해서 강하게 항의할 수도 없다. 젠장.

"방금 그건 뭐였어? 마이라의 마술?"

"아니요, 조명용 매직 아이템입니다."

쿠로노는 천장을 올려다봤다. 그곳에는 조명용 매직 아이템이 설치되어 있다.

"그런 기능이 있었구나."

"도적이 들었을 때를 대비해 대책으로 특별 주문했습니다. 매직 아이템의 수명이 줄어들어서 평소에는 거의 쓰지 않습니다."

"아버지와 마이라가 있으면 방범 대책은 필요 없지 않을까."

"지금 그야말로 도움이 된 참입니다만?"

"그렇군요."

쿠로노는 한숨을 내쉬고는 침대에서 내려왔다. 책상으로 다가갔다. 책상 위에는 정성스럽게 개켜진 군복이 놓여 있었다. 군복을 입고 검대를 졸라맸다. 위화감을 느꼈다. 하지만 이건 예민해져 있는 탓이리라. 검을 꽂고, 그 후 망토를 걸쳐서 준비 완료다.

"그러고 보니 레이라는?"

"이미 준비를 끝내 놓았습니다."

"그렇겠죠."

"그러면 가시지요."

마이라가 걷기 시작했고, 쿠로노는 뒤를 쫓았다. 마이라의 선도를 받으며 밖으로 나왔다. 눈이 살짝 휘둥그레졌다. 정원에는 엣지와 그 부하가 2열 횡대로 늘어서 있었다. 그 정면에는 레이라, 페이, 타이가, 스노우가 서 있고, 그녀들 뒤에 마차가 세워져 있다. 사브는 마부석에 앉아 있고 알바, 그라브, 게이너—— 기병 세 기는 약간 떨어진 곳에 있다. 발을 내디디자——.

"늦지 않았나 보군. 벌써 가 버렸나 싶었다고."

뒤에서 목소리가 들려왔다. 양아버지의 목소리다. 뒤돌아보니 양아버지가 달려오던 참이었다. 쿠로노 앞에서 멈춰 서서 머리를 긁적였다.

"……망토가 느슨하다."

"그래?"

"다시 매어 주마."

양아버지는 그렇게 말하고는 쿠로노의 목에 손을 뻗었다. 끈을 풀고, 다시 매려 했다. 익숙하지 않은 것이리라. 우물쭈물한 손놀림이다.

"미안하구나."

"엉?!"

"야만족 건 말이다. 우리 세대에서 깔끔하게 정리했으면 좋았을 텐데……. 결국, 너희에게 물려주고 말았어."

"그건 어쩔 수 없는 일이잖아."

진심이다. 양아버지를 비롯한 사람들은 남변경 개척만으로도 바빴다. 양아버지는 망토에서 손을 놓고, 찬찬히 쿠로노의 목을 쳐다봤다.

"뭐, 이 정도인가."

"고마워, 아버지."

"뭘, 됐다."

쿠로노가 감사를 표하자, 양아버지는 쑥스러운 듯이 손등으로 코를 문질렀다. 목이 꽉 조이는 듯한 느낌이 들지만, 한동안은 이대로 있고자 한다. 등을 쭉 폈다.

"다녀오겠습니다."

"그래, 죽지 말…… 살아서 돌아와라."

"다녀오십시오."

쿠로노는 몸을 돌리고 걷기 시작했다. 레이라와 부하들이 이쪽을 봤다. 그대로 다가가──.

"좋은 아침."

"좋은 아침입니다."

"좋은 아침인 것입니다."

"좋은 아침이외다."

"쿠로노 님, 안녕."

쿠로노가 인사하자 레이라, 페이, 타이가, 스노우가 인사에 답했다.

"쿠로노 님, 훈시를……."

"알았어."

레이라가 작게 중얼거렸고, 쿠로노는 엣지와 부하들── 2열 횡대로 늘어선 부하를 향해 돌아섰다. 곤란하게 됐다는 게 본심이다. 출진식을 할 생각은 없었기에, 훈시도 준비하지 않았다. 그래도, 부하의 마음가짐에 답하는 것이 상사라는 존재이리라. 크흠, 하고 헛기침을 했다.

"……과거, 제국은 망국의 위기에 놓여 있었습니다. 황위 계승이 발단이 되어 일어난 투쟁은 제국 전토를 말려들게 하는 내란으로 발전하여, 제국 북동부의 독립── 자유도시 국가군 탄생과 야만족의 침입이라는 사태를 초래했습니다. 지금은 돌아가신 라마르 5세 폐하께서 내란을 수습하고, 야만족을 알레오스 산지로 축출하였습니다만."

쿠로노는 제국의 역사를 이야기하며, 거기서 말을 끊었다.

"야만족 문제는 31년에 걸쳐 방치되었어. 하지만 나는 그걸로 괜찮았던 것 아닐까 하고 생각해."

부하들이 술렁였다. 당연한가. 이전 세대가 못다 하고 남긴 일 ──나머지 대가를 치르려 하는 것이다. 보통은 꽝 제비를 뽑았다고 생각할 것이다. 쿠로노는 부하들이 조용해지는 걸 기다려 입을 열었다.

"31년 전에는 서로 죽일 수밖에 없었어. 하지만 지금은 다른 선택도 가능할지 몰라. 그러니까, 우리가 이 문제를 해결하자."

"쿠로노 님께 경례!"

약간 억지스럽게 이야기를 정리하자, 엣지가 큰 목소리로 외치며 경례했다. 약간 늦게 부하들이 뒤따랐다. 쿠로노는 등을 쭉 펴고 반례했다. 엣지가 경례를 풀었고──.

"정찰대의 무운을 빌고 있겠습니다."

"나머지 일은 맡길게."

"옙! 맡겨 주십시오!"

쿠로노도 경례를 풀고 말을 걸었다. 그러자 엣지는 등을 쭉 펴고 말했다. 쿠로노는 고개를 크게 끄덕인 뒤 레이라를 비롯한 정찰대 쪽을 향해 돌아봤다.

"갈까."

""""넵!""""

쿠로노가 말을 걸자, 레이라를 비롯한 정찰대 멤버—— 레이라, 페이, 타이가, 스노우 네 사람은 큰 목소리로 답했다. 그들은 뛰어 나가다시피 하여 움직여서, 마차 짐칸에 뛰어 올라탔다. 쿠로노도 약간 늦게 짐칸에 올랐다. 식량을 실은 것도 있어서 약간 비좁다. 레이라 옆에 앉았다. 페이, 타이가, 스노우는 맞은편이다. 사브가 어깨 너머로 이쪽을 봤다.

"출발하겠슴다."

"잘 부탁해."

"예입, 잘 부탁받았슴다."

사브가 정면을 향해 돌아봤고, 마차가 움직이기 시작했다.

※

밑에서 쳐올리는 듯한 충격에 쿠로노는 눈을 떴다. 시선을 움직였다. 크로포드 저택을 나왔을 때는 어두웠지만, 오랫동안 잠들어 버린 것이리라. 해가 올라, 가도를 따라 난 초목이 푸르게 반짝이고 있다. 기분 탓인지 식물의 밀도가 높은 듯한 느낌이 든다.

"쿠로노 님, 안녕히 주무셨습니까."

"안녕, 레이라. 주둔지는?"

"지났습니다."

인사에 답해주고 물어보자, 레이라는 담담히 대답했다. 주둔지보다 알레오스 산지에 가깝다── 더욱 사람의 손이 미치지 않았다는 말이다. 식물의 밀도가 높은 것도 당연하다. 덜커덩, 하고 충격이 단속적으로 마차를 덮친다. 사브가 어깨 너머로 짐칸을 봤다. 하지만 그것도 불과 몇 초다. 곧바로 정면에 시선을 향했다.

"죄송함다! 여하간 길이 좋지 못하다 보니!"

"신경 쓰지 마!"

"그리 말씀해 주시니 감사함다!"

큰 목소리로 사브와 대화를 주고받았다. 텅, 하고 마차가 흔들렸다. 짐칸에서 몸을 내밀어 길 상태를 확인했다. 길이라기보다는 바퀴 자국이다. 이곳저곳이 움푹 패어 있다. 아무리 그래도 이렇게까지 심각한 상황이라면 골디가 마개조한 마차도 충격을 완전히 흡수할 수 없는 모양이다. 텅, 하고 또다시 마차가 흔들렸고──.

"페이 공은 거물이구려."

대각선 앞쪽에서 손도끼를 갈고 있던 타이가가 감탄한 듯이 말했다. 맞은편을 봤지만, 페이는 없다. 짐칸 후방으로 시선을 향하자, 페이가 스노우한테 무릎베개를 받으며 잠들어 있었다.

"스노우, 괜찮아?"

"괜찮아."

장시간 무릎베개를 해주는 건 힘들 터다. 걱정되어 말을 걸었지만, 스노우는 태연한 어조로 대답했다. 거짓말은 하고 있지 않은 듯하지만——.

"나, 어린애 취급당한 적이 많았으니까 기뻐."

에헤헤, 하고 스노우는 웃으며 페이의 머리를 쓰다듬었다. 언니 플레이를 즐기고 있다는 건가. 어느 쪽이 연상인지, 하고 페이를 바라봤다. 스커트가 뒤집힐 것 같다. 살짝 몸을 내밀자, 페이가 기세 좋게 몸을 일으켰다. 황급히 앉은 자세를 바로 했다.

"왜 그래?"

"사악한 기척을 느낀 것입니다."

평정을 가장하며 말을 걸자, 페이는 주위를 경계하는 것처럼 시선을 움직였다.

"기분 탓 아니야?"

"그런 것이려나요?"

페이는 미심쩍은 표정을 띠었다. 설마, 알아차리고 있는 것일까. 그렇다고 한다면 곤란하다. 어떻게든 해서 얼버무려야 한다고 생각한 그때, 마차가 크게 흔들렸다. 팬 곳 때문이 아니다. 속도를 낮춘 것이다. 목적지가 가까운 것일까. 그런 생각을 하고 있자, 마차가 멈췄다.

"쿠로노 님, 도착했슴다."

"조, 좋아, 내릴까."

사브가 뒤돌아보며 말했고, 쿠로노는 일어섰다. 페이가 미심쩍은 듯이 미간을 찡그리고 있지만, 개의치 않고 짐칸에서 내렸다. 다시금 길을 바라봤다. 바퀴 자국이 길게 이어져 있고, 양옆에는 식물이 무성히 나 있다. 내버려 두면 1년 후에는 사라져서 없어질 것 같다.

"쿠로노 님?"

"아아, 미안."

레이라가 말을 걸어 마차에서 거리를 뒀다. 바퀴 자국이 있다는 건 사람의 왕래가 있다는 말이다. 영민일지, 아니면 군인일지. 더 자세히 이야기를 들어 뒀더라면 좋았을 것을, 하고 인제 와서 새삼스럽지만 후회했다. 돌아가면 양아버지한테 물어보자.

"쿠로노 님, 준비가 되었습니다."

"응, 알았어."

쿠로노가 뒤돌아보자, 레이라와 다른 사람들은 마차에서 내려 준비하고 있었다. 산을 헤치고 들어가야 하므로 허리에 손도끼를 매달고 있다. 거기다 타이가는 로프를 어깨에 걸치고 있다.

"소인이 선두에 서겠소이다."

"제가 두 번째인 것입니다."

"쿠로노 님이 세 번째고, 내가 네 번째네."

"제가 최후미를 맡겠습니다."

"출발하겠소이다."

타이가가 걷기 시작했고, 페이, 쿠로노, 스노우, 레이라 순서로 뒤따랐다. 마차 전방으로 나오자, 길을 따라 난 덤불에 사람이 헤치고 들어간 듯한 흔적이 있었다.

"이 앞이 강이구려. 그러면, 발밑을 조심하며 전진하는 것이
외다."

"알겠습니다인 것입니다."

타이가가 망설이는 기색을 보이지 않고 덤불에 들어갔고, 페이
가 그 뒤를 따랐다. 정말 여기로 괜찮은 걸까 하고 불안해졌다.
결의를 굳히고 덤불을 헤치고 들어가, 페이 뒤를 쫓았다. 하지만
좀처럼 따라잡을 수 없다. 덤불을 헤치며 나아가고 있는 탓이다.

일행과 떨어졌다간 조난할 것 같다는 생각이 들어 몸서리쳤다.
그렇게 되면 웃을 수 없다. 팔에 힘을 넣고 속도를 높였다. 그래
도 역시나라고 해야 할지, 좀처럼 거리가 줄어들지 않았다. 이대
로는 곤란하다고 생각한 그때, 갑자기 시야가 트였다. 강가로 나
온 것이다.

휴, 하고 안도의 한숨을 내쉬자 타이가와 페이가 뒤돌아봤다.
그에 이끌려 쿠로노도 뒤돌아봤다. 뒤에 있었을 터인 스노우와
레이라가 없다. 설마 길을 헤맨 것일까. 그런 불안이 솟구쳤다.
하지만 잠시 지나자 덤불이 흔들리며 스노우와 레이라가 모습을
나타냈다.

"뒤처지는 줄 알았어."

"죄송합니다. 전진해 주세요."

"알겠소이다. 단, 뒤처질 것 같으면 빨리 말을 거시게나."

"네~에!"

스노우가 기운차게 대답했고, 쿠로노 일행은 다시 대열을 짜서 상류── 알레오스 산지를 향해 걷기 시작했다. 쿠로노는 곁눈질로 강가의 상태를 확인했다. 강폭은 5m 정도이지만, 강변의 폭은 배 이상 된다. 쓰러진 나무도 있다.

"쿠로노 님, 왜 그래?"

"강가 상태를 확인하고 있었어."

쿠로노는 정면을 보고는 스노우의 질문에 대답했다.

"뭔가 알았어?"

"비가 내리면 위험할 것 같다는 점은."

"어떻게 아는 거야?"

"강가 폭이라든가, 쓰러진 나무가 있다든가, 뭐 그런 걸로."

쿠로노는 강가를 걸으면서 알아차린 점을 말했다.

"쿠로노 님은 굉장하네. 나도 공부하면 알게 될까?"

"물론이지."

"나, 열심히 할래."

스노우의 말에 죄악감이 자극되었다. 원래 세계에서 강가는 위험하다는 지식을 얻었기에 주의를 기울일 수 있었던 것이다. 그걸 생각하면 제법 어려울 것 같은 느낌이 든다. 하지만 사실대로 말해서 젊은이의 의욕을 저해할 수도 없는 노릇이다. 매우 괴로운 문제다. 그런 답답한 마음을 품으며 상류로, 또 상류로 나아갔다.

상류로 나아감에 따라 강폭은 좁아지고 돌도 커졌다. 게다가 양안에 나 있던 식물에 나무가 더해졌다. 바위를 넘고, 쓰러진 나무를 지나, 상류를 향해 나아갔다. 어디서 능선을 향해 나아가야 할지 생각하고 있자 쏴아, 하는 소리가 들려왔다.

"물소리이외다."

"폭포일까요?"

"쿠로노 님, 어떻게 하시겠습니까?"

"일단 조금 더 나아가 보자."

타이가, 페이, 레이라가 물 흐르는 것처럼 끊김이 없이 말했고, 쿠로노는 앞으로 나아가는 것을 결의했다. 능선을 목표로 한다 쳐도 표식이 있는 편이 좋을 거라고 생각한 것이다. 길이 한층 더 험해지고, 낭떠러지가 모습을 드러냈다. 아니, 다르다. 강이 크게 굽이치는 것이다. 발밑을 주의하며 나아가자, 높이 5m 정도 되는 폭포가 홀연히 모습을 드러냈다. 물보라 때문에 주변이 쌀쌀했고, 폭포의 바위 면에는 이끼가 껴 있다.

"아름다운 것입니다."

"——!!"

페이가 나직이 중얼거렸고, 쿠로노는 제정신을 차렸다. 넋을 잃고 보고 있을 때가 아니다.

"좋아, 여기서부터 능선을……"

향하여 가자, 라고 쿠로노는 말하려다가 입을 다물었다. 주위가 벼랑으로 되어 있는 것이다. 수직은 아니지만, 경사는 꽤 가파르다. 높이도 폭포와 같거나 그 이상 된다. 그때, 페이가 신위술——

빛의 벽을 발판으로 삼았던 것을 떠올렸다.

"페이, 신위술로 발판을 만들어서 벼랑 위로 갈 수 있어?"

"물론인 것입니다. 그럼 밧줄을 드는 편이 좋은 것이겠네요."

"그렇겠소이다."

페이가 힘차게 고개를 끄덕였고, 타이가가 밧줄을 내렸다.

"칠흑이자 혼돈을 관장하는 여신님, 잘 부탁드리는 것입니다."

기도를 올리자, 검은빛이 솟아올랐다.

"밧줄이외다."

"감사한 것입니다. 그럼…… 타앗!"

타이가한테서 밧줄을 받아들고, 페이는 무릎을 굽혔다. 그 직후, 수직으로 뛰었다. 2m 정도 도약하고, 중력에 이끌려 낙하하기 시작했다. 빛의 벽이 나타났고, 그걸 발판 삼아 도약했다. 하지만 앞으로 한 걸음 정도를 남기고 벼랑 위에 닿지 못했다. 다시 빛의 벽을 발판으로 도약하여 벼랑 위에 착지했다.

"밧줄을 나무에 묶겠으니 기다려 주었으면 하는 것입니다!"

그렇게 말하고 페이는 등을 돌렸다. 모습이 보이지 않게 되고, 밧줄이 질질 끌려 올라갔다. 갑자기 밧줄이 움직임을 멈췄고, 잠시 후 페이가 모습을 나타냈다. 벼랑에서 몸을 내밀어 손짓한다.

"묶은 것입니다!"

"순서는 나, 스노우, 레이라, 타이가 순으로 괜찮겠어?"

쿠로노가 묻자, 세 사람은 고개를 끄덕였다. 밧줄을 붙잡고 안전 확인을 위해 잡아당겼다. 딱히 문제는 없는 듯하다. 벼랑에 발을 걸치고, 양손으로 밧줄을 번갈아 잡아당기며 올라갔다. 다리와 팔로 체중을 지탱하고 있기 때문인지 생각했던 것보다 부담은 적다. 살짝 땀이 나며 벼랑을 다 올라가, 후속을 위해 장소를 비웠다. 스노우, 레이라, 타이가는 쑥쑥 벼랑을 올라왔다. 밧줄 같은 건 필요 없었던 것 아닐까 억측하고 말 정도다.

전원이 벼랑을 다 오르고, 쿠로노는 주위를 둘러봤다. 거목이 죽 늘어서 있고, 높이가 있는 풀이나 관목이 나 있다. 그렇기는 해도 덤불이라고 할 수준은 아니다.

그런 생각을 하고 있자, 레이라가 파우치에서 천을 꺼내 나뭇가지에 묶었다. 하얀색에 가늘고 긴 천이다. 조난 방지용 표식이다. 이것도 쿠로노가 원래 세계에서 읽었던 책에서 얻은 지식이다. 다른 사람이 달아 둔 표식을 의지하여 숲을 나아가다가 조난했다고도 적혀 있었지만.

페이가 로프를 풀고 타이가가 손도끼로 나무줄기에 흠집을 냈다. 따분한 것이리라. 스노우가 바짝 달라붙었다.

"우리, 한가하네."

"그러게."

쿠로노가 고개를 끄덕이자 스노우는 에헤헤, 하고 웃었다. 나와 같은 처지가 있으니 마음이 한결 편하다.

그때, 쿠로노는 타이가가 나무에 목덜미를 문지르고 있는 걸 알아차렸다.

"타이가, 뭐 하는 거야?"

"냄새를 묻히는 것이외다."

타이가는 나무에 목을 문지르며 말했다.

그건 고양이의 습성 아닌가? 뭐, 호랑이는 고양잇과 동물이다. 호랑이 수인인 타이가한테도 비슷한 습성이 남아 있어도 이상하지는 않다.

"자기 이외의 냄새도 알 수 있어?"

"물론이외다."

"그럼 내 냄새도 추적할 수 있어?"

"어떻게든 될 거라 생각하오이다."

타이가는 쿠로노에게 다가가 목덜미에서 코를 킁킁거렸다. 그는 고참 부하다. 충성심에 의심할 여지는 없다. 그런데도 불안함이 솟구쳐 오르는 건 어째서일까.

"기억했어?"

"기억했소이다."

타이가가 떨어졌고, 쿠로노는 내심 가슴을 쓸어내렸다.

"……좋아, 다시 대열을 짜서 나아가자."

"""넵!"""

쿠로노의 말에 레이라, 페이, 타이가, 스노우 네 사람은 등을 쪽 펴고 대답했다.

※

점심—— 가우르는 팔짱을 끼고 부하가 밀 포대를 식량 창고에 옮기는 모습을 바라봤다. 어제 베일리 상회에 군량 가격에 관해 상담하고 싶다고 편지를 보냈다. 양피지를 쓰지 않은 건 그들의 체면을 배려해서였다.

솔직히 말하면 사기꾼들의 체면 따위 알 바 아니었다. 하지만 교섭을 맡은 니아가 예의를 차려야 한다고 주장했다. 가우르는 그놈들에게 예의까지 차려야 하나 싶어 화가 났지만, 그래도 분노를 참았다. 여기까지 이르는 데 쿠로노와 크로포드 남작가의 힘을 빌렸다. 그리고 지금은 니아의 힘까지 빌리고 있다. 여기서 틀어지면 그들의 노력은 모두 허사가 된다.

결과적으로 일은 좋게 처리되었다. 베일리 상회는 착오를 인정하고, 올려 받았던 금액만큼 군량을 보내왔다. 사과의 의미로 술까지 얹어서.

"오늘부터 배불리 먹을 수 있겠어."

"이제 채소를 훔치러 다닐 필요도 없겠군."

"헤헤, 에라키스 후작님 만세구만."

"그렇게 따지자면 가우르 님 만세겠지."

"아～, 젠장! 빨리 마시고 싶다."

"어이, 오늘 밤에 술을 풀어준다는 보장은 없다고."

군량이 운반되는 모습을 지켜보고 있던 부하가 그런 말을 했다. 채소를 훔쳤다는 게 무슨 말인지 추궁하고 싶었지만, 결국 가우르의 과실도 함께 나올 게 뻔했다. 가우르가 부족했던 탓에 그렇게라도 배를 채운 거니까.

"이해할 수 없군."

"뭐가 말인가요?"

아래쪽에서 목소리가 났다. 시선을 내리자 니아가 이쪽을 쳐다
보고 있었다. 눈이 반짝이고 있다. 성실하게 훈련에 임하고 있었
지만, 역시 사무 일에 적성이 있는 것이리라.

"베일리 상회말이다. 아무리 그래도 대응이 너무 빠르지 않나?"

"슬슬 위험하다고 생각하고 있었던 것 아닐까요?"

"……과연."

부정이 들통날 걸 예상했다면 가능한 이야기다. 야비한 방식에
분노를 느꼈지만, 그걸 알아차리지 못했던 것 또한 자신의 추태
였다.

자신의 힘을 증명할 생각이었는데 오히려 역부족임을 통감하
다니, 한심하기 짝이 없는 이야기였다.

"겨우 다시 야만족 토벌에 나설 수 있겠군."

"그러고 보니 에라키스 후작은요?"

가우르가 주먹을 꽉 쥐고 말하자, 니아가 쭈뼛쭈뼛 입을 열었다.

"알레오스 산지를 정찰 중이다."

"그런가요. 무사히 돌아오면 좋겠네요."

"……그래."

웃어넘길까 생각했지만, 야만족의 힘을 생각하면 낙관할 수는
없다. 알레오스 산지 방향을 바라봤다. 불길한 예감이 들었다.

※

　레이라가 가지에 천을 묶고, 타이가가 손도끼로 나무줄기에 흠집을 냈다. 쿠로노는 조금 떨어진 곳에서 두 사람을 지켜봤다. 혼자가 아니라, 페이와 스노우도 함께다.

　"우리, 한가하네."

　"그러게."

　"그런 것입니다."

　스노우가 나직이 중얼거렸고, 쿠로노와 페이는 고개를 끄덕였다. 페이한테는 주위를 경계하는 역할이 있지만, 주위를 경계해도 여전히 한가하다는 것이리라.

　그 후, 쿠로노 일행은 골짜기를 횡단하여 능선에 다다랐다. 여기가 정말로 능선인지 판단할 수 있는 사람은 없기에 추측일 뿐이지만.

　쿠로노는 주변을 둘러보았다. 야생동물이 다니는지 짐승 길이 일직선으로 뻗어 있다. 좌우는 내리막 경사지만, 나무들이 무성하여 여전히 시야가 좁았다.

　"쿠로노 님, 표식 묶기가 끝났습니다."

　"냄새 바르기도 끝났소이다."

　"그럼 가자."

　쿠로노 일행은 다시 대열을 짜서 능선을 나아갔다.

"쿠로노 님, 우린 지금 어디쯤이야?"

"중턱 정도일까?"

스노우의 질문에 망설이며 대답했다. 초등학교와 중학교 때의 임간학교 수업에서 산을 오른 경험이 있지만, 그때는 정비된 등산로였다. 게다가 그때와는 비교도 되지 않을 정도로 쿠로노의 체력은 향상되었다. 자신의 감각은 믿을 것이 못 된다.

"엥~ 그럼 아직 더 걷는 거야?"

"스노우!"

스노우가 불만스러운 듯이 말하자 레이라가 언성을 높였다.

"여긴 나무뿐이라 재미없어."

"일은 재미없더라도 하는 거예요."

"네~에, 알겠어요."

레이라가 타이르듯이 말했지만, 스노우는 역시나 불만스러운 듯이 말했다.

"하지만 스노우 님의 의견도 일리 있는 것입니다."

"그렇지?! 그거 봐, 그거 봐, 페이도 그렇게 말하잖아!"

페이의 말에 스노우는 들뜬 목소리로 말했다.

"그렇게나 재미없어?"

"그런 의미가 아닌 것입니다!"

쿠로노가 나직이 중얼거리자, 페이는 황급히 부정했다.

"이대로 야만족 지배 영역을 돌아다니는 건 위험하다고 생각한 것입니다."

"그건 그렇군."

쿠로노는 고개를 끄덕였다. 지금까지 딱히 문제는 없었다. 그덕에 여기까지 올 수 있었지만, 아무래도 지나치게 잘 풀리고 있는 듯한 느낌이 들었다. 슬슬 되돌려야 하나, 아니면 이대로 나아가야 하나.

그렇게 고민하며 길을 나아가니 갑자기 시야가 넓어졌다. 트인 곳이 나온 것이다.

눈을 크게 떴다. 쿠로노 일행 앞에 나타난 건 길이었다. 길폭은 좁지만, 산 정상까지 이어지는 외길이 있었다. 양옆 경사면에 시야를 가로막는 물체도 없어 주위를 한눈에 내다볼 수 있었다.

호오, 하고 누군가의 숨소리가 새어 나왔다. 당연한가. 그만큼 훌륭한 조망이었다.

그때 갑자기 위쪽에서 부스럭부스럭하는 소리가 울렸다. 쿠로노가 의문을 품은 순간, 레이라가 날카롭게 외쳤다.

"뛰어요!"

타이가와 페이가 어깨너머로 시선을 향하고는 튀어 나가다시피 뛰기 시작했다. 쿠로노도 달렸다. 두 사람과 달리 뒤를 확인할 여유는 없다. 몇 초 뒤, 빨간빛이 작렬했다. 충격이 밀려왔고, 쿠로노 일행은 날아갔다. 경사면 아래로 떨어지지 않았던 건 행운이라고밖에 말할 도리가 없었다. 몸을 일으키고 뒤를 보니 쓰러진 나무가 길을 막고 있었다. 나무에는 창이 꽂혀 있다.

양아버지가 말했던 각인술이 틀림없다. 다음 공격이 온다. 일어서야만 한다. 그러나 폭발에 휘말린 탓인지 현기증이 움직임을 방해했다. 쿠로노는 머리를 내저으며 일어섰다. 타이가와 페이는 이미 일어서서 정면을 똑바로 바라보고 있었다.

두 사람의 시선 끝에는 머리카락이 짧은 여자가 서 있었다. 창을 들고, 동물의 엄니나 발톱으로 만들어진 장식을 몸에 달고 있었다. 가우르가 만났다던 야만족── 라라인 듯했다. 각인술을 해방하지도, 거리를 좁히지도 않고 대치하고 있지만, 그냥 보내 줄 생각은 없으리라. 처음 공격은 경고로 한 게 아니었으니까.

유인당했나, 하고 쿠로노는 입술을 깨물었다. 어쩐지 일이 너무 수월했다. 병사를 더 데리고 오지 않은 게 후회됐다. 어차피 결과는 비슷했을 것 같지만.

지금은 변명하고 있을 상황이 아니다. 도망칠 길은 막혔고, 정면에는 적이 있다. 이 상황을 빠져나가야만 한다.

하지만 그 전에 해야 할 일이 있다. 쿠로노는 라라에게 시선을 향했다.

"저는 케페우스 제국군 사관인 쿠로노 크로포드라고 합니다!"

"쿠로노 님! 지금은 이름을 대고 있을 상황이 아닌 것입니다!!"

"그래! 지금 우리는 위기 상황이야!"

"저는 케페우스 제국군 사관인 쿠로노 크로포드라고 합니다!"

"······라라, 루 족의 전사."

페이와 스노우가 외쳤지만, 쿠로노는 재차 큰 목소리로 이름을 댔다. 그러자 라라는 수상쩍어하는 듯이 미간을 찡그리며 대답했다. 가슴을 쓸어내렸다. 가우르한테서 들은 대로, 사투리 억양은 심하지만, 말은 통하는 모양이었다. 말이 통한다면 대화의 여지가 있다.

"대표분과 이야기를 하고 싶습니다만, 어디에 계십니까?"

"족장, 할 이야기, 없다."

"그리 말씀하시지 마시고."

"떠나라, 여기, 우리의 땅."

대화는 끝이라고 말하는 것만 같이 라라는 창을 휘둘렀다. 직후, 손에 빛이 들어왔다. 빨간빛이다. 빛이 손에서 손목, 손목에서 팔로 뻗어 출전하기 전 얼굴과 몸에 문양을 바르는 것처럼 그녀를 단장했다. 빨간빛은 모피를 투과하여 보디라인이 떠올라 보인다. 어떤 원리일까. 조금 신기했다.

"교섭은 결렬이구려."

타이가는 그렇게 말하고는 등에 멘 대검에 손을 뻗었다. 하지만 대검을 휘두르기에는 발 디딜 곳이 좋지 못하다고 판단한 것이리라. 손도끼를 들었다. 라라가 창을 들고 자세를 취한 뒤 지면을 박찼다. 다음 순간———.

"염탄난무!"

늠름한 목소리가 울렸다. 레이라의 마술이다. 무수한 화염탄이 라라에게 쏟아져 내렸다. 하지만 화염탄은 무언가에 가로막혀 터졌다. 마치 라라를 중심으로 돔처럼 둘러싸듯 장벽이 있는 것 같았다. 저것이 양아버지 이야기에 있었던 공격을 막는 벽일 것이다.

라라가 불꽃을 돌파했다. 장벽은 보이지 않았지만 아직 건재할 터였다. 한층 거리를 좁히고 창을 내리쳤다. 타이가는 몸을 살짝 뒤로 빼서 창을 피했다. 평지에서라면 악수였다. 공격 궤도에 몸을 두면 다음 공격을 맞게 된다. 하지만 이곳은 길폭이 좁다. 몸을 뒤로 빼서 피하는 것 말고는 다른 선택지가 없다.

창날 끝이 위로 솟구쳤지만, 공중에서 움직임을 멈췄다. 타이가가 창 자루를 붙잡은 것이다. 라라가 창을 뒤로 당겼으나──.

"그 목숨, 받아 가는 것입니다!"

직후, 페이가 타이가를 뛰어넘어 발차기를 먹였다. 그러나 이 또한 공중에서 속도가 줄어들었다. 발 언저리가 공간이 일그러진 듯이 보였다.

라라가 힘으로 창을 당겨 빼고는 뒤로 뛰어 물러났다. 지탱할 것을 잃은 페이는 그대로 지면에 내려서 지면을 박찼다.

"신이여, 제 칼날에 축복을! 신위술·축성인 것입니다!"

단숨에 거리를 좁히고, 검을 뽑아 휘둘렀다. 칼날이 라라에게 육박했다. 팡! 하고 무언가가 파열되는 듯한 소리가 울렸고, 검이 도로 튕겨 나갔다. 공격을 막아낸 데 대한 안도인지, 아니면 우위에 선 것을 확신해서인지 라라가 입꼬리를 치켜올렸다.

페이는 아랑곳하지 않고 공격을 펼쳤다. 그때마다 파열음이 울렸다. 하지만 이번에는 도로 튕겨 나가지 않았다. 장벽을 벤 것이다.

이변을 알아챈 라라는 놀라서 눈을 크게 떴다. 이대로는 곤란하다고 느꼈는지 창을 내찔렀다. 발 디딜 곳이 나쁜 걸 생각하면 이게 최선의 수였다.

그러나 라라의 얼굴은 또다시 경악으로 물들었다. 페이가 검으로 창을 쳐냈기 때문이다. 혼신의 일격을 실패한 라라의 상체가 기우뚱했다. 페이는 그 틈을 놓치지 않고 손도끼를 뽑아 내리쳤다.

쿠로노가 이대로 죽여도 괜찮은가 하는 의문이 든 그 순간, 페이가 손을 멈추고 뒤로 뛰었다.

그 직후 페이가 있던 장소에 녹색 빛으로 감싸인 창이 날아와 꽂혔다. 창은 짧게 점멸을 반복했다.

쿠로노가 위험을 느낀 순간, 녹색 빛이 작렬했고, 흙먼지가 밀어닥쳤다. 하지만 충격은 없었다. 페이가 빛의 벽을 전개하여 충격을 막은 것이다.

쿠로노는 눈을 가늘게 떴다. 흙먼지가 자욱했고 라라의 모습은 보이지 않았다. 아마 그건 그녀도 마찬가지일 터다.

쿠로노가 퇴각을 고민한 순간, 흙먼지를 빨간빛으로 감싸인 돌이 날아왔다.

"신이여!"

페이가 외친 다음 순간, 빨간빛이 작렬했다. 빛의 벽이 충격을 막았다. 하지만 전부를 막을 수는 없다. 충격의 여파가 몸을 꿰뚫었고, 구역질이 올라왔다. 갑자기 빛이 사라지고, 페이가 한쪽 무릎을 찧었다. 약간 뒤늦게 빛의 벽이 부서졌다.

쿠로노는 즉각 퇴각을 결의했다. 나무가 쓰러져 퇴로를 막았지만, 여기서 라라를 상대하는 건 너무 위험했다. 흙먼지로 시야가 안 좋은 이 틈을 노리는 게 최선이었다.

"퇴가——!"

명령을 내리려는 순간, 바람이 불어와 흙먼지를 걷어냈다.

쿠로노는 눈에 들어온 풍경에 무심코 입을 다물고 얼굴을 찌푸렸다. 처음부터 적은 한 명이 아니었다. 도중에 누가 끼어든 시점에서 눈치챘어야 했다. 어이없을 만큼 멍청한 실수였다.

그러나 지금은 후회할 틈조차 없었다. 라라가 창을 크게 휘둘러 높이 들어 올렸다.

"다들, 머리를 숙여!"

쿠로노가 소리치며 무릎을 굽혔다. 페이도, 타이가도 그에 따랐다. 스노우는 모르겠다. 뒤에서 바람을 느꼈으니 아마도 자세를 낮추고 있을 터다.

"레이——!!"

레이라, 쏴! 라고 명령하기보다도 빠르게, 후방에서 화살이 날아왔다. 머리를 숙이라고 명령했을 때 이미 쿠로노의 의도를 파악했던 게 틀림없다. 역시나 레이라야, 라고 칭찬하고 싶었다.

화살은 일직선으로 라라에게 날아갔다. 그러나 역시 장벽에 막혀 속도가 줄었고, 라라는 몸을 비틀어 화살을 피했다. 레이라가 연이어서 화살을 발사했다. 하지만 두 번째 화살부터는 장벽에 여지없이 튕겨 나갔다.

쿠로노는 위화감을 느꼈다. 첫 번째 화살은 속도가 줄었을 뿐인데, 두 번째 화살은 막힌 것인가. 그러나 전장에서는 쓸데없는 고민이었다. 검증할 수단이 없으면 의미 없는 가설일 뿐이다. 지금은 이 궁지를 벗어나는 데 집중해야 했다.

쿠로노는 작전을 하나 생각했다. 통할지는 알 수 없으나 고민할 틈도 없었다. 라라는 틈이 생기면 당장이라도 창을 던질 기세였다. 작전을 실행할 수밖에 없다. 만약 통하지 않으면 다음 작전을 생각할 뿐이다.

"레이라, 나한테 맞춰 줘!"

"네!"

"개양회랑!"

쿠로노는 라라에게 손을 향하며 외쳤다. 라라의 모습이 사라졌다. 그리고──.

"폭염무!"

레이라가 외쳤다. 라라가 있던 장소를 불기둥이 뒤덮었다. 촤악, 하는 소리와 함께 라라가 경사면을 미끄러져 떨어졌다.

쿠로노는 개양회랑으로 시야를 빼앗는 작전이 통한 걸 확인하고 가슴을 쓸어내렸다.

만약 라라가 전투 경험이 풍부하다면 방어를 굳히고 개양회랑 효과가 끝나는 것을 기다렸겠지만, 경험이 부족한 그녀는 동요하여 경사면에서 미끄러져 떨어졌다.

그렇지만 이건 라라가 움직임을 멈추고 있었기에 가능했던 일이다. 격렬하게 움직이고 있었다면 정확히 겨냥할 수 없었을 것이다.

폭염무의 불기운이 잦아든다. 지금이라면 퇴각할 수 있을 터다.

"좋아, 퇴가——!"

"아직인 것입니다!"

페이가 쿠로노의 말을 가로막고 외쳤다.

직후, 불꽃 속에서 녹색 각인을 두른 인간이 튀어나왔다. 그녀가 리리일 것이다. 자기 몸을 포탄처럼 삼아 돌진해 왔다.

"칠흑이자 혼돈을 관장하는 여신님! 힘을 빌려주셨으면 하는 것입니다!!"

페이는 기도를 올리고는 지면을 박찼다. 리리가 한층 속도를 높였고, 양자의 거리는 눈 깜짝할 사이에 좁혀졌다. 격돌하기 직전, 페이가 양손을 내밀었다.

"신위술 · 성순(聖盾)인 것입니다!"

양손에서 약간 떨어진 공간에 방패가 떠올랐다. 두 사람이 격돌했고, 굉음이 울려 퍼졌다. 페이가 리리를 그 자리에 막아 세웠다. 아니, 슬금슬금 밀리기 시작하고 있다.

"돕겠소이다!"

타이가가 달려가서 페이의 등을 지탱했다. 힘이 팽팽하게 맞서고 있다. 하지만 그것도 길게는 유지되지 않았다. 단숨에 밀렸다.

"타아아아앗, 인 것입니다!"

페이는 날카로운 기합 소리와 함께 리리를 바로 위쪽으로 튕겨냈다. 리리는 하늘 높이 날아올라, 거기서 움직임을 멈췄다. 문득

중학교 때의── 위치 에너지에 관한 수업을 떠올렸다. 그렇긴
해도 자세한 내용은 기억하고 있지 않다. 위치 에너지는 운동 에
너지로 변환된다든가 그 정도의 지식이다. 설마, 하고 마른침을
삼켰다. 그 설마였다. 리리는 공중에서 몸을 뒤집어 활강하기 시
작한 것이다. 게다가 퇴로 쪽에서 돌진해 올 생각이다.

쿠로노는 경사면을 봤다. 100m 이상 이어지는 급경사다. 자칫
잘못하면, 아니, 어지간한 행운으로 축복받은 게 아닌 한 부상은
면할 수 없다. 리리를 봤다. 아직 활강하고 있지만, 머지않아 수
평 비행으로 이행할 것이다. 망설일 여유는 없다.

"경사면에!"

그렇게 외치고는 경사면으로 뛰어나갔다. 레이라, 페이, 타이
가, 스노우도 약간 뒤늦게 달렸다. 쿠로노는 균형을 잡으며 경사
면을 미끄러져 내려갔다. 이대로 경사면을 다 내려갈 수 있으려
나, 하고 생각한 다음 순간, 등 뒤에서 바람이 밀어닥쳤다. 허공
에 떠올랐다가, 경사면을 굴러떨어졌다. 날카로운 소리가 고막을
꿰뚫어 오싹해졌다. 조금 전의 바람은 충격파── 소닉 붐이다.
신위술이라면 또 모를까 각인술로 음속을 돌파할 줄은 상상도 못
했다.

"쿠로노 님!"

레이라의 목소리가 울린다. 비명 같은 목소리다. 당연한가. 쿠
로노는 경사면 아래로 떨어지고 있는 와중인 것이다. 게다가 서
서히 속도가 빨라지고 있다. 이대로는 곤란하다. 속도를 늦춰야

한다. 하지만 방법이 떠오르지 않았다. 애초에 그런 게 가능하다면 실족사하는 사람이 있을 리 없다.

지금 할 수 있는 건 신에게 기도하는 것뿐이다. 갑자기 부유감에 휩싸였다. 눈을 꾹 감은 다음 순간, 충격이 전신을 꿰뚫었다. 숨이 막히고 몸이 경직됐다. 서서히 힘이 빠지고, 교대하는 것처럼 고통이 덮쳐 왔다.

머리는 무사한가? 다리는? 팔은? 하고 몸을 움직였다. 전신이 빠짐없이 아프다. 하지만 몸을 움직일 수는 있었다. 손가락도 움직이고 감각도 있다. 적어도 신경은 다치지 않은 모양이다. 마음속으로 가슴을 쓸어내린 그때, 부스럭거리는 소리가 울렸다. 풀이 스치는 소리다. 누구일까. 쭈뼛쭈뼛 눈을 뜨자, 모피를 몸에 두른 소녀가 쿠로노를 내려다보고 있었다. 그녀가 가우르가 조우한 야만조, 아니, 루 족의 수가 틀림없다. 손에는 창을 들고 있다.

쿠로노 님, 하고 멀리서 소리가 났다. 레이라와 다른 이들의 목소리다. 도움을 요청해야 할까. 아니, 도움을 요청하면 수는 쿠로노를 창으로 단번에 꿰뚫을 게 틀림없다. 그렇다면 목숨 구걸이다. 어떻게든 해서 살려 달라고 하지 않으면. 수를 올려다보고, 어떤 사실을 알아차렸다.

아아, 아니아니, 이런 때 그런 걸 알아차려서 어쩌자는 것인가. 목숨 구걸이다. 목숨을 구걸하는 거다. 죽이지 말아 줘, 죽이지 말아 줘, 다. 훌륭하다. 심플하고 알기 쉽다. 이거라면 의미가 전해질 터다. 쿠로노는 결의를 굳힌 뒤 입을 열었고——.

"노팬티다."

다음 순간, 충격이 덮쳐 와서 의식이 어둠에 집어삼켜졌다.

쿠로노 전기

이세계 전이한 내가 **최강**인 건
침대 위에서만인 것 같습니다

　노팬티라는 건 무슨 의미일까? 하고 생각하며 수는 남자를 내려다봤다. 그는 의식을 잃었다. 수가 창으로 때렸기 때문이지만, 어쨌든 살아는 있다. 금방 죽는 일은 없을 것 같다. 욕심을 부리자면 조금 더 강건해 보이는 남자가 좋았지만——.

　쿠로노 님! 하는 목소리가 울렸다. 쿠로노—— 아무래도 이 남자의 이름인 듯하다. 역시, 데리고 돌아간다면 조금 더 강건할 것 같은 남자가 좋다. 하지만 시간이 없다. 게다가 이게 마지막 기회일지도 모른다. 그렇게 생각하니, 결점은 눈감아 줘도 괜찮으려나 하는 생각이 들기 시작했다.

　쿠로노 님! 하고 재차 목소리가 울렸다. 조금 전보다도 가까이 다가와 있다. 어쩔 수 없다. 타협하자. 수는 의식을 집중하고, 각인을 띄웠다. 남자—— 쿠로노를 둘러업었다. 그때, 바스락하는 소리가 났다. 벌써 따라잡은 건가, 하고 뒤돌아봤다. 그러자 덤불에서 라라가 나오던 참이었다. 경사면을 굴러떨어졌지만, 흙먼지로 더러워져 있는 것 말고 이상은 없다. 수가 쿠로노를 둘러업고 있는 것을 알아차린 것이리라. 정신이 번쩍 든 듯한 표정을 띠었다.

　"그 남자를 어떻게 할 생각이지?"

"마을에 데리고 돌아갈 거야."

"도망치면 어떻게 하려고?!"

라라가 언성을 높이며 말했다. 지당한 의견이지만——.

"제대로 돌봐 줄 거니까 괜찮아."

"자기 앞가림도 못하는 녀석이 뭘 할 수 있다는 거야."

"큭⋯⋯."

수는 신음했다. 그렇게 말하면 할 말이 없다. 부족에서 어른으로 인정받고, 각인술도 받았지만, 아직 각인의 힘 없이 사냥감을 잡은 적은 없었다. 주술에 기대면 사냥꾼으로서도, 전사로서도 아직 미숙한 것이다.

"지금 당장——."

죽여, 라고 라라는 말하려 했던 것이리라. 하지만 바람이 바로 위에서 불어와, 입을 다물었다. 반사적으로 위를 올려다보니 리리가 하늘에서 내려오던 참이었다.

"두 사람 다 뭘 하고 있나요?"

"수가 적을 마을에 데리고 돌아갈 거라면서 말을 듣지 않아."

라라가 삐친 듯이 말했고, 리리가 이쪽에 시선을 향했다. 다음 순간——.

"위험해요!"

리리는 수와 라라를 감싸는 것처럼 앞으로 나섰다. 바람이 불고, 화살이 지면에 꽂혔다. 화살이 날아온 쪽을 보니, 여자가 활을 들고 있었다.

"쿠로노 님■ 놓■세요!"

여자는 날카롭게 소리쳤고, 화살을 메겼다. 빠른 어조라 무슨
말을 하는지 잘 알 수 없었지만, 정황상 쿠로노를 놓으라고 말하
고 있는 듯하다. 리리가 한숨을 내쉬었다.

"그 남자의 처우에 관해서는 족장의 재가를 청하도록 하죠."

"하지만!"

"적이 모여들고 있습니다. 바람을 내보낼 테니 거기에 맞춰 뛰
어 주세요."

"······알았어."

라라는 반발했지만, 리리는 상대하지 않았다. 결국 급한 상황
에 라라가 먼저 고개를 끄덕였다.

"쿠로노 님■──."

"지금!"

리리가 여자의 말을 가로막고 외쳤다. 각인이 강하게 빛나고,
바람이 거칠게 불었다. 낙엽이나 모래 먼지가 흩날려, 여자가 눈
을 가늘게 떴다. 하지만 활을 쏘려고는 하지 않았다. 쿠로노가 다
치는 걸 우려하고 있는 것이리라. 수는 무릎을 굽히고, 뛰었다.

지면이 순식간에 멀어져 간다. 나뭇가지를 박차고 한층 더 하
늘 높이 날아올랐다. 옆을 보니 라라가 있었다. 지긋지긋하다는
듯이 이쪽을 보고 있다. 불만을 말할 셈인지 입을 열었다. 그때,
부유감이 몸을 감쌌고 리리가 사이에 끼어들었다.

"마을로 돌아가죠."

흥, 하고 리리는 고개를 돌렸다. 리리는 돌아가자고 말했지만, 공중에 있는 것이다. 그녀에게 맡길 수밖에 없다. 그렇기 때문에, 고개를 돌린 것이다.

"……족장께는 스스로 전해라."

"알고 있어."

라라가 부루퉁한 어조로 말했고, 수는 고개를 끄덕였다. 족장은 쿠로노를 기르는 걸 허락해 줄까 하는 불안이 솟아났다. 아니, 하고 불안을 떨쳐 내고자 머리를 흔들었다. 족장도 알고 있을 터다. 코앞으로 닥쳐온 멸망을 회피하려면 이 방법밖에 없다는 것을.

쿠로노 전기

이세계 전이한 내가 **최강**인 건

침대 위에서만인 것 같습니다

후기

이번에는 「쿠로노 전기 7」을 구매해 주셔서 진심으로 감사드립니다. 바야흐로 지금 서점에서 후기를 보고 계시는 분은 살며시 계산대로 들고 가 주신다면 좋겠습니다. 그런 이유로 7권입니다. 7권── 즉, 시리즈 일곱 권째라는 의미입니다. 좋은 울림입니다.

이어서 감사의 말씀을. 본작을 응원해 주시는 여러분, 감사합니다. 여러분 덕분에 제7권이 발매되었습니다. 감사! 감격!! 빗발치듯 합니다!!! 앞으로도 여러분께서 재미있게 봐주실 수 있도록 노력하겠습니다. 담당 S님, 언제나 페이지 수 문제로 폐를 끼쳐 죄송합니다. 쓰고 있는 사이에 쓰고 싶은 것이 점점 늘어나 버려서──. 앞으로도 폐를 끼치게 될 것으로 생각합니다만, 잘 부탁드리겠습니다. 무츠미 마사토 선생님, 언제나 멋진 캐릭터 디자인, 권두 일러스트, 삽화 감사드립니다.

마지막으로 선전입니다. 소년 에이스 Plus에서 시라세 유우미 선생님이 연재하고 계시는 만화판 「쿠로노 전기」 제2권이 6월 25일에 발매되었습니다. 제2권에서는 쿠로노와 여주인의 러브를 보실 수 있지 말입니다. 커버 밑의 표지 차분&SD 캐릭터도 체크인 것입니다.

쿠로노 전기

이세계 전이한 내가 **최강**인 건
침대 위에서만인 것 같습니다

Kurono senki 7 Isekaiteni sita boku ga saikyou nanoha bed no uedake no youdesu
©Ayumu Saito
Originally published in Japan in 2021 by HOBBY JAPAN CO., Ltd.
Korean translation rights ©2023 by Somy Media, Inc.

쿠로노 전기 7 이세계 전이한 내가 최강인 건 침대 위에서만인 것 같습니다

2023년 3월 15일 1판 1쇄 발행

저   자 사이토 아유무
일 러 스 트 무츠미 마사토
옮 긴 이 주승현
발 행 인 유재옥
본 부 장 조병권
편 집 1 팀 김준균 김혜연
편 집 2 팀 박치우 정영길 정지원 조찬희
편 집 3 팀 오준영 이해빈
편 집 4 팀 박소영 전태영
라이츠담당 김정미 맹미영 이윤서
디 지 털 김지연 박상섭
미   술 김보라 박민솔
발 행 처 ㈜소미미디어
인쇄제작처 ㈜코리아피엔피
등   록 제2015-000008호
주   소 서울시 마포구 토정로222, 403호 (신수동, 한국출판콘텐츠센터)
판   매 ㈜소미미디어
마 케 팅 박종욱
영   업 박수진 최원석 한민지
물   류 허석용
전   화 (02)567-3388, Fax (02)322-7665

ISBN 979-11-384-7779-6
ISBN 979-11-6507-870-6 (세트)